ans

De la 5e à la 4e

Jouer pour réviser

Michèle LECREUX

avec

Éric BERGER
Philippe COUANNAULT
Pascal GUICHARD
Laurent LÉQUIVARD
Clémence ROUX DE LUZE

hachette
ÉDUCATION

Jouer pour réviser

C'est le programme que nous vous proposons.

Cet ouvrage reprend l'essentiel des connaissances acquises durant l'année scolaire et les présente sous une forme ludique. Votre enfant pourra s'amuser en travaillant et revoir le programme de 5e sans faire de devoirs supplémentaires.

Les mécanismes de jeux, les illustrations, la mise en pages... tout est fait pour qu'il retrouve l'univers de ses magazines préférés. Mais le contenu, le niveau de difficulté, l'équilibre entre les matières traitées assureront le sérieux de ses révisions.

Si votre enfant hésite devant un jeu, c'est qu'il lui manque une notion. Proposez-lui de la retrouver dans l'« Aide-mémoire » qui est à sa disposition à partir de la page 148. Puis revenez au jeu qui, maintenant, ne présentera plus de difficulté pour lui. D'ailleurs, vous trouverez sous les jeux qui le nécessitent une petite note qui vous est destinée, où sont indiquées la notion utilisée et la page de l'aide-mémoire à consulter.

Maquette de couverture : Stéphanie Benoit
Maquette intérieure : Pascal Guichard
Illustrations de couverture : Loïc Méhée
Illustrations de l'intérieur : Dominique Fages

I.S.B.N. : 978-2-01-711817-6

www.parascolaire.hachette-education.com

Achevé d'imprimer en Mars 2024 en Roumanie par Rotolito Romania.
Dépôt légal : Mai 2020 - Edition : 05 - 30/6897/6

DIFFÉRENCES

Trouve autant de différences entre ces deux dessins qu'il y a d'adjectifs dans le texte.

SUDOKU

5	9	7	6			4		2
	6	2	7			8	1	
		1		3				9
6	1	8	5					4
	7		9	6			5	8
				7		2	6	
	8	6			2		4	
1		4		5		9	2	
9	2	5	4				8	6

Remplis toutes les cases vides de cette grille pour que chaque chiffre de 1 à 9 se trouve une seule fois sur chaque ligne, sur chaque colonne et dans chaque carré de 9 cases.

LE CLUB DES 4

Inès, Sarah, Alexandre et Maxime se sont acheté des glaces en sortant du cinéma. Chaque parfum a été choisi deux fois mais aucun des quatre copains n'a fait exactement le même choix que les autres. Trouve les parfums que chacun a choisis en lisant les indices et en les reportant dans la grille. Note N pour non et O pour oui.
Pour t'aider, nous avons décodé le premier indice.

Les indices

1 – Aucun des garçons n'aime la vanille.
2 – Une des boules de la glace de Sarah est parfumée à la pistache.
3 – Inès n'a pas choisi la glace à la fraise.
4 – Les glaces de Maxime et de Sarah n'ont aucun parfum en commun.

Si tu es très fort en logique, tu devrais avoir déjà trouvé la solution. Sinon, voici encore quelques renseignements :

5 – Il y a du chocolat dans la glace d'Inès.
6 – Alexandre a choisi de la fraise et de la pistache.

	Fraise	Vanille	Chocolat	Pistache
Inès	N	O	O	N
Sarah	N	O	N	O
Alexandre	O	N	N	O
Maxime	O	N	O	N

ADDITION CODÉE

Chaque symbole remplace toujours le même chiffre dans cette addition codée.
Retrouve la valeur de chacun d'eux en t'aidant des indices.

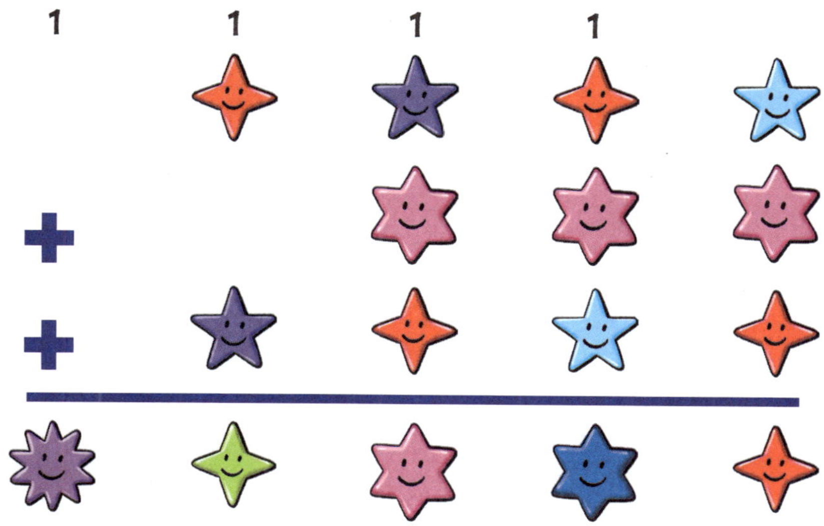

LABYCHOIX

Traverse ce labyrinthe en choisissant le bon résultat à chaque carrefour.

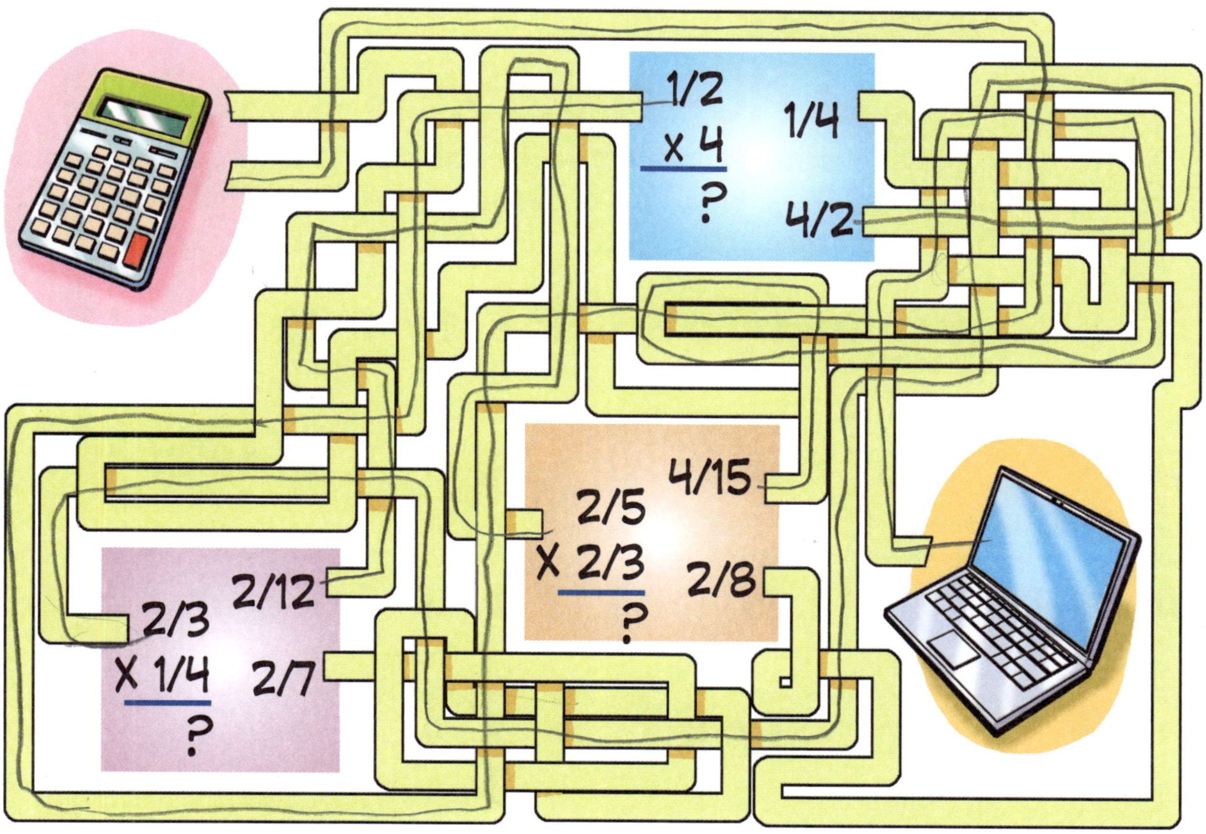

QUIZ

Mets les noms entre parenthèses au pluriel. Avec les lettres des réponses, tu trouveras le nom de drôles d'animaux qui ressemblent à des plantes.

1. J'aime regarder les (journal).

A – Journals.
B – Journaus.
C – Journaux.

2. Papa a fini les (travail) dans le jardin.

O – Travaux.
P – Travail.
Q – Travails.

3. Mes (genou) sont tout sales.

Q – Genous.
R – Genoux.
S – Jenoux.

4. L'été, on fait le tour des (festival).

Z – Festivaux.
A – Festivals.
B – Festival.

5. Les (hibou) vivent la nuit.

T – Hibous.
U – Hiboux.
V – Hibou.

6. J'ai fait des (trou) dans mes chaussettes.

V – Trou.
W – Troux.
X – Trous.

La plupart des mots prennent un S au pluriel. Pour connaître, les exceptions, voir l'« Aide-mémoire » : ORTHOGRAPHE.

☐ ☐ ☐ ☐ ☐ ☐

LE MOT MANQUANT

Pour décoder le message secret, remplace chaque nombre par la lettre qui se trouve à ce rang dans l'alphabet (A = 1, B = 2...). Il te restera à trouver le mot qui manque pour que cette phrase soit cohérente.

4 1 14 19   21 14 5   16 8 18 1 19 5 , 12 5

19 21 10 5 20   5 19 20   12 5   16 12 21 19

19 15 21 22 5 14 20   16 12 1 3 5

1 22 1 14 20   12 5   ? ? ? ? ?

CACHE-CACHE

De curieux objets sont tombés dans cet aquarium. Trouve-les et écris leur nom en anglais. Pour t'aider, nous te donnons leur initiale.

C _ _ _   P _ _ _ _ _   R _ _ _ _ _

S _ _ _ _   S _ _ _ _ _ _ _ _ _ _

ZIGZAG

Barre d'abord dans cette liste les prétérits des verbes TO GO, TO TAKE, TO EAT. Puis trouve tous les autres verbes dans la grille. Attention ! Ils sont écrits en zigzag, comme te le montre l'exemple, et ils ne se croisent pas. Quand tu auras tout barré, il te restera quatre lettres pour former le prétérit du verbe TO SWIM.

ATE
BEGAN
BOUGHT
BROKE
~~CAUGHT~~
FORGOT
FOUND
FROZE
KNEW
LEARNT
MADE
READ
SAT
SAW
SPOKE
THOUGHT
TOOK
UNDERSTOOD
WAS
WENT
WOKE
WROTE

B	E	G	S	F	F	G	O	C	A
W	E	A	N	O	O	R	T	W	U
O	K	E	R	U	N	D	T	H	G
U	N	D	S	T	O	O	D	S	A
T	L	R	N	T	S	W	A	S	T
H	E	A	M	R	P	O	W	R	O
O	U	G	A	E	A	K	E	F	T
A	W	H	D	E	D	B	O	R	E
S	B	T	E	K	W	G	U	O	Z
A	R	O	K	N	E	H	T	M	E

Tous les mots utilisés dans cette page sont répertoriés dans l'« Aide-mémoire » : ANGLAIS.

Le mot-mystère : ....

RONDE

0,25

Ces deux expressions ont la même valeur.

Ces deux fractions ont un numérateur égal à 1.

Ces deux expressions sont des nombres positifs.

Écris dans chaque rectangle le nombre de la liste qui correspond aux deux définitions contenues dans les deux disques voisins.

0,20
~~0,25~~
0,5
2
1/4
1/5
10/5
1/10
10%
50%

Ces deux expressions ont la même valeur.

Ces deux expressions ont la même valeur.

Ces deux expressions sont des pourcentages.

Ces deux fractions ont un dénominateur égal à 5.

Ces deux expressions ont la même valeur.

Ces deux expressions ont la même valeur.

Ces deux expressions sont des nombres positifs.

LE MOT MANQUANT

Pour décoder le message secret, remplace chaque nombre par la lettre qui se trouve à ce rang dans l'alphabet (A = 1, B = 2…). Il te restera à trouver le mot qui manque pour que cette phrase soit cohérente.

21 14 5   16 8 18 1 19 5

_ _ _   _ _ _ _ _ _

9 14 20 5 18 18 15 7 1 20 9 22 5   19 5

_ _ _ _ _ _ _ _ _ _ _ _ _   _ _

20 5 18 13 9 14 5   20 15 21 10 15 21 18 19

_ _ _ _ _ _ _   _ _ _ _ _ _ _ _

16 1 18   21 14   16 15 9 14 20

_ _ _   _ _   _ _ _ _ _

4 ' ? ? ? ? ? ? ? ? ? ? ? ? ?

_ ' _ _ _ _ _ _ _ _ _ _ _ _ _

LETTRE ANONYME

Place les mots manquants au bon endroit.

Monsieur,

Je vous demande de bien vouloir rembourser le pot de fleurs qui a été brisé par un …… de pierre.

Votre fils, avec son lance-pierre, visait un oiseau : un …… qui s'y était posé ! …… crié mais ce garnement qui a les cheveux noirs comme du …… ne m'a pas écouté !

J'AI   JET   JAIS   GEAI

Les mots qui se prononcent de la même façon mais s'écrivent différemment sont des homophones. Voir l'« Aide-mémoire » : ORTHOGRAPHE.

TOUCHÉ-COULÉ

Alice et Moïna jouent à la bataille navale. Chacune a placé dans sa grille quatre canots qui occupent chacun une case, trois chalutiers qui occupent chacun deux cases, deux paquebots qui occupent chacun trois cases et un porte-avions qui occupe quatre cases.
Il y a au moins une case libre, dans tous les sens (horizontal, vertical ou en diagonale), entre deux bateaux.

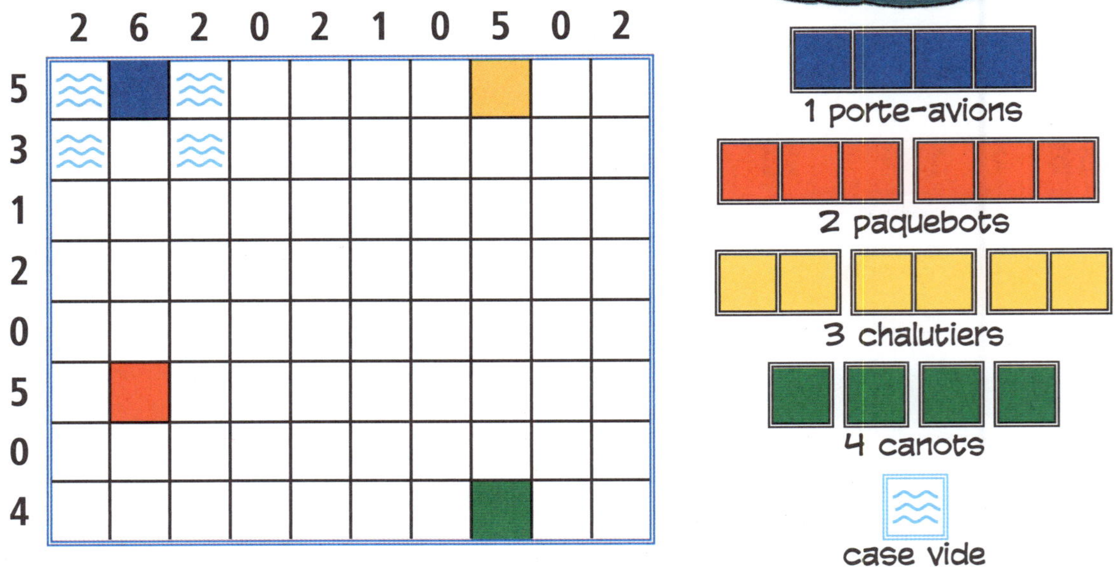

Alice a déjà joué plusieurs coups. Elle a noté des cases vides et dessiné les symboles des premiers bateaux touchés ou coulés. Pour t'aider, nous avons noté, au-dessus des colonnes et à gauche des lignes le nombre de cases occupées par un bateau.
Un conseil : commence par noter toutes les cases vides que tu peux, par exemple sur les lignes notées 0 et autour du canot.

CHIFFRES DIGITAUX

Un cadran permet de noter un nombre de trois chiffres.
Le plus grand nombre qu'on puisse afficher est donc 999.
Si on additionne ces trois chiffres, on obtient 27.
Le cadran d'une montre digitale, lui,
permet d'afficher l'heure et les minutes.

Quelle est la somme la plus élevée qu'on puisse obtenir en additionnant ces quatre chiffres ? 36

ADDIPYRAMIDE

Sachant que le nombre inscrit sur chaque brique doit être égal à la somme des deux nombres des briques inférieures, complète cette pyramide.

CASCADE

Dans ces opérations en cascade, chaque chiffre est toujours remplacé par le même symbole. Trouve la valeur de chacun d'eux.

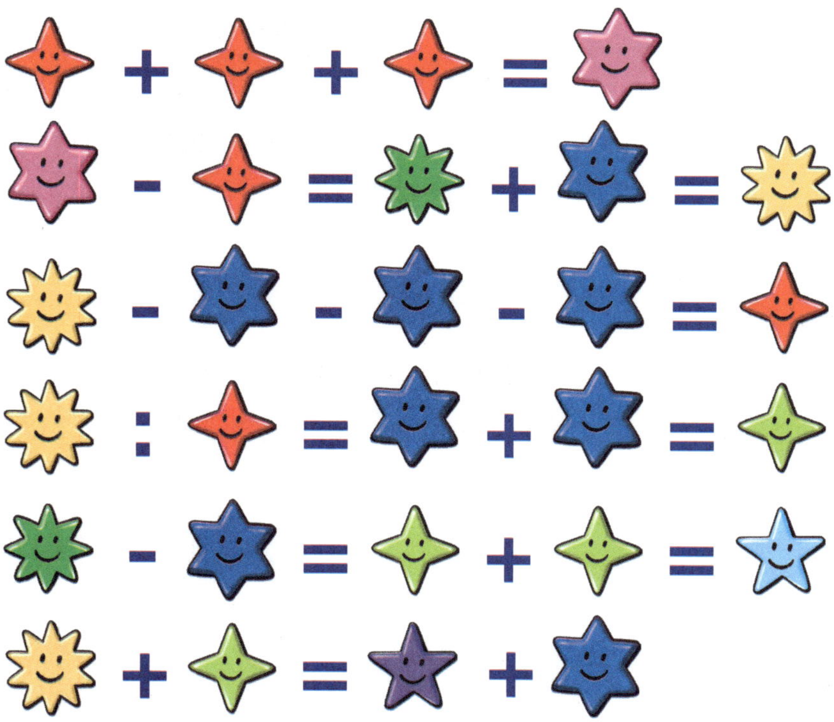

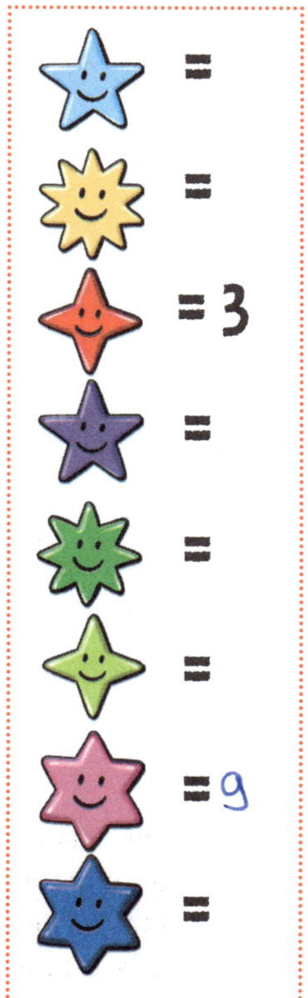

QUIZ

Complète chaque phrase avec le verbe conjugué qui convient, puis relève les lettres correspondant à tes réponses et tu liras, en anglais, le nom d'une saison évoquée par ce dessin.

1. You can drive, ... you?

S – Can't.
T – Can.
U – Don't you.

2. Look, the dogs .... in the garden.

T – Play.
U – Are playing.
V – Played.

3. Paul and his family .... to Asia next month.

M – Will go.
N – Goes.
O – Have going.

4. Every Wednesday, she .... tennis lessons.

L – Had.
M – Has.
N – Is having.

5. I forgot my exercise book at school yesterday,so I .... my English homework.

C – Did not.
D – Did'nt work.
E – Didn't do.

6. She doesn't like swimming in the sea, ...?

Q – Doesn't she.
R – Does she.
S – Can she.

Tous les mots utilisés dans cette page sont répertoriés dans l' « Aide-mémoire » : ANGLAIS.

S	U	M	M	E	R

LE MOT MANQUANT

Remplace chaque lettre par celle qui la suit dans l'alphabet (A = B, B = C... Z = A) puis, quand tu auras tout décodé, il te restera à trouver le dernier mot pour que cette phrase soit cohérente.

K Z K T M D D R S K D
L A L U N E E S T L E

R D T K R Z S D K K H S D
S E U L S A T E L L I T E

M Z S T Q D K C D K Z ? ? ? ? ?
N A T U R E L D E L A T E R R E

À PLEINS POUMONS

Commence par barrer dans cette liste les noms des trois animaux qui ne respirent pas avec des poumons puis barre tous les autres noms dans la grille.
Attention ! Ils s'écrivent horizontalement, verticalement ou en diagonale, à l'endroit ou à l'envers et ils se croisent, donc une même lettre peut servir dans plusieurs mots.
À la fin, il te restera trois lettres pour écrire un mot qui a un rapport avec la respiration.

ARA
BALEINE
~~BICHE~~
BUSE
CACATOÈS
CALAO
CERF
CHÈVRE
DAIM
ÉLAN
ÉMEU
ÉLÉPHANT
GNOU
GUÊPE
HÉRON
HUÎTRE
HYÈNE
ISARD
JAGUAR
JARD
LÉMURIEN
LIÈVRE
LION
NAJA
POULET
PUMA
REQUIN
TRUITE
VER

E	N	I	E	L	A	B	G	H	B
L	E	M	U	R	I	E	N	Y	U
E	I	C	A	C	A	T	O	E	S
P	M	E	H	M	A	U	U	N	E
H	T	E	V	E	U	L	G	E	N
A	E	I	U	R	V	P	A	A	A
N	L	R	S	A	E	R	L	O	J
T	U	I	O	A	R	E	E	A	A
N	O	I	L	N	R	F	R	E	C
E	P	E	U	G	R	D	A	I	M

Le mot-mystère : ....

MOTS FLÉCHÉS

Remplis cette grille de mots fléchés en t'aidant des définitions.

			PALADIN	C	VEDETTE / @	S	SE DIRIGE / ÉPARPILLÉES	V	ABÎMÉ
			C	H	A	T	E	A	U
			PAYS / AJOUT EN BAS D'UNE LETTRE	E	T	A	T	EFFRAYÉE	S
LIVRE SCOLAIRE / IL OBÉIT À SON SUZERAIN	M	CONTRA-VENTION / PRONOM RÉFLÉCHI	P	V	MANQUÉ / LAVAGE	R	A	T	E
V	A	S	S	A	L	ARTICLE MASCULIN / CONTRE	L	E	SOUILLÉS
VENU AU MONDE / CONNU	N	E	ILS PRÉCÈDENT LES COUCHERS / POISSON DES TORRENTS	L	E	V	E	R	S
V	U	FABRIQUERA UNE ÉTOFFE / SPORT DE RAQUETTE	T	I	S	S	E	R	A
CRÉATURES / TELS LES JARDINS AU PRINTEMPS	E	T	R	E	S	TERRAIN / LIQUIDES VÉGÉTAUX	S	O	L
F	L	E	U	R	I	S	NOTE DE MUSIQUE / TENTE D'INDIEN	R	I
IL ENJAMBE LES DOUVES	NON PLUS / POÈME CHANTÉ	N	I	HABILLAS / DÉCHIFFRÉS	V	E	T	I	S
P	O	N	T	L	E	V	I	S	EXISTES
DIVINITÉ / OUI ANGLAIS	D	I	E	U	ARME	E	P	E	E
Y	E	S	PORTRAITS CRACHÉS	S	O	S	I	E	S

LABY

Trouve quel chemin Christophe Colomb a suivi pour traverser cet archipel et découvrir l'Amérique, en relevant au passage les lettres qui te permettent d'écrire le nom du bateau de l'amiral.

DERNIER NOMBRE

Dans cette liste, barre les nombres indiqués en suivant les consignes.

+ 1,08
- 1,45
- 1,90
- 2,01
+ 2,29
+ 2,35
- 2,99
+ 3,45
+ 6,16
+ 8,5732

- **Barre les 2 nombres qui sont plus grands que 5.**
- **Dans les 8 restants, barre ceux qui sont plus petits que – 2.**
- **Dans les 6 restants, barre ensuite ceux dont la valeur est comprise entre – 1,5 et + 2,3.**
- **Dans les 3 restants, barre, pour finir, les nombres positifs.**

Le nombre restant est : – 1,49

SOUSTRACTION CODÉE

Chaque symbole remplace toujours le même chiffre dans cette soustraction codée.
Retrouve la valeur de chacun d'eux en t'aidant des indices.

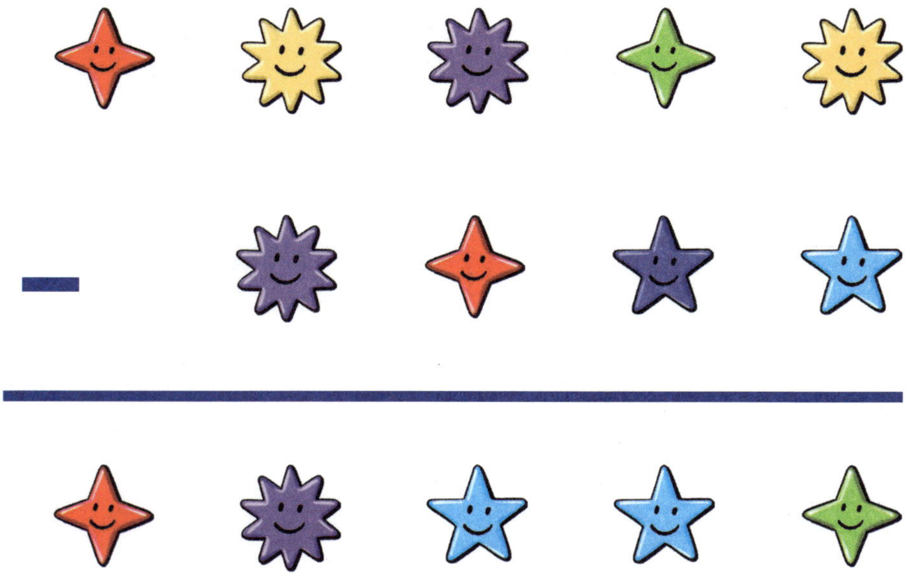

RÉBUS

Décode ce rébus et tu liras la morale de la fable de La Fontaine intitulée *Le Loup et le Chien*.

MOTS FLÉCHÉS

Remplis cette grille de mots fléchés en t'aidant des définitions. Attention ! Les verbes entre parenthèses doivent être conjugués au présent de l'indicatif.

ELLE (ÉCRASER) ILS (ACHEMINER)		ON (VÊTIR) TU (HÂTER)		TELLEMENT VOUS (MENER)		TU (PENSER) FAIT DU TORT		VOUS (ÉTÊTER) NON PLUS	
JE (RATER) IL (BATTRE)					RASSEMBLÉE IL BAT LE ROI				
			JE (NAÎTRE) PRONOM PERSONNEL					ÎLE FRANÇAISE OU NOTE DE MUSIQUE	
TU (SEMER) VOUS (PESER)						LONGUE PÉRIODE			
					VOUS (OSER)				

Retrouvez tous les tableaux de conjugaison pour réviser les terminaisons des verbes au présent de l'indicatif. Voir l'« Aide-mémoire » : CONJUGAISONS.

LE CLUB DES 4

Inès, Sarah, Alexandre et Maxime sont presque toujours ensemble sauf pour leurs entraînements sportifs car ils ne pratiquent pas la même discipline. Trouve quel sport chacun préfère et quel jour a lieu chaque entraînement en lisant soigneusement les indices et en les reportant dans la grille. Note N pour non et O pour oui. Souviens-toi que, dans chaque grand carré, il ne peut y avoir qu'un seul OUI sur chaque ligne et chaque colonne. Pour t'aider, nous avons décodé le premier indice.

	Judo	Tennis	Football	Basket	Mercredi	jeudi	Samedi	Dimanche
Alexandre								
Sarah				N			N	
Maxime								
Inès				N			N	

	Judo	Tennis	Football	Basket
Mercredi				N
Jeudi				N
Samedi	N	N	N	O
Dimanche				N

Les indices

1 – Le garçon qui joue au basket s'entraîne tous les samedis.
2 – Les deux filles jouent au tennis et au football.
3 – Maxime ne joue pas au basket.
4 – L'entraînement de judo a lieu le mercredi après-midi.
5 – Sarah ne s'entraîne pas le dimanche.
6 – Le jeudi, les courts de tennis sont fermés.
7 – Inès ne joue pas au football.

Coup de pouce :

Si tu notes un O dans une case, n'oublie pas de noter N dans les trois autres cases de la même ligne et dans les trois autres de la même colonne. N'oublie pas non plus que dès que tu as trois N sur une même ligne ou une même colonne d'un grand carré, tu peux inscrire un O sur la quatrième case et, souvent, un même indice peut te permettre de remplir des cases dans plusieurs carrés à la fois.

MATHOQUIZ

Trouve les bonnes réponses à ce quiz, note les lettres correspondantes dans les cases, et tu liras un nombre.

1. Pour trouver le résultat de l'opération :
$72 + (45 - 7) : 5$,
que dois-tu calculer en premier ?

P – L'addition.
T – La soustraction.
R – La division.

2. Si un point est repéré par le chiffre 5 sur une droite graduée régulièrement, que représente ce chiffre ?

P – La grandeur du point.
Q – La hauteur du point.
R – L'abscisse du point.

3. Quel est le résultat de l'opération ?

$$\frac{5 \times (7 - 4)}{3} + 8 = \ldots$$

A – 19.
O – 13.
U – 7.

4. Si deux droites sont parallèles à une même troisième droite, que peut-on dire de la troisième droite ?

E – Elle est perpendiculaire aux deux autres.
I – Elle est parallèle aux deux autres.
A – Elle est plus courte que les deux autres.

5. Si un quadrilatère possède deux côtés parallèles, que peux-tu conclure ?

R – Ce quadrilatère est un rectangle.
X – Ce quadrilatère n'est pas un rectangle.
S – Ce quadrilatère est peut-être un rectangle.

MULTIPLICATION CODÉE

Chaque symbole remplace toujours le même chiffre dans cette multiplication codée. Retrouve la valeur de chacun d'eux en t'aidant des indices.

LES INTRUS

Dans chaque série de mots, trouve l'intrus et inscris-le ci-dessous pour découvrir le résumé d'un roman que tu as peut-être lu. Puis réponds à la question bonus.

1. L'intrus est un article indéfini singulier.
LE – LA – LES – UN – DES – AUX

2. L'intrus est un nom commun masculin singulier.
ARTHUR – ROI – CHEVALIERS – RONDE

3. L'intrus est un verbe conjugué au présent.
COMBATTAIS – CHERCHAIT – RASSEMBLE

4. L'intrus est un groupe nominal.
DES CHEVALIERS – ENSEMBLE – TABLE

5. L'intrus est une préposition.
CAR – LEQUEL – DONT – POUR

6. L'intrus est un verbe du premier groupe.
PRENDRE – DÉCOUVRIR – CHERCHER

7. L'intrus est un article défini singulier.
UN – DES – LES – UNE – LE

8. L'intrus est un nom masculin.
GLORIEUX – GRAAL – GRANDEUR

....

....

La question bonus :
Quelle forme avait la table autour de laquelle se réunissaient ces chevaliers ?

> Toutes les notions nécessaires pour trouver les intrus sont dans l'« Aide-mémoire » : FRANÇAIS.

CHARADES

Mon premier est un article indéfini au féminin.
Mon deuxième est une voyelle.
Mon troisième est un pronom relatif.
Mon tout n'est la copie de personne.

Mon premier est un article indéfini.
Mon deuxième est une consonne.
Mon troisième est une conjonction.
Mon quatrième est un article défini.
Mon tout est un idiot.

LES POMMIERS

Dans mon jardin poussent trois pommiers. Sur le premier, j'ai récolté 66 pommes, sur le deuxième, un nombre de pommes égal à la moitié du nombre de pommes du premier arbre plus 3. Et le troisième arbre a donné la moitié du nombre de pommes du deuxième plus deux tiers du premier.

Quel arbre a donné le moins de pommes ?

Premier pommier : 66 pommes

Deuxième pommier : ....

Troisième pommier : ....

FUTOSHIKI

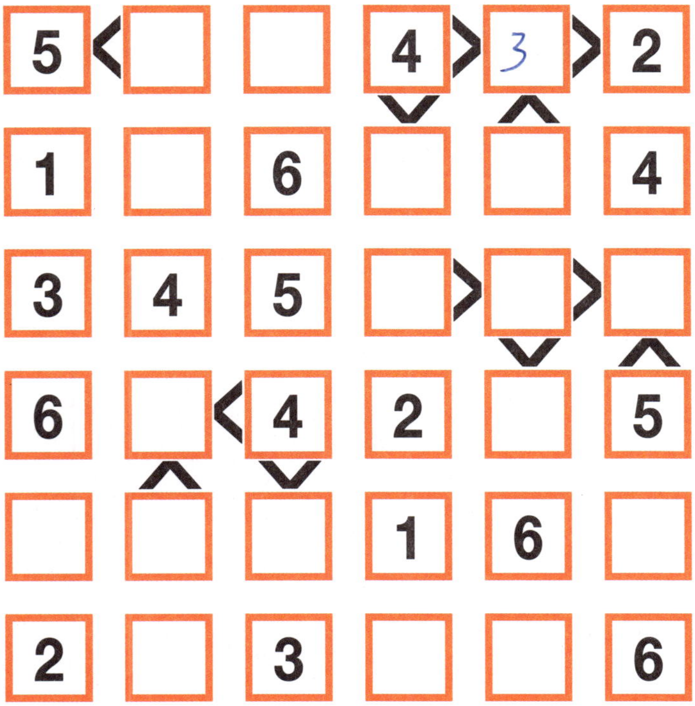

Remplis cette grille pour que tous les chiffres de 1 à 6 soient inscrits une seule fois sur chaque ligne et chaque colonne. Pour t'aider, les signes < (plus petit que) et > (plus grand que) te renseignent sur les deux chiffres contenus dans les deux cases voisines.

ADDIFLÉCHÉS

Complète cette grille avec des chiffres de 1 à 9 pour que, en additionnant les nombres inscrits en face de chaque flèche horizontale ou verticale, tu obtiennes la somme inscrite dans la case colorée. Attention ! Dans chaque somme, tu ne dois jamais utiliser deux fois le même nombre.

	28	41	10	7			11	32	
11	3			2		15 / 33	9		
28			9		11 / 7	8			15
10			10	1			16		9
13		9		4 / 19			4	3	
8			12 / 11	2		6	7 / 10		
14			3		23				
29	5					9		5	

L'INCONNUE MYSTÈRE

Lis le problème et choisis, dans la liste proposée, l'équation qui permet de le résoudre. Puis calcule le résultat.

Un cycliste a parcouru trois fois moins de chemin qu'une voiture et 10 km de plus qu'un piéton, sachant que ce dernier a marché 8 km. Combien de kilomètres a parcouru la voiture ?

A. $x = 8 + 10 + 3 \times 10$

B. $x = 3(8 + 10)$

C. $x = 3x + 10 = 8$

LETTRE ANONYME

Place les mots manquants au bon endroit.

Madame,

Vous avez piétiné ..... roses et quand je vous en ai fait la remarque vous m'avez répondu qu'elles étaient déjà fanées. Peut-être, ... il ..... agréable de regarder ces fleurs, les plus belles qu'on ..... jamais offertes !

M'AIT **M'EST** **MES** **MAIS**

Les mots qui se prononcent de la même façon mais s'écrivent différemment sont des homophones. Voir l'« Aide-mémoire » : ORTHOGRAPHE.

ZIGZAG

Barre d'abord dans la liste tous les verbes qui ne sont pas au futur. Puis trouve les autres verbes dans la grille. Attention ! Ils sont écrits en zigzag, comme te le montre l'exemple, et ils ne se croisent pas. Quand tu auras tout barré, il te restera cinq lettres pour former un verbe au futur.

ALERTA
AURONS
CROIRONS
ÉTEINDRA
FINIRA
GRANDIRA
IRONT
LIREZ
MANGERAI
NAGEREZ
PARLE
POURRAS
PRIRENT
REJOINDRA
RENDRAS
SAURIONS
~~SERAI~~
VERRAS

R	E	J	O	I	N	M	A	N	G
V	A	R	D	N	A	I	A	R	E
E	R	R	A	S	G	E	R	E	G
L	I	R	E	R	I	A	R	Z	R
E	T	E	Z	E	N	I	E	S	A
A	R	I	I	R	D	F	A	R	N
C	D	N	R	A	S	I	R	I	D
R	T	N	O	N	S	N	O	P	R
O	A	U	R	O	A	I	U	R	R
I	R	O	N	S	A	R	S	S	A

Le mot-mystère : ....

GÉOPUZZLE

Classe ces pays du plus peuplé au moins peuplé.

INDE CHINE BRÉSIL
INDONÉSIE ÉTATS-UNIS

CLASSEMENT

On classe les pays suivant leur IDH (indice de développement humain). Sachant que la moyenne mondiale se situe à 0,693, lesquels de ces pays se situent sous la moyenne ?

MULTIPYRAMIDE

Sachant que le nombre inscrit sur chaque brique doit être égal au produit des deux nombres des briques inférieures, complète cette pyramide.

GÉOMÉTRUC

Une rumeur affirme qu'il existe, au large des Bermudes, une mystérieuse zone extrêmement dangereuse appelée « le triangle des Bermudes ».
On raconte que les avions y disparaissent, que les bateaux y sont engloutis et que personne ne peut expliquer comment ils se volatilisent !
Laquelle de ces cartes pourrait représenter le triangle des Bermudes dont on dit qu'il a la forme d'un triangle isocèle dont la médiane est orientée est-ouest ?

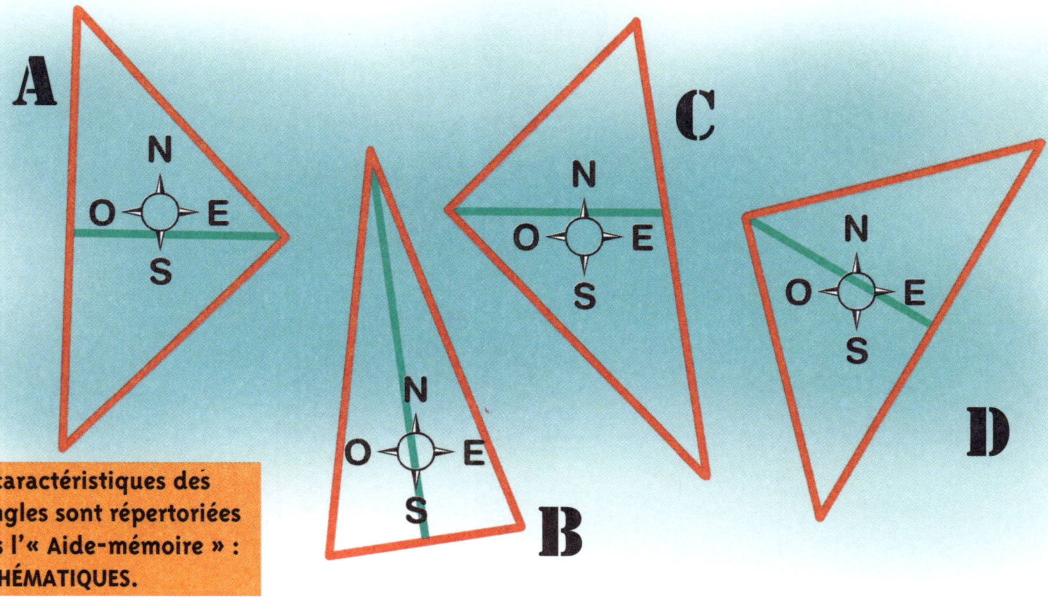

Les caractéristiques des triangles sont répertoriées dans l'« Aide-mémoire » : MATHÉMATIQUES.

RONDE

ELLES

Deux pronoms personnels.

Deux pronoms pluriels.

Deux pronoms féminins pluriels.

Écris dans chaque rectangle le pronom de la liste qui correspond aux deux définitions contenues dans les deux disques voisins.

Deux pronoms indéfinis.

QUELS
AUXQUELLES
AVEC QUI
CELLES
CELLE
~~ELLES~~
LA MIENNE
LES NÔTRES
NOUS
QUELQU'UN

Deux pronoms démonstratifs.

Deux pronoms composés.

Deux pronoms féminins.

Deux pronoms relatifs.

Deux pronoms possessifs.

Deux pronoms pluriels.

WHO'S WHO?

Peter a invité ses amis pour fêter son anniversaire. Devine qui est qui en lisant les indices.

Alice is wearing a nice dress. She has short hair. She isn't eating anything. She is shy. In fact, she is in love with Peter. Christopher loves music. He has brought his guitar to play a song for his friend. Mia has just finished her judo lesson. She is hungry. She is eating the biggest piece of cake. Kevin is a funny guy. He is laughing. He is wearing sunglasses and he is eating grapes.

SUITE LOGIQUE

Lis bien ces trois phrases, elles se suivent logiquement.
Laquelle des trois propositions complète la série ?

1 – Two months ago, Peter met Jenny in the street.

2 – Yesterday, he saw her at the supermarket.

3 – Today, he is playing tennis with her.

A – Yesterday, he was playing golf with John.

B – Tomorrow, he will invite her for dinner.

C – Now, he is watching TV.

ÉQUILIBRE

Un mobile est un assemblage qui tient en équilibre car, aux deux bouts d'une baguette, sont suspendus des éléments qui ont la même masse.
Si cet ensemble pèse 300 g, peux-tu dire combien pèse la forme rose ?

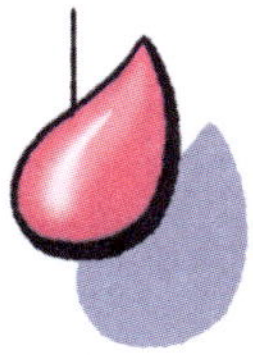

=......75......g

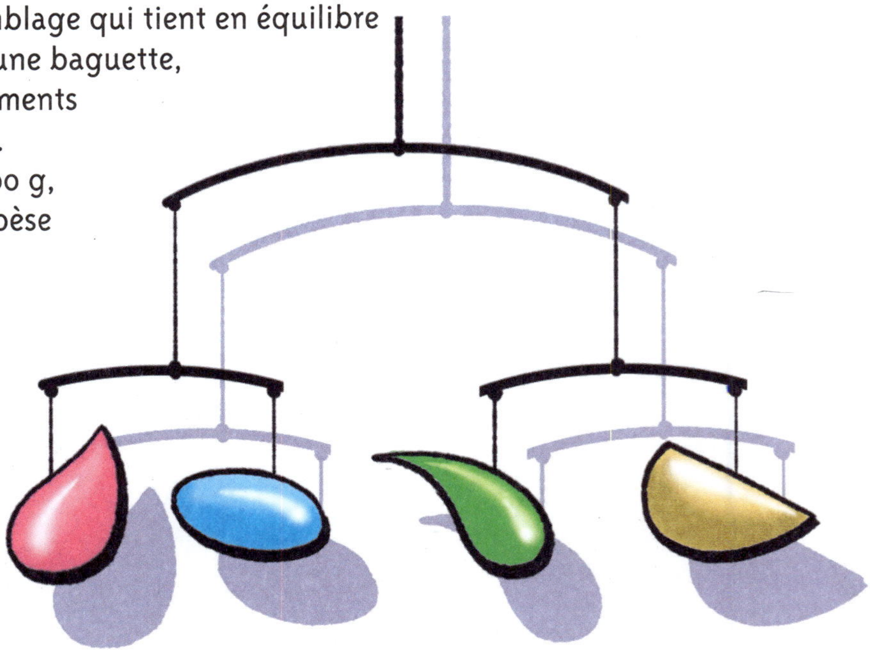

LABYCHOIX

Traverse ce labyrinthe en choisissant le bon résultat à chaque carrefour.

QUIZ

Réponds aux questions et, avec les lettres des réponses, forme le nom d'une action des volcans.

1. Notre planète est composée de quatre enveloppes concentriques. Dans quel ordre sont-elles rangées ?

U — Le manteau intérieur, le noyau, le manteau supérieur et la croûte.
E — Le noyau, le manteau intérieur, le manteau supérieur et la croûte.
R — Le noyau, la croûte, le manteau intérieur et le manteau supérieur.

2. Avec le mouvement des plaques tectoniques, l'océan Atlantique grandit en permanence. Combien de cm gagne-t-il en moyenne par an ?

O — 0,3 cm.
R — 3 cm.
A — 30 cm.

3. Quelle est la différence entre la météo et le climat ?

K — C'est la même chose.
H — La météo mesure les changements des températures alors que le climat d'une région, lui, ne change jamais.
U — La météo étudie les changements sur une courte période, alors que le climat étudie les changements sur une longue période.

4. Laquelle de ces affirmations est exacte ?

N — Sur notre planète, on trouve 50 % d'eau salée et 50 % d'eau douce.
L — Sur notre planète, on trouve 66 % d'eau salée et 34 % d'eau douce.
P — Sur notre planète, on trouve 97 % d'eau salée et 3% d'eau douce.

5. Comment nomme-t-on le passage de l'eau liquide à l'eau gazeuse ?

T — L'évaporation.
A — La gazéification.
O — La précipitation.

6. Une eau est potable quand on peut la boire. Laquelle de ces affirmations est exacte ?

M — Toutes les eaux naturelles sont potables.
T — Toutes les eaux douces naturelles sont potables.
I — La plupart des eaux naturelles sont traitées pour être potables.

7. Qu'est-ce que la photosynthèse ?

O — Le processus qui permet aux plantes de grandir grâce à la lumière du soleil.
U — Le processus qui permet aux plantes de fleurir grâce aux insectes pollinisateurs.
A — Le processus qui permet aux plantes de se reproduire grâce à la chlorophylle.

8. Laquelle de ces affirmations est exacte ?

R — À la lumière, les plantes absorbent de l'ozone et rejettent du dioxygène.
N — À la lumière, les plantes absorbent du dioxyde de carbone et rejettent du dioxygène.
S — À la lumière, les plantes absorbent du dioxyde de carbone et rejettent de l'ozone.

E R U P T I O N

ANACHRONISMES

La bagarre a éclaté entre le shérif et le barbier dans le saloon de Dogbear City. Retrouve dans ce dessin six éléments qui n'existaient pas au XIXe siècle et donne leur nom en anglais.

NICE HOLIDAYS

Lis ce texte en anglais, puis réponds à la question.

The holidays are over. It's time to go back to school.
Juliana is telling Rebecca how wonderful her holidays were.
"I went to Chicago. What an amazing city! I spent my time visiting. I saw the Metropolitan Museum of Art and I met a wonderful guy. Guess what!
We went to the beach and we went surfing.
It was fantastic!"
Rebecca starts laughing. Juliana is very disappointed. Can you guess why?

Tous les mots utilisés dans cette page sont répertoriés dans l'« Aide-mémoire » : ANGLAIS.

MOT VERTICAL

Écris, horizontalement dans les cases de la grille, les mots qui correspondent aux définitions. Ils ont tous un rapport avec la plage. Quand tu auras fini, tu liras, verticalement, dans les cases colorées, le nom de grands oiseaux de mer.

1. Tu y grimpes pour sauter dans l'eau.
2. Elle fait avancer le bateau.
3. Tu la pêches avec une épuisette.
4. Elles te font avancer plus vite quand tu nages.
5. Il te protège du soleil.
6. Ces petites bêtes piquent !
7. C'est la couleur de ta peau au soleil.
8. Tu en fais des châteaux.

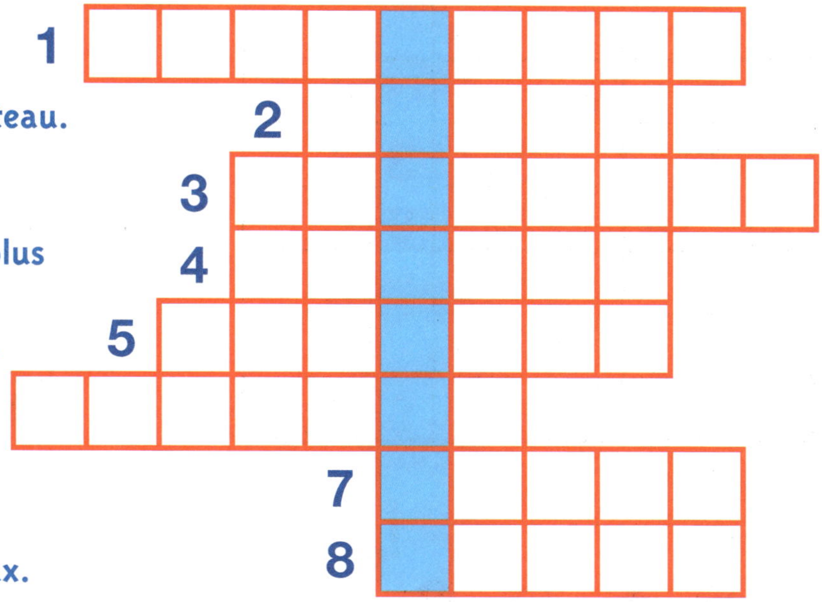

LE DERNIER MOT

Dans cette liste, barre les mots indiqués en suivant les consignes.

CELA
CELUI
CEUX-CI
ILS
JE
LAQUELLE
LE MIEN
LE NÔTRE
LE TIEN
ME
NOUS
QUEL
QUOI

- **Barre les 3 pronoms possessifs.**
- **Dans les 10 restants, barre les 3 pronoms démonstratifs.**
- **Dans les 7 restants, barre les 3 pronoms relatifs.**
- **Dans les 4 restants, barre les 3 pronoms personnels non réfléchis.**

Le mot restant est un pronom personnel réfléchi :

....

SUDOKU

		7	2	9	6			
6		2		1	3	8		7
		1	7		5			
	2	3	6				1	8
	7			2		3	4	6
		6		7		9		
					4		8	
	1	9			2			
			1			6	9	3

Remplis toutes les cases vides de cette grille pour que chaque chiffre de 1 à 9 se trouve une seule fois sur chaque ligne, sur chaque colonne et dans chaque carré de 9 cases.

LE CLUB DES 4

Inès, Sarah, Alexandre et Maxime étudient deux langues étrangères au collège. Chaque langue a été choisie deux fois mais aucun des quatre copains n'a fait exactement le même choix que les autres. Trouve les langues que chacun étudie en lisant les indices et en les reportant dans la grille. Note N pour non et O pour oui.

Pour t'aider, nous avons décodé le premier indice.

Les indices

1 – **Alexandre n'étudie ni le chinois ni l'allemand.**

2 – **Inès n'a pas choisi d'apprendre l'espagnol.**

3 – **Maxime ne suit pas de cours de chinois.**

4 – **Sarah n'étudie ni l'espagnol ni l'allemand.**

Si tu es très fort en logique, tu devrais avoir déjà trouvé la solution. Sinon, voici encore quelques renseignements :

5 – **Inès apprend l'allemand.**

6 – **Maxime n'apprend pas l'anglais.**

	Anglais	Allemand	Espagnol	Chinois
Inès				
Sarah				
Alexandre	O	N	O	N
Maxime				

DIFFÉRENCES

Aide Maxime et Alexandre à trouver autant de différences entre ces deux dessins que le résultat de l'opération qu'Inès vient d'écrire au tableau.

LES INTRUS

Dans chaque série de mots, trouve l'intrus et inscris-le sur les lignes pour lire le résumé d'une pièce de théâtre que tu as peut-être lue. Puis réponds à la question bonus.

1. L'intrus est un article indéfini singulier.
LE – LA – LES – UN – DES – AUX

2. L'intrus est un adjectif.
HOMME – VISION – VIEIL – VOULOIR

3. L'intrus est un nom ou un adjectif.
ATTENTE – AVARE – AMÉLIORATION

4. L'intrus est un verbe conjugué au présent.
VEUT – VOULAIT – VOUDRA – VOULU

5. L'intrus est un verbe du premier groupe.
MENTIR – MARIER – MAUDIRE

6. L'intrus est un adjectif possessif.
LES SIENS – SES – CELUI – DONT

7. L'intrus est un nom au pluriel.
FAMILLE – FILS – FILLE – ENFANTS

....

....

La question bonus :
La pièce s'appelle *L'Avare*. Qui en est l'auteur ? ....

Toutes les notions nécessaires pour trouver les intrus sont dans l'« Aide-mémoire » : FRANÇAIS.

CHARADE

Mon premier est un adjectif possessif.
Mon deuxième est une lettre grecque
qui sert à calculer le périmètre d'un cercle.
Mon troisième est un pronom
personnel complément.
Mon quatrième s'amuse.
Mon tout décore un mur.

MOT VERTICAL

Lis le dialogue ci-dessous et inscris dans la grille tous les adjectifs que tu trouves au fur et à mesure dans le texte. Le mot vertical est, lui aussi, un adjectif.

— *What a big and strange house!*
— *Look at the dark windows and the huge door.*
— *Let's go in.*
— *It seems empty. Nobody's here...*
— *Wow, this is a splendid living room.*
— *The sofas are very comfortable and enormous.*
— *Have you heard that awful noise?*
— *Yes, ghosts must live here.*

Tous les mots utilisés dans cette page sont répertoriés dans l'« Aide-mémoire » : ANGLAIS.

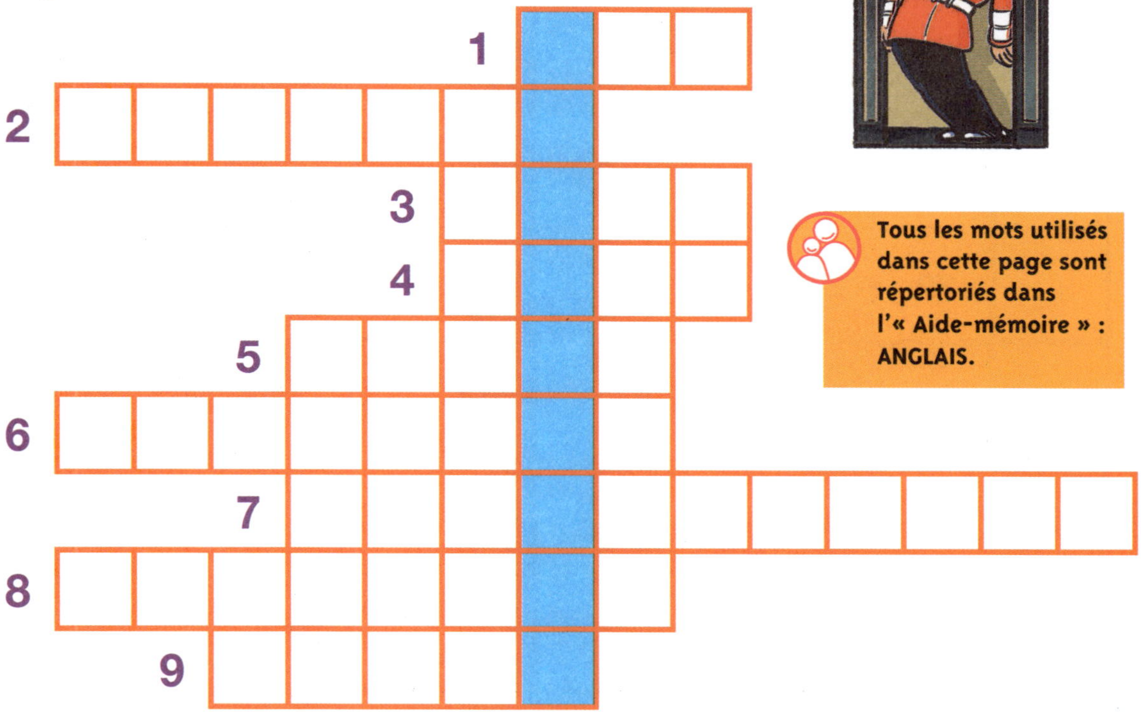

LES INTRUS

Dans chaque groupe de quatre mots, barre l'intrus.

DIVING
SAILING
SOCCER
SWIMMING

NEW YORK
CANBERRA
WASHINGTON
LONDON

ADDIFLÉCHÉS

Complète cette grille avec des nombres de 1 à 9 pour que, en additionnant les nombres inscrits en face de chaque flèche horizontale ou verticale, tu obtiennes la somme inscrite dans la case colorée. Attention ! Dans chaque somme, tu ne dois jamais utiliser deux fois le même nombre.

	10	37		41	30		11	28	
3	1		6			3 / 5			
16			34 / 23		7				15
	28			9		1	14		9
	29					14	3		
	22 / 8		6		2	9	8 / 10		
5		4	15	2				4	
16			14			16			

L'INCONNUE MYSTÈRE

Lis le problème et choisis, dans la liste proposée, l'équation qui permet de le résoudre. Puis calcule le résultat.

A. x = 3 + 6 + 3 kg.

B. x = 3 + 6 x 3 kg.

C. x = 3 x 6 x 3 kg.

Dans son potager, un jardinier a récolté six fois plus de groseilles que de framboises et trois fois plus de fraises que de groseilles. Sachant qu'il a récolté 3 kg de framboises, combien a-t-il récolté de fraises ?

DANS LA CUISINE

Commence par barrer dans cette liste le nom d'un meuble qui ne se trouve pas dans une cuisine puis barre tous les autres noms dans la grille. Attention ! Ils s'écrivent horizontalement, verticalement ou en diagonale, à l'endroit ou à l'envers et ils se croisent, donc une même lettre peut servir dans plusieurs mots. À la fin, il te restera cinq lettres pour écrire un mot qui a un rapport avec la nourriture.

ANANAS	LAIT	RIZ
CACAO	LEVURE	SAFRAN
~~CÉLERI~~	LIT	SAUCE
COING	MAÏS	SEL
CRÈME	MIEL	SOLE
FARINE	MELON	SOUPE
FRAISES	PAIN	SUCRE
HUILE	POTAGE	THÉ
HUÎTRES	PURÉE	
KIWI	RADIS	

F	A	R	I	N	E	L	I	U	H
R	D	N	A	R	F	A	S	O	U
A	E	O	A	D	E	I	O	A	I
I	M	L	N	N	I	L	L	C	T
S	E	E	C	U	A	S	E	A	R
E	R	M	A	I	S	S	V	C	E
S	C	I	T	N	E	P	U	O	S
E	U	E	K	I	W	I	R	I	Z
L	S	L	E	A	T	H	E	N	R
E	E	R	U	P	O	T	A	G	E

Le mot-mystère : ....

MOTS FLÉCHÉS

Remplis cette grille de mots fléchés en t'aidant des définitions. Attention ! Les verbes entre parenthèses doivent être conjugués au futur de l'indicatif.

IL (GÉRER) / NOUS (RÉPARER)		DALLA / FUT PUBLIÉ		NOUS (ÊTRE) / RIGOLÉ		ASSOMMÉ / TRÈS COURT		VOUS (OSER) / IL ANNONCE LA PLUIE	
ON (RAVIR) / ELLE (FAIRE)							LA FRANCE EN FAIT PARTIE / BUS		
				RÉCOMPENSE DE CINÉMA / MORCEAU DE SQUELETTE					
PETIT COURS D'EAU / VOUS (RATISSER)			PRONOM PERSONNEL			VIEILLESSE			

RONDE

Écris dans chaque rectangle le verbe de la liste qui correspond aux deux définitions contenues dans les deux disques voisins.

- Ces deux verbes sont des auxiliaires.
- Ces deux verbes sont au prétérit.
- Ces deux verbes sont irréguliers.
- Ces deux verbes sont à l'infinitif.
- Ces deux verbes sont réguliers.
- Ces deux verbes ont 3 lettres en commun.
- Ces deux verbes sont au présent.
- Ces deux verbes sont à la 3e personne.

HAS

ASKS
CAME
~~**HAS**~~
TO MOVE
TO STEAL
WANT
WATCHED
WERE

Tous les mots utilisés dans ce jeu sont répertoriés dans l'« Aide-mémoire » : ANGLAIS.

ADDITION CODÉE

Chaque symbole remplace toujours le même chiffre dans cette addition codée.
Retrouve la valeur de chacun d'eux en t'aidant des indices.

RECENSEMENT

Le club sportif du collège François-Villon est fréquenté par 42 élèves.
1/3 jouent au foot, 1/7 au tennis et 50 % au basket.
Combien d'élèves sont inscrits à la natation ?

Football

....

Tennis

....

Basket

....

Natation

....

Pour résoudre ce petit problème, il faut revoir les pourcentages et les fractions. Voir l'« Aide-mémoire » : MATHÉMATIQUES.

RÉBUS

Décode ce rébus et tu liras la morale de la fable de La Fontaine intitulée *Le Loup et l'Agneau.*

ZIGZAG

Barre d'abord dans la liste tous les verbes qui ne sont pas au conditionnel. Puis trouve les autres verbes dans la grille. Attention ! Ils sont écrits en zigzag, comme te le montre l'exemple, et ils ne se croisent pas. Quand tu auras tout barré, il te restera six lettres pour former un autre verbe au conditionnel.

AIMERAIS	FUIRAIT
AURIONS	IRAIS
COURRAIT	NOTERONS
CRÉERAIENT	PAIERIEZ
DEVRA	PARLA
~~DONNERAIT~~	REÇOIT
ENTENDIS	SAURIEZ
ENVOYAIT	SENTIRAIT
FINIRIONS	VERRIEZ

V	A	D	O	N	N	E	A	R	I
E	U	R	I	O	S	R	I	S	S
R	R	I	E	N	A	A	I	T	E
S	A	P	Z	S	U	R	I	T	N
C	I	Z	E	I	R	A	I	T	A
R	E	R	I	C	S	I	E	M	I
E	E	E	E	O	U	A	R	T	R
A	R	T	Z	T	R	R	A	I	A
I	E	N	I	I	F	I	N	I	R
F	U	I	R	A	T	S	N	O	I

Le mot-mystère : ....

TOUCHÉ-COULÉ

Alice et Moïna jouent à la bataille navale. Chacune a placé dans sa grille quatre canots qui occupent chacun une case, trois chalutiers qui occupent chacun deux cases, deux paquebots qui occupent chacun trois cases et un porte-avions qui occupe quatre cases.
Il y a au moins une case libre, dans tous les sens (horizontal, vertical ou en diagonale), entre deux bateaux.

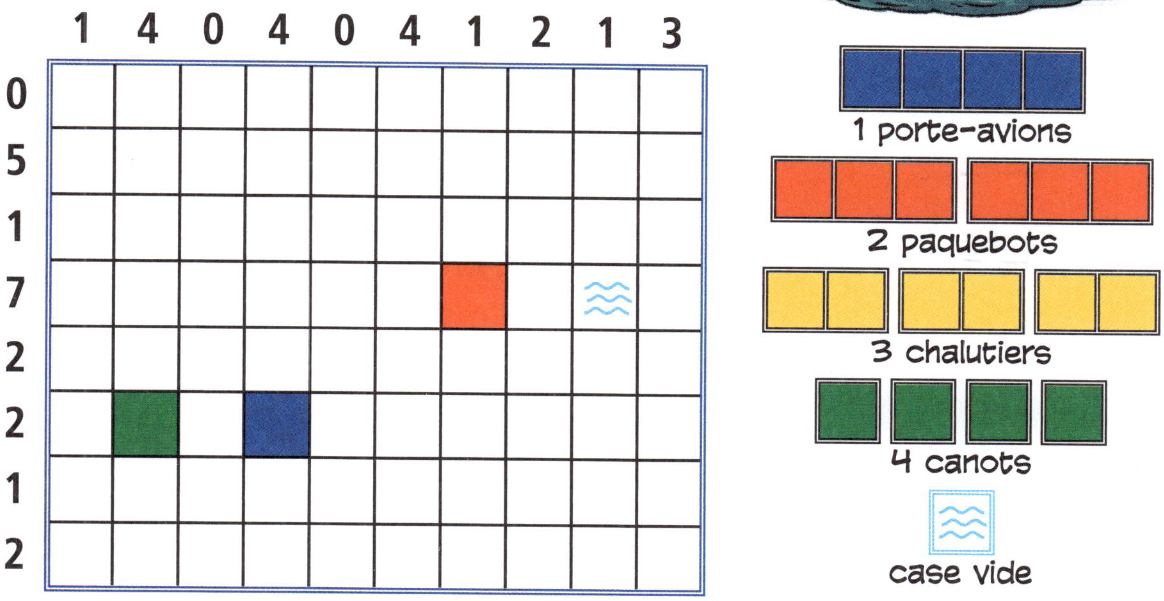

Alice a déjà joué plusieurs coups. Elle a noté une case vide et dessiné les symboles des premiers bateaux touchés ou coulés. Pour t'aider, nous avons noté au-dessus des colonnes et à gauche des lignes le nombre de cases occupées par un bateau. Un conseil : commence par noter toutes les cases vides que tu peux, par exemple sur les lignes notées 0 et autour du canot.

MINI-ÉNIGME

Une plante carnivore mange deux mouches par jour. Combien de mouches a-t-elle dévorées entre le 25 février au matin et le 3 mars 2008 au soir ?

Elle a mangé : ....

DERNIER NOMBRE

Dans cette liste, barre les nombres indiqués en suivant les consignes.

~~2,78~~
~~9,231~~
~~17,021~~
~~24,65~~
~~31,25~~
~~45,524~~
~~62,54~~
~~129,07~~
255,7

- **Barre les 2 nombres dont le chiffre des dizaines est 2.**
- **Dans les 7 restants, barre ceux dont le chiffre des dixièmes est 2.**
- **Dans les 5 restants, barre ensuite ceux dont le chiffre des centièmes est 2.**
- **Dans les 3 restants, barre, pour finir, les nombres dont le chiffre des unités est 2.**

Le nombre restant est : 255,7

DIVISION CODÉE

Dans cette division codée, chaque chiffre est toujours remplacé par le même symbole.
Trouve la valeur de chaque symbole grâce aux indices.

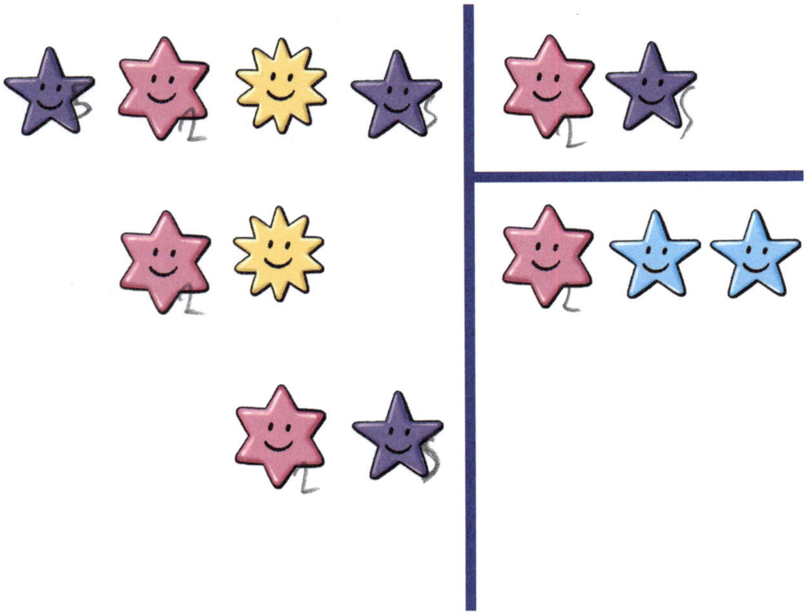

CHRONOPUZZLE

Remets dans l'ordre chronologique ces événements historiques.

Christophe Colomb en Amérique

Le couronnement de Charlemagne

Le début des guerres de Religion en France

La mort de Mahomet

RENCONTRES IMPOSSIBLES

Parmi ces personnages, un seul n'a pas pu rencontrer les autres. Lequel est-ce ?

Christophe Colomb

Henri IV

Gutenberg

Jeanne d'Arc

Louis XI

Le Nôtre

LE CLUB DES 4

Inès, Sarah, Alexandre et Maxime ont l'habitude de prendre leur goûter ensemble, en sortant du collège. Trouve quel parfum de glace chacun a choisi et avec quelle boisson il l'a accompagnée en lisant soigneusement les indices et en les reportant dans la grille. Note N pour non et O pour oui. Souviens-toi que, dans chaque grand carré, il ne peut y avoir qu'un seul OUI sur chaque ligne et chaque colonne.
Pour t'aider, nous avons décodé le premier indice.

	Chocolat	Vanille	Pistache	Fraise	Soda	Limonade	Jus d'orange	Thé
Alexandre	N	N			O	N	N	N
Sarah					N			
Maxime					N			
Inès					N			

	Chocolat	Vanille	Pistache	Fraise
Soda	N	N		
Limonade				
Jus d'orange				
Thé				

Les indices

1 – Alexandre a choisi une glace ni au chocolat ni à la vanille et il a bu un soda.
2 – Sarah n'a choisi ni la pistache ni le thé.
3 – C'est une fille qui a bu du jus d'orange.
4 – Celui qui a choisi la glace à la pistache a bu de la limonade.
5 – Maxime n'a pas bu de thé.
6 – Le jus d'orange a été bu avec une glace à la vanille.
7 – Inès a choisi le chocolat.

Coup de pouce

Si tu notes un O dans une case, n'oublie pas de noter N dans les trois autres cases de la même ligne et dans les trois autres de la même colonne. N'oublie pas non plus que dès que tu as trois N sur une même ligne ou une même colonne d'un grand carré, tu peux inscrire un O sur la quatrième case et, souvent, un même indice peut te permettre de remplir des cases dans plusieurs carrés à la fois.

QUIZ

Mets les verbes entre parenthèses au passé simple. Avec les lettres des réponses, tu trouveras une forme conjuguée du verbe *savoir*.

1. Ce matin, Marc (courir) pour arriver à l'heure à l'école.
R. Coura.
S. Courut.
T. Court.

2. Le cheval (sauter) au-dessus de l'obstacle.
U. Sauta.
V. Sautai.
W. Sautait.

3. Je (nager) jusqu'au port.
P. Nagea.
Q. Nageais.
R. Nageai.

4. Elles (finir) de travailler plus tôt que prévu.
C. Finiront.
D. Finit.
E. Finirent.

5. Nous (venir) les voir dès notre arrivée.
M. Vîntes.
N. Vînmes.
O. Vinrent.

6. Vous n'(avoir) pas le temps de visiter la ville.
R. Eûmes.
S. Eût.
T. Eûtes.

Révisez le passé simple.
Voir l'« Aide-mémoire » : CONJUGAISONS.

☐ ☐ ☐ ☐ ☐ ☐

LE DERNIER MOT

Dans cette liste, barre les mots indiqués en suivant les consignes.

CETTE
CES
CEUX
DES
DU
LA
LE
LES
MON
SON
TON
UN
UNE

- **Barre les 3 déterminants possessifs.**
- **Dans les 10 restants, barre les 3 déterminants démonstratifs.**
- **Dans les 7 restants, barre les 3 articles indéfinis.**
- **Dans les 4 restants, barre les 3 articles définis.**

Le mot restant est un article partitif : ....

Révisez les différents déterminants.
Voir l'« Aide-mémoire » : FRANÇAIS.

LABYCHOIX

Aide ce jeune voyageur à rejoindre la côte Ouest des États-Unis. À chaque carrefour, deux noms te sont proposés. Choisis celui du lieu où tu te trouves sur la carte et tu seras sur le bon chemin.

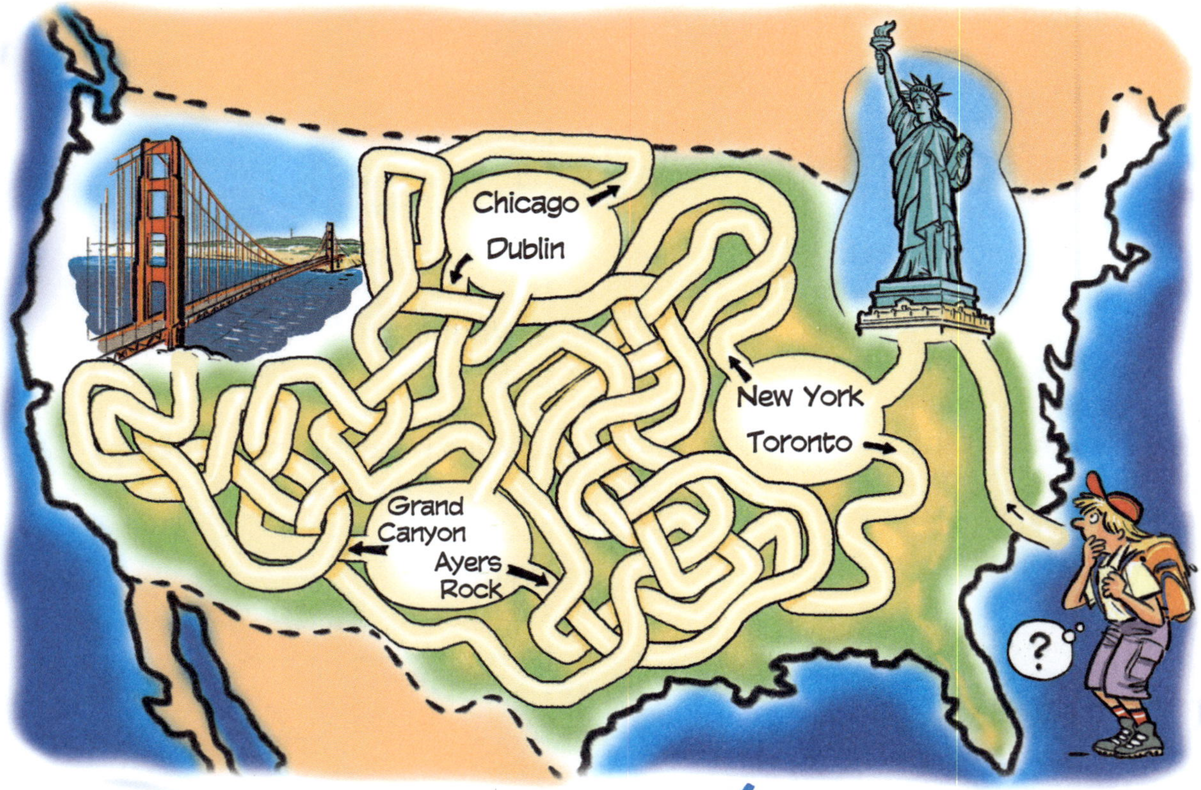

S M S CODÉ

Pour décoder le message secret, remplace chaque nombre par la lettre qui se trouve à ce rang dans l'alphabet (A = 1, B = 2...). Il te restera à traduire ce dialogue entre Hugh et John.

23 8 1 20   1 18 5   25 15 21   4 15 9 14 7 ?

_ _ _ _   _ _ _   _ _ _   _ _ _ _ _ ?

9   1 13   15 14   8 15 12 9 4 1 25

_   _ _   _ _   _ _ _ _ _ _ _

8 15 23   12 21 3 11 25   25 15 21   1 18 5 !

_ _ _   _ _ _ _ _   _ _ _   _ _ _ !

CASCADE

Dans ces opérations en cascade, chaque chiffre est toujours remplacé par le même symbole. Trouve la valeur de chacun d'eux.

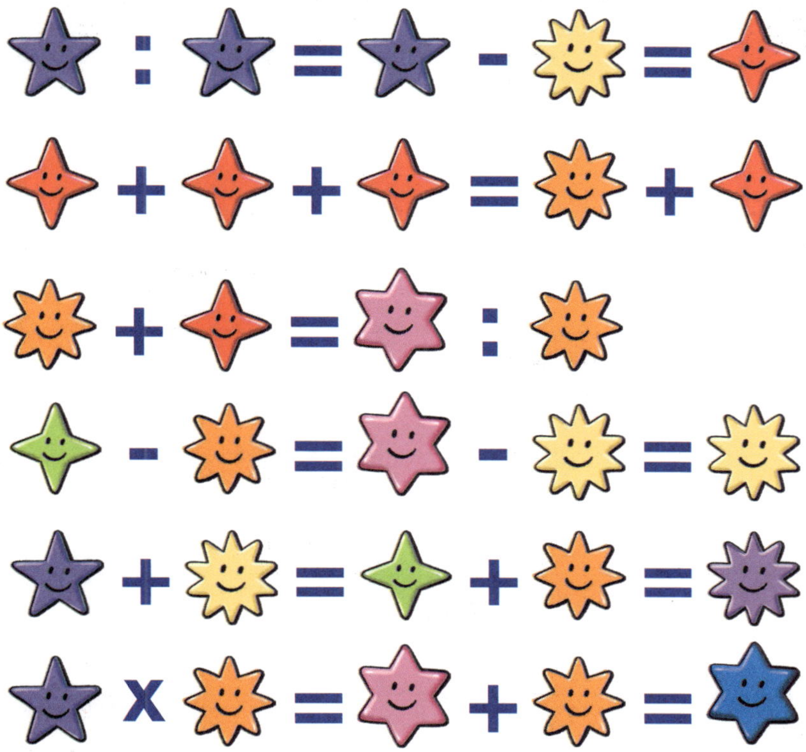

ADDIPYRAMIDE

Sachant que le nombre inscrit sur chaque brique doit être égal à la somme des deux nombres des briques inférieures, complète cette pyramide.

MOTS FLÉCHÉS

Remplis cette grille de mots fléchés en t'aidant des définitions.

			PÉRIODE QUI SUIT LE MOYEN ÂGE	R	IMMOBILISÉE / SE DIRIGE	F	PETIT COIN / ROULEAU FRIT D'ASIE	W	SORTIE
			D	E	V	I	N	C	I
			BARBOTE / LES NÔTRES	N	A	G	E	TROUVAILLES	S
BICYCLETTE / ELLE CONTIENT LES SOUVENIRS	V	BIEN FAIT ! / PERSONNE QUI SOIGNE LES ONGLES	N	A	PRODUITS / PIERRE	E	M	I	S
M	E	M	O	I	R	E	DÉVÊTU / ÉPOQUE	N	U
OUTIL DE COW-BOY / BRUIT	L	A	S	S	O	LA PREMIÈRE FEMME / OUBLIE	E	V	E
S	O	N	NOMBRE DE POINTS / EN BAS À GAUCHE DE LA CARTE	S	C	O	R	E	ESSAYÉE
PEINTURE CÉLÈBRE DU LOUVRE (LA)	LEUR CAPITALE EST WASHINGTON / PRESQUE ROND	U	S	A	NE DIT PAS LA VÉRITÉ / MESURÉE	M	E	N	T
J	O	C	O	N	D	E	GRANDE RÈGLE / SORTE DE POMME	T	E
APERÇU / RANGÉES AU PARKING	V	U	INDIQUAIS LES LONGUEURS / SAISON CHAUDE	C	O	T	A	I	S
G	A	R	E	E	S	RÉCIPIENT / AJOUT EN BAS D'UNE LETTRE	P	O	T
QUI TOUCHE LE FILET / CUBE POUR JOUER	L	E	T	PIQUANT	E	P	I	N	E
D	E	OBTENUES	E	U	E	S	PRONOM RÉFLÉCHI	S	E

FUTOSHIKI

		3	<							5
		^				v		^		^
		5	>							
4	>			5		3	<			
v										
		6		4				3		2
6		4	>			1				3
				^						
	>		<			6		2		

Remplis cette grille pour que tous les chiffres de 1 à 6 soient inscrits une seule fois sur chaque ligne et chaque colonne. Pour t'aider, les signes < (plus petit que) et > (plus grand que) te renseignent sur les deux chiffres contenus dans les deux cases voisines.

MINI-ÉNIGME

Le fantôme qui hante le manoir des Mac Ake a deux cents ans de plus que celui qui rôde dans les couloirs du château des Mac Abane.
Quel est l'âge du plus vieux ?

Au total, les fantômes ont 738 ans.

Le fantôme des Mac Ake : ....

Le fantôme des Mac Abane : ....

QUIZ

Complète chaque phrase avec la forme du comparatif ou du superlatif qui convient, puis relève les lettres correspondant à tes réponses et tu liras, en anglais, le nom de ce que portent ces personnages.

1. An elephant is .... than a monkey.

F – Biggest.
G – Big.
H – Bigger.

2. Marc is .... boy in the baseball team.

D – The nicer.
E – The nicest.
F – The most nice.

3. The red car is .... than the yellow one.

K – Expensiver.
L – More expensive.
M – Not expensive.

4 – This bakery is .... in town.

K – The better.
L – The good.
M – The best.

5 – Sabrina is the .... in her class.

E – Tallest.
F – Taller.
G – Tall.

6 – Mike is as funny .... Roger.

S – Than.
T – As.
U – More.

LETTRE ANONYME

Place les mots manquants au bon endroit.

Commissaire,

*Regardez ..... photos, elles prouvent que le voleur qui .....
introduit chez moi savait ce qui avait de la valeur. .....
évident ! Il a rempli ..... poches avec des statuettes anciennes
et a laissé les copies. Et je ..... que vous êtes son complice !*

CES SES SAIS C'EST S'EST

Les mots qui se prononcent de la même façon mais s'écrivent différemment sont des homophones. Voir l'« Aide-mémoire » : FRANÇAIS.

AU JARDIN

Commence par barrer dans cette liste le nom qui ne désigne pas une plante puis barre tous les autres noms dans la grille. Attention ! Ils s'écrivent horizontalement, verticalement, à l'endroit ou à l'envers et ils se croisent, donc une même lettre peut servir dans plusieurs mots.
À la fin, il te restera cinq lettres pour écrire un mot qui a un rapport avec les fleurs.

ANÉMONE
ARUM
ASTER
BÉGONIA
BLEUET
BRUYÈRE
~~CHARDON~~
CIGUË
CITRON
CRIQUET
DAHLIA
GUI
JASMIN
JONC
LIANE
LILAS
LYS
LUZERNE
ORTIE
PAMPRE
PERSIL
ROSE
THYM

B	E	G	O	N	I	A	R	U	M
R	N	P	R	N	S	A	L	I	L
U	O	A	T	O	J	O	N	C	I
Y	M	M	I	D	A	H	L	I	A
E	E	P	E	R	S	I	L	T	N
R	N	R	G	A	M	T	A	R	E
E	A	E	U	H	I	E	S	O	R
E	U	G	I	C	N	I	T	N	G
E	M	Y	H	T	E	U	E	L	B
S	S	Y	L	U	Z	E	R	N	E

Le mot-mystère : ....

MATHOQUIZ

Trouve les bonnes réponses à ce quiz, note les lettres correspondantes dans les cases, et tu liras un nombre.

1. Laquelle de ces suites est exacte ?

B. $-2{,}15 < 3 < 5{,}67 < -8{,}975$
D. $-8{,}975 < -2{,}15 < 3 < 5{,}67$
R. $3 < -2{,}15 < 5{,}67 < -8{,}975$

2. Quels renseignements dois-tu donner si on te demande les coordonnées d'un point ?

O. Son abscisse et son ordonnée.
A. Sa hauteur et sa longueur.
U. Sa longueur et sa largeur.

3. Laquelle de ces opérations a un résultat compris entre 5 000 et 7 000 ?

U. 7 458 – 500
A. 500 – 7 458
O. 7 458 + 500

4. Laquelle de ces affirmations est fausse ?

F. Un losange est un parallélogramme.
R. Un carré est un parallélogramme.
Z. Un triangle est un parallélogramme.

5. Si la longueur d'un rectangle mesure 5 x et sa largeur 3 x, quelle est la mesure de son périmètre ?

A. 8 x
O. 15 x
E. 16 x

SOUSTRACTION CODÉE

Chaque symbole remplace toujours le même chiffre dans cette soustraction codée. Retrouve la valeur de chacun d'eux en t'aidant des indices.

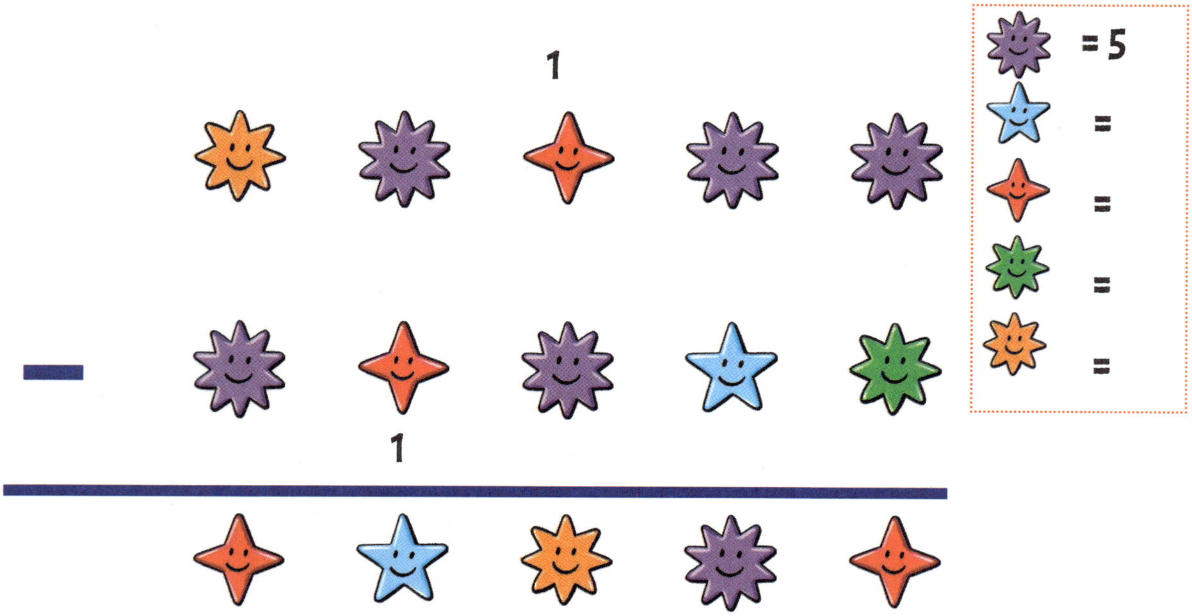

LABY

Trouve quel chemin les deux caravanes de dromadaires doivent suivre pour se rencontrer dans l'oasis centrale, en partant l'une du Caire et l'autre de Tombouctou.

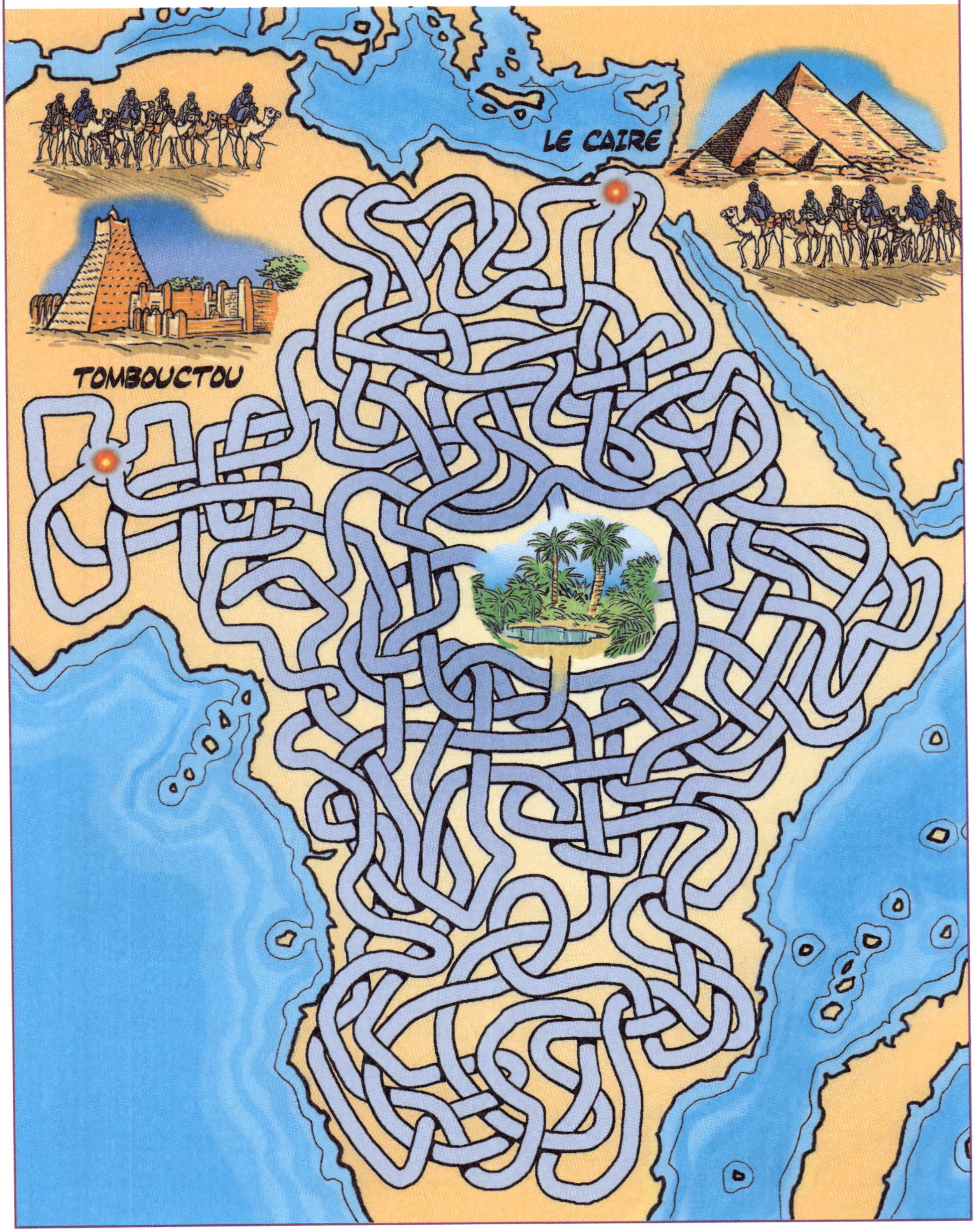

LE MOT MANQUANT

Pour décoder le message secret, remplace chaque nombre par la lettre qui se trouve à ce rang dans l'alphabet (A = 1, B = 2...). Il te restera à trouver le mot qui manque pour que cette phrase soit cohérente.

12 5   16 1 18 20 9 3 9 16 5

_ _   _ _ _ _ _ _ _ _ _

16 18 5 19 5 14 20   4 5 19   22 5 18 2 5 19

_ _ _ _ _ _ _   _ _ _   _ _ _ _ _ _

4 21   4 5 21 24 9 5 13 5

_ _   _ _ _ _ _ _ _ _

7 18 15 21 16 5   6 9 14 9 20

_ _ _ _ _ _   _ _ _ _ _

16 1 18   ? ? ? ? ? ?

_ _ _   _ _ _ _ _ _

CHARADES

Mon premier est un adjectif possessif féminin.
Mon deuxième tourne autour du Soleil.
Mon troisième vient à la vie.
Mon quatrième est un article défini.
Mon tout est une petite école.

On cultive du blé dans mon premier.
Mon deuxième est une préposition.
Mon troisième est un adjectif possessif.
Mon tout est une fête
où l'on mange des crêpes.

L'HÉRITAGE

Un vieux prince qui avait une nombreuse famille avait ainsi rédigé son testament : « Je veux que mes 40 diamants soient ainsi partagés entre mes enfants.
Mon fils aîné recevra 5 diamants et mon fils cadet 3.
Le reste des diamants devra être partagé en parts égales entre toutes mes filles. »
Le fils aîné fut très satisfait car c'est lui qui avait la plus grosse part de l'héritage. Mais le fils cadet fut très fâché de ce partage car il calcula qu'il recevrait une part d'héritage moins importante que chacune de ses sœurs.
Combien de filles le vieux prince avait-il ?

POUR T'AIDER :

Combien le vieux prince a-t-il de diamants ? ....

Combien en laisse-t-il à ses fils ? ....

Combien en reste-t-il pour les filles ? ....

Si l'aîné des frères est satisfait et le cadet est fâché,

combien de diamants chaque fille reçoit-elle ? ....

Combien le vieux prince a-t-il de filles ? Il en a 8

ÉQUILIBRE

Un mobile est un assemblage qui tient en équilibre car, aux deux bouts d'une baguette, sont suspendus des éléments qui ont la même masse.
Si cet ensemble pèse 400 g, peux-tu dire combien pèse la forme rouge ?

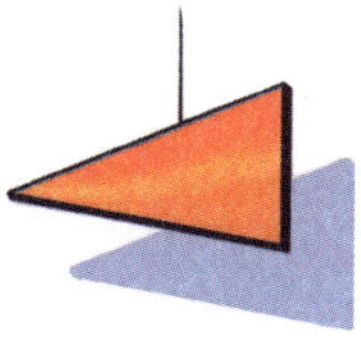

= ....

RECENSEMENT

Parmi tous les élèves de 5e au collège François-Villon :

3/5e sont bruns,

12 % sont roux

et 28 sont blonds.

Combien y a-t-il d'élèves de 5e au collège François-Villon ?

....

Pour résoudre ce petit problème, il faut revoir les pourcentages et les fractions. Voir l'« Aide-mémoire » : MATHÉMATIQUES.

DIFFÉRENCES

Trouve autant de différences entre ces deux dessins que tu peux voir d'animaux qui ont des poumons.

RÉBUS

Décode ce rébus et tu liras la morale de la fable de La Fontaine intitulée *Le Renard et la Cigogne.*

MOT VERTICAL

Inscris horizontalement dans la grille les mots correspondant aux définitions et tu liras, verticalement dans les cases colorées, le nom d'un corps céleste qui tourne autour d'une planète.

1. Il pilote les navettes spatiales.
2. Il fut le premier homme sur la Lune.
3. Même si tu es dans la lune, tu as les pieds dessus.
4. La Terre lui tourne autour.
5. Elles brillent dans le ciel.
6. Mars en est une.
7. La plus grosse planète du système solaire.
8. Elle pourrait te conduire sur la Lune.
9. C'est la sensation de flotter dans l'espace.

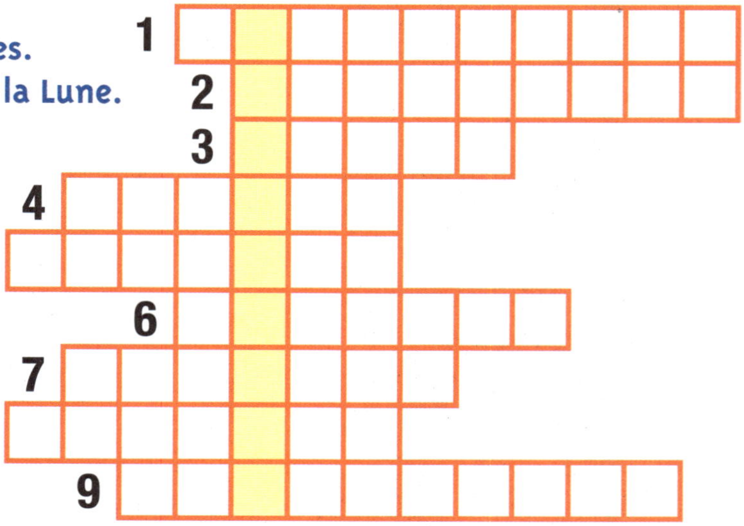

Le mot-mystère : ....

SUDOKU

9	5		4					
					8	4	2	
			3					5
8				9		5		
		2			6			1
					4	6	9	3
	6	9	8		5		7	
7		5		4	3			
3	2	4	6	7	9		5	

Remplis toutes les cases vides de cette grille pour que chaque chiffre de 1 à 9 se trouve une seule fois sur chaque ligne, sur chaque colonne et dans chaque carré de 9 cases.

LE CLUB DES 4

Inès, Sarah, Alexandre et Maxime portent chacun de jolis tee-shirts. Chaque couleur a été choisie deux fois mais aucun des quatre copains n'a fait exactement le même choix que les autres.
Trouve les couleurs de tous les tee-shirts en lisant les indices et en les reportant dans la grille.
Note N pour non et O pour oui.
Pour t'aider, nous avons décodé le premier indice.

Les indices

1. **Aucune des filles ne porte un tee-shirt bleu.**
2. **Alexandre ne porte jamais de rouge.**
3. **Un des tee-shirts de Sarah est blanc, l'autre n'est pas rouge.**
4. **Une fille qui porte un tee-shirt noir a choisi du rouge pour le deuxième.**

Si tu es très fort en logique, tu devrais avoir déjà trouvé la solution. Sinon, voici encore quelques renseignements :

5. **Alexandre porte du bleu et du blanc.**
6. **Inès aime beaucoup le noir.**

	Noir	Bleu	Blanc	Rouge
Inès		N		
Sarah		N		
Maxime		O		
Alexandre		O		

QUIZ

Pour chaque question, choisis la bonne réponse et note les lettres correspondantes dans les cases. Tu sauras le nom du fleuve qui traverse Londres.

1. Quel pays ne fait pas partie de la Grande-Bretagne ?
R – Le pays de Galles.
S – L'Écosse.
T – L'Irlande du Nord.

2. Quelle monnaie utilise-t-on en Angleterre ?
A – La livre.
B – L'euro.
C – La lire.

3. Quel est le nom de l'hymne national anglais ?
L – *The Star-Spangled Banner.*
M – *God save the Queen.*
N – *Jingle Bells.*

4. Quel est le symbole de l'Angleterre ?
I – La rose.
J – Le poireau.
K – Le coq.

5. Qui a écrit *Roméo et Juliette* ?
R – Jane Austen.
S – William Shakespeare.
T – Charles Dickens.

6 – Qui est le saint patron de l'Irlande ?
C – Saint Thomas.
D – Saint Charles.
E – Saint Patrick.

LE DERNIER MOT

Suis bien les consignes et tu découvriras un article indéfini.

I
HIM
THEY
YOURS
HIS
SHE
US
MINE
AN
OUR
WE
ME
THEIR
HERS
YOUR
OURS

- **Barre dans cette liste 4 pronoms personnels sujets.**
- **Dans les 12 mots restants, barre 3 pronoms personnels compléments.**
- **Dans les 9 mots restants, barre maintenant 4 adjectifs possessifs.**
- **Enfin, dans les 5 mots restants, barre 4 pronoms possessifs.**

Tous les mots utilisés dans ce jeu sont répertoriés dans l'« Aide-mémoire » : ANGLAIS.

MULTIPYRAMIDE

Sachant que le nombre inscrit sur chaque brique doit être égal au produit des deux nombres des briques inférieures, complète cette pyramide.

Pour résoudre ce jeu, il faut faire une succession de multiplications et de divisions.

GÉOMÉTRUC

Le vieux pirate Barbe-Noire a dissimulé son trésor sur une île déserte et il a noté dans son carnet de bord les repères qui lui permettront de retrouver la cachette.

Pour trouver mon or, trace d'abord une ligne joignant le sommet du phare au sommet du rocher pointu, puis une deuxième ligne perpendiculaire à la première qui passe par le pied d'un des arbres. Trouve le point symétrique de l'emplacement de cet arbre en utilisant la rivière comme ligne de symétrie. Là est mon trésor !

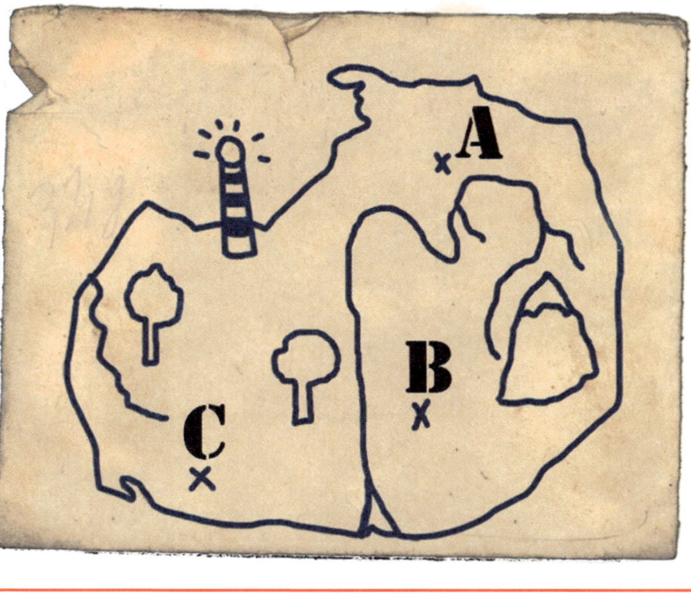

Lequel des points repérés sur cette carte correspond à l'emplacement du trésor ?

Les notions de symétrie sont abordées dans l'« Aide-mémoire » : MATHÉMATIQUES.

RONDE

IL VEUT

Ces deux verbes sont conjugués à l'indicatif.

Ces deux verbes sont conjugués à l'imparfait.

Ces deux verbes sont conjugués au présent.

Écris dans chaque rectangle le verbe conjugué de la liste qui correspond aux deux définitions contenues dans les deux disques voisins.

Ces deux verbes sont conjugués au subjonctif.

Ces deux verbes sont conjugués au participe.

CRIÉ
RIANT
QUE JE RENDE
TU AIMERAIS
~~IL VEUT~~
QU'ELLE FINÎT
NOUS SAVIONS
VOUS AIMÂTES
ILS EUSSENT OFFERT
ELLES AVAIENT JOUÉ

Ces deux verbes sont conjugués au présent.

Ces deux verbes sont conjugués au passé.

Ces deux verbes sont conjugués au conditionnel.

Ces deux verbes sont conjugués à l'indicatif.

Ces deux verbes sont conjugués à un temps composé.

TOUCHÉ-COULÉ

Alice et Moïna jouent à la bataille navale. Chacune a placé dans sa grille quatre canots qui occupent chacun une case, trois chalutiers qui occupent chacun deux cases, deux paquebots qui occupent chacun trois cases et un porte-avions qui occupe quatre cases.
Il y a au moins une case libre, dans tous les sens (horizontal, vertical ou en diagonale), entre deux bateaux.

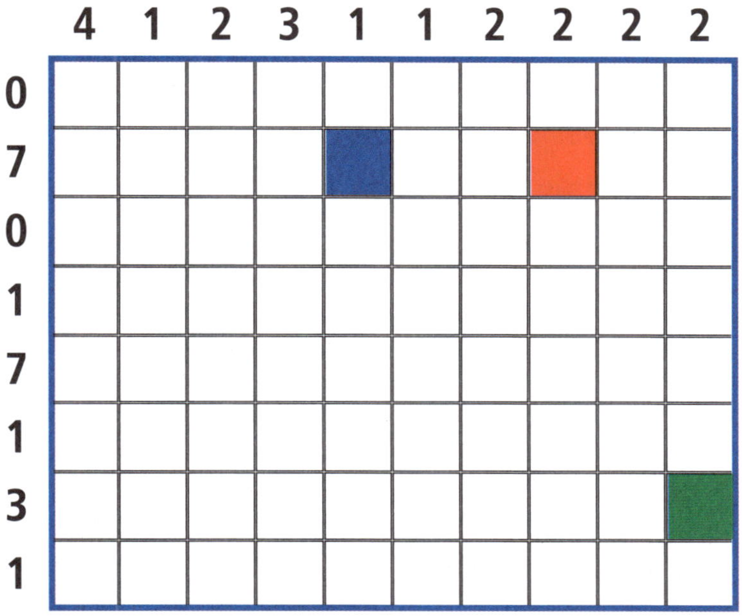

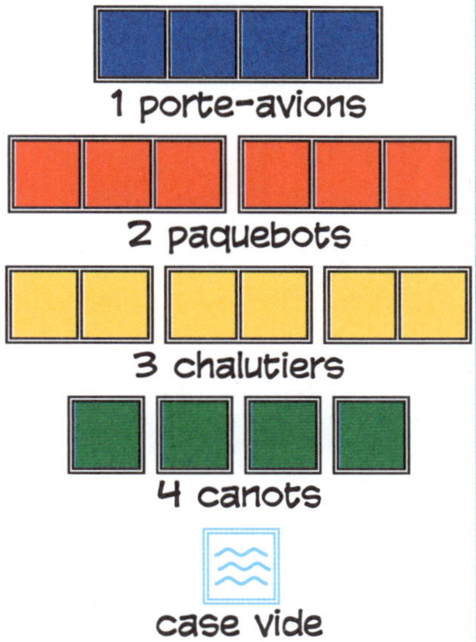

Alice a déjà joué plusieurs coups. Elle a dessiné les symboles des premiers bateaux touchés ou coulés. Pour t'aider, nous avons noté au-dessus des colonnes et à gauche des lignes le nombre de cases occupées par un bateau.
Un conseil : commence par noter toutes les cases vides que tu peux, par exemple sur les lignes notées 0 et autour du canot.

BONJOUR !

Quand deux personnes se rencontrent, pour se dire bonjour elles se serrent la main. Cela fait une poignée de main.

Quand trois personnes se rencontrent, chacune d'elles serre la main des deux autres et, au total, cela fait trois poignées de main.

Quand cinq personnes se rencontrent et se serrent la main, combien comptes-tu de poignées de main ?

DERNIÈRE OPÉRATION

Dans cette liste, barre les opérations indiquées en suivant les consignes.

$5 + (5 \times 2) =$ ....

$5 - (5 \times 2) =$ ....

$5(2 + 5) =$ ....

$5(5 - 2) =$ ....

$2(5 + 5) =$ ....

$2(5 - 5) =$ ....

- **Barre l'opération dont le résultat est un chiffre négatif.**
- **Dans les 5 restantes, barre celle dont le résultat est le plus grand.**
- **Dans les 4 restantes, barre celles qui ont un résultat identique.**
- **Dans les 2 restantes, barre, pour finir, celle dont le résultat est égal à 0.**

L'opération restante est :

....

MULTIPLICATION CODÉE

Chaque symbole remplace toujours le même chiffre dans cette multiplication codée. Retrouve la valeur de chacun d'eux en t'aidant des indices.

TEXTE À TROUS

Élodie écrit à son amie Noémie. Elle hésite parfois entre deux mots.
Aide-la à choisir le bon pour que cette lettre soit sans fautes d'orthographe.

Chère Noémie,

Ça / Sa y est ! Je suis arrivée a / à Saint-Malo. S'est / C'est très beau ! Hier, je me suis baignée avec mais / mes frères. Ils on / ont pêché quatre gros crabes, heureusement s'en / sans se / ce faire pincer les doigts !

Je crois que cette / cet semaine nous irons a / à la grande plage ou / où chez nos cousins où / ou peut-être au zoo ! Je ne suis pas sur / sûre. Nous n'avons pas encore tout décidé. Mes / Mais comme diraient mes / mais parents : pendant les vacances, il ne faut pas sans / s'en faire !

Je t'embrasse.

Élodie.

BON APPÉTIT !

Voici quatre menus affichés à la cantine du collège.
Après les avoir lus, choisis celui qui te semble le plus équilibré.

MENU FRAÎCHEUR

Salade d'endives

Jambon

Frites

Yaourt

Pomme

MENU ÉNERGIE

Rillettes

Côte de mouton

Riz

Fromage

Crème caramel

MENU DIÉTÉTIQUE

Carottes râpées

Filet de cabillaud

Haricots verts

Fromage blanc à 0 % de matières grasses

Kiwi

TOUT VERT !

Commence par barrer dans cette liste le nom d'une plante qui ne contient pas de chlorophylle puis barre tous les autres noms dans la grille.
Attention ! Ils s'écrivent horizontalement, verticalement ou en diagonale, à l'endroit ou à l'envers et ils se croisent, donc une même lettre peut servir dans plusieurs mots.
À la fin, il te restera cinq lettres pour écrire un mot qui a un rapport avec la végétation.

AIL
BUIS
CHAMPIGNON
CÈDRE
CHÊNE
CHOU
DAHLIA
ÉPINARD
~~GUI~~
HÊTRE
HOUX
IRIS
JASMIN
LILAS
LYS
MILLET
MIMOSA
MUGUET
POIREAU
RADIS
ROSE
ROSIER
SALADE
SAUGE
SAULE
THYM

E	N	E	H	C	E	D	R	E	M
R	P	I	R	I	S	C	A	F	I
T	O	I	M	E	L	H	D	E	M
E	I	S	N	S	G	O	I	L	O
H	R	E	E	A	A	U	S	U	S
R	E	I	S	O	R	J	A	A	A
X	A	I	L	H	A	D	L	S	L
M	U	G	U	E	T	I	Y	U	A
R	U	O	M	I	L	L	E	T	D
I	M	Y	H	T	B	U	I	S	E

Le mot-mystère : ....

ADDITION CODÉE

Chaque symbole remplace toujours le même chiffre dans cette addition codée.
Retrouve la valeur de chacun d'eux en t'aidant des indices et des retenues.

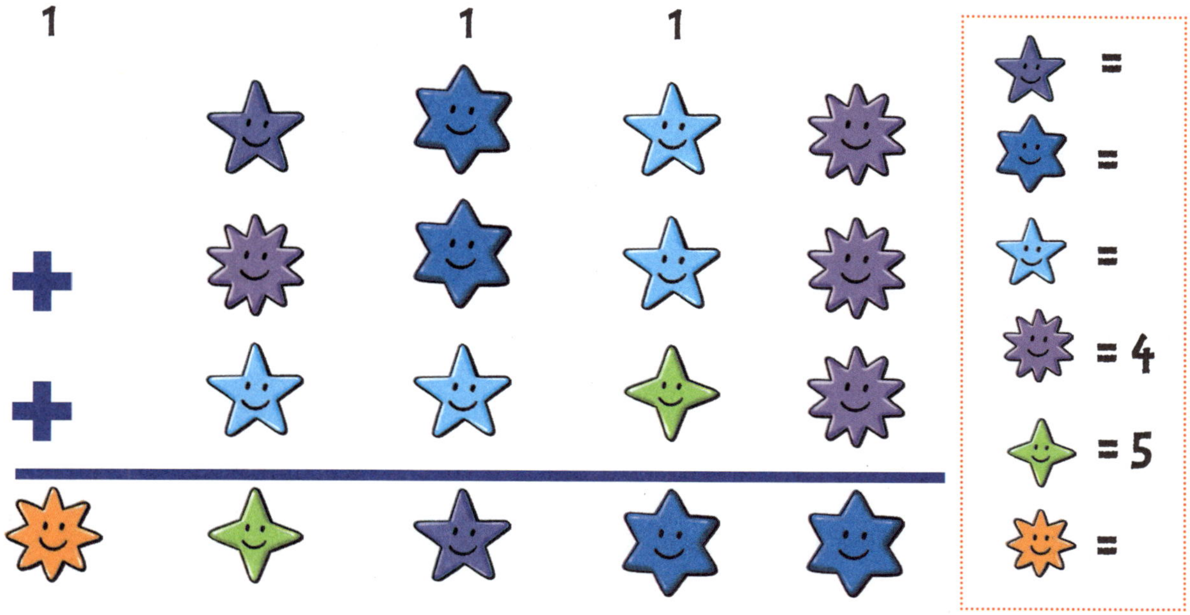

LABYCHOIX

Traverse ce labyrinthe en choisissant le bon résultat à chaque carrefour.

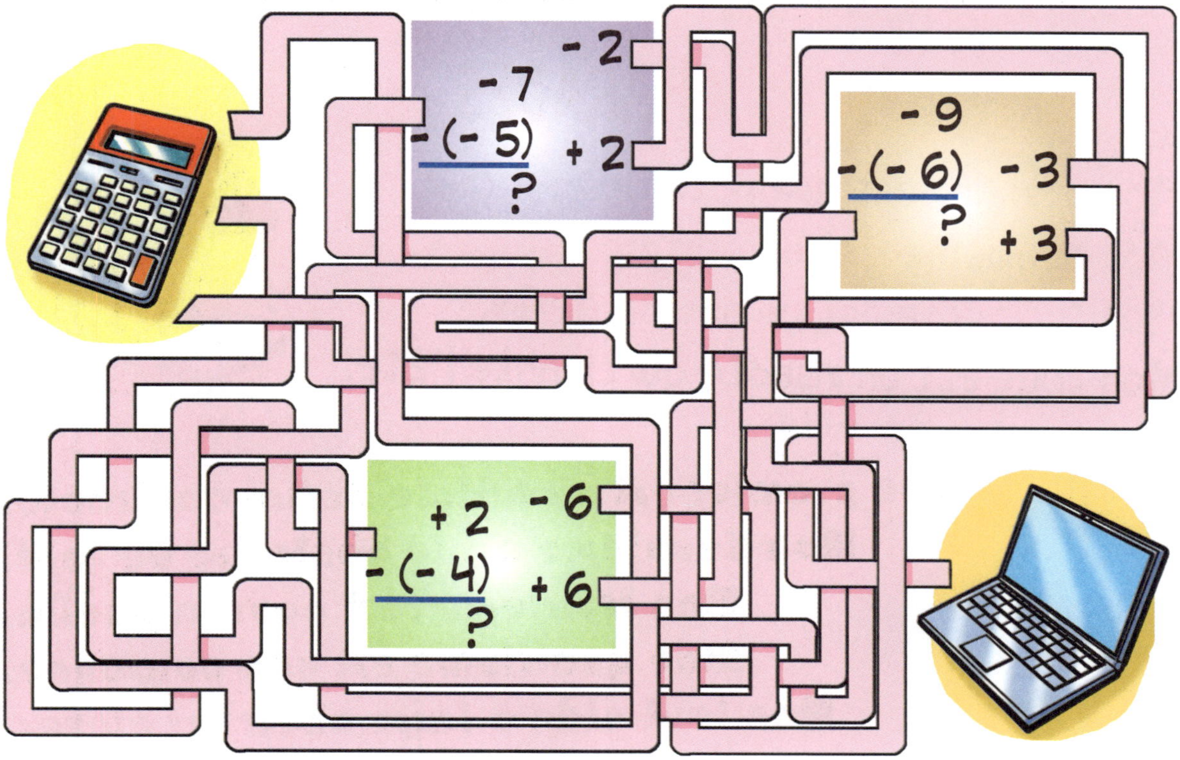

MOTS FLÉCHÉS

Remplis cette grille de mots fléchés en t'aidant des définitions. Attention !
Les verbes entre parenthèses doivent être conjugués au présent de l'impératif.

ABRASER (2e PERSONNE DU SINGULIER) / ABOLIR (1re PERSONNE DU PLURIEL)		ÉLIRE (2e PERSONNE DU SINGULIER) / ENTENDUES		ISOLER (2e PERSONNE DU PLURIEL) / «DANS» EN ANGLAIS		POSER (2e PERSONNE DU SINGULIER) / BRUIT DE RENIFLEMENT		ESSAYER (2e PERSONNE DU SINGULIER)	
RUINER (1re PERSONNE DU PLURIEL) / FAIRE (2e PERSONNE DU SINGULIER)								RIRE (2e PERSONNE DU SINGULIER)	
				ATTACHERA / VENU AU MONDE					
PRONOM PERSONNEL / RESTER (2e PERSONNE DU PLURIEL)			ALLÉE PRINCIPALE D'UNE ÉGLISE				DEUX EN CHIFFRES ROMAINS		
						USER (2e PERSONNE DU SINGULIER)			

Retrouvez tous les tableaux de conjugaison pour réviser les terminaisons des verbes au présent de l'impératif. Voir l'« Aide-mémoire » : CONJUGAISONS.

CHARADES

Mon premier est une note de musique.
Mon deuxième est un garçon.
Mon troisième est un article défini.
Mon tout est un insecte qui chante l'été.

Mon premier est un article défini contracté.
Mon deuxième est le contraire de tard.
Mon troisième sert pour la paella.
Mon quatrième est une consonne.
Mon tout aide à faire obéir les élèves.

LABYRINTHE

Quel chemin Tony doit-il emprunter pour rencontrer successivement *a snake, a monkey, a flamingo, a parrot, a tiger*, puis revenir à son point de départ ?

QUIZ

Réponds aux questions et, avec les lettres des réponses, forme le nom d'un scientifique du XVIe siècle.

1. Quel est le livre sacré des musulmans ?

B – La Torah.
C – Le Coran.
D – La Bible.

2. Quel peuple a inventé l'algèbre ?

M – Les Romains.
N – Les Égyptiens.
O – Les Arabes.

3. Au Moyen Âge, comment s'appellent les paysans libres ?

O – Les serfs.
P – Les vilains.
Q – Les comtes.

4. Quel « état » forment les seigneurs ?

C – Le clergé.
D – Les paysans.
E – La noblesse.

5. Lors de la guerre de Cent Ans, contre qui se battent les Français ?

R – Les Anglais.
S – Les Américains.
T – Les Hollandais.

6. Quel navigateur découvrit le cap de Bonne-Espérance ?

N – Bartolomeu Dias.
O – Magellan.
P – Christophe Colomb.

7. François Ier a régné au :

H – XIVe siècle.
I – XVIe siècle.
J – XVIIIe siècle.

8. Quel roi a signé l'édit de Nantes ?

C – Henri IV.
D – Louis XIV.
E – Saint Louis.

C	O	P	E	R	N	I	C

FUTOSHIKI

		6		3						
^										^
2	<							6		
				^						
5	>		>			1		3		
								^		
	>		<	4					>	
		2		5		3				1
4				6					<	3

Remplis cette grille pour que tous les chiffres de 1 à 6 soient inscrits une seule fois sur chaque ligne et chaque colonne.
Pour t'aider, les signes **<** (plus petit que) et **>** (plus grand que) te renseignent sur les deux chiffres contenus dans les deux cases voisines.

MINI-ÉNIGME

À la fête foraine, la grande roue comporte huit nacelles individuelles. La première nacelle est occupée par Antoine. Paul se trouve dans la nacelle diamétralement opposée.

Indique dans quelle nacelle se trouvent leurs autres copains d'après ces indices :

- **Sophie est juste à droite d'Antoine et Mathieu, juste à sa gauche.**
- **Malika et Brice sont juste à côté de Paul.**
- **Thomas n'est pas à côté d'une fille et il est diamétralement opposé à Ryan.**

ADDIFLÉCHÉS

Complète cette grille avec des chiffres de 1 à 9 pour que, en additionnant les nombres inscrits en face de chaque flèche horizontale ou verticale, tu obtiennes la somme inscrite dans la case colorée. Attention !
Dans chaque somme, tu ne dois jamais utiliser deux fois le même nombre.

	13	28		20	28			41	3
16		7	12 / 32				3		
16			6	3		6	6 / 7		
	35								
	15	6		11 / 23		3		5	
	41 / 13						4		15
16	4		2	6			16		
12			16		7		14		

L'INCONNUE MYSTÈRE

Lis le problème et choisis, dans la liste proposée, l'équation qui permet de le résoudre. Puis calcule le résultat.

Amélie et Simon collectionnent les images. Amélie a trois fois plus d'images de poneys que Simon mais Simon possède 48 images de sportifs, soit quatre fois plus qu'Amélie. Sachant qu'à eux deux ils possèdent 68 images, combien d'images de poneys Amélie a-t-elle ?

A. $68 = x + 48 - (48/3)$
B. $68 = 48x - x/3$
C. $68 = 48 + (48 : 4) + x + x/3$

LES INTRUS

Dans chaque série de mots, trouve l'intrus et inscris-le sur les lignes pour lire le résumé d'un roman que tu as peut-être lu. Puis réponds à la question bonus.

1. L'intrus est un article indéfini singulier.
   LE – LA – LES – UN – DES – AUX
2. L'intrus est un adjectif.
   ÉLÈVE – GRANDIR – APPRENDRE – JEUNE
3. L'intrus est un nom masculin singulier.
   MAGICIENNE – ENCHANTEURS – SORCIER
4. L'intrus est un verbe conjugué au présent.
   LUTTAIT – LUTTERA – LUTTE
5. L'intrus est une préposition.
   PARCE QUE – CONTRE – COURAGEUSEMENT
6. L'intrus est un article défini.
   DES – L' – UN – UNE – SON
7. L'intrus est un adjectif.
   SORCIER – FANTÔME – INFÂME
8. L'intrus est un nom propre.
   VOLDEMORT – MÉCHANT – CELUI DONT ON NE DIT PAS LE NOM

....

....

La question bonus

Comment se nomme le meilleur ami du héros ? ....

ZIGZAG

Barre d'abord dans la liste tous les verbes qui n'appartiennent pas au troisième groupe. Puis trouve les autres verbes dans la grille. Attention ! Ils sont écrits en zigzag, comme te le montre l'exemple, et ils ne se croisent pas. Quand tu auras tout barré, il te restera quatre lettres pour former un autre verbe du troisième groupe.

ACQUIS	~~DORMIRENT~~	SENTIREZ
BOUT	ENTENDIT	SERS
BRONZONS	GRANDIT	SOURIEZ
BUVAIT	MOURUS	TINT
COURRA	NAGEA	VAIS
COUVREZ	NOURRIT	VERRAS
CUEILLE	RIRA	

V	A	I	I	T	R	R	U	O	C
E	N	S	D	C	A	B	U	E	V
E	T	E	N	C	C	B	V	R	R
L	L	I	E	U	O	O	A	S	A
S	E	N	T	T	U	U	I	T	A
R	I	T	I	N	V	T	S	R	C
E	Z	M	Z	E	R	R	I	U	Q
R	U	O	E	R	D	I	R	A	U
U	S	S	M	I	O	S	Z	E	I
S	E	R	T	M	R	S	O	U	R

Le mot-mystère : ....

QUIZ

Pour chaque question, choisis la bonne réponse puis note les lettres correspondantes dans les cases, et tu trouveras le nom d'un État américain.

1. L'Empire State Building se trouve à :

S – Hollywood.

T – New York.

U – Los Angeles.

2. Combien d'étoiles décorent le drapeau américain ?

C – 10.

D – 20.

E – 50.

3. Le 4 juillet aux États-Unis, on fête :

X – L'indépendance du pays.

Y – *Thanksgiving.*

Z – La découverte du pays.

4. Le premier Président américain fut :

A – George Washington.

B – Franklin Roosevelt.

C – Abraham Lincoln.

5. Aux États-Unis, le Président est élu pour :

Q – 7 ans.

R – 5 ans.

S – 4 ans.

INTRUS

Parmi chaque groupe de quatre mots, barre l'intrus.

HAWAÏ
QUEENSLAND
ARIZONA
MISSISSIPPI

ÉCOSSE
ANGLETERRE
PAYS DE GALLES
ISLANDE

CASCADE

Dans ces opérations en cascade, chaque nombre est toujours remplacé par le même symbole. Trouve la valeur de chacun d'eux.

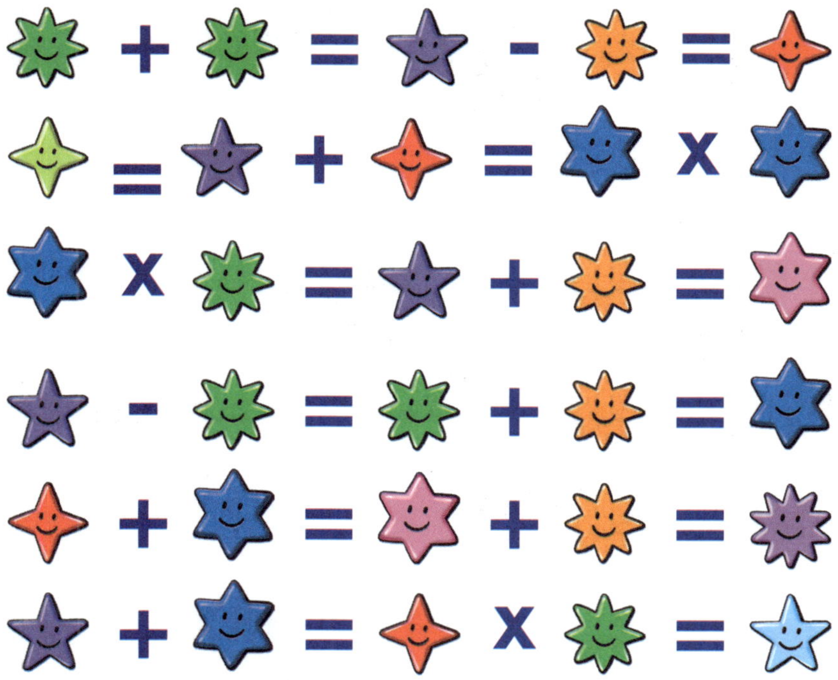

ADDIPYRAMIDE

Sachant que le nombre inscrit sur chaque brique doit être égal à la somme des deux nombres des briques inférieures, complète cette pyramide.

MOTS FLÉCHÉS

Remplis cette grille de mots fléchés en t'aidant des définitions.

- CHUTE D'EAU
- MÉTAL PRÉCIEUX
- IL DESSERT LA BANLIEUE PARISIENNE
- NOMBRE D'ANNÉES
- POIGNÉE
- COUVERT DE MINUSCULES GOUTTES D'EAU
- PRONOM RÉFLÉCHI
- OUBLIÉE
- PLAT DE LA CUISINE ASIATIQUE
- AXE QUI PORTE LES ROUES
- RIVIÈRE QUI SE JETTE DANS LA MER
- ANNONÇA BIEN FORT
- BRUNS ROUGES
- AVENUE EN ABRÉGÉ
- RÉGION DE STRASBOURG
- RÉCIPIENT POUR LA PLAGE
- GRIFFE DE COQ
- CREUSÉS
- AVALÉ
- ARTICLE MASCULIN
- UN PEU MALADE
- FEUILLETONS
- DÉTÉRIO-RERAS
- PARTAGEA
- UN DE NOS CINQ SENS
- CUBES POUR JOUER
- EMBÊTAS
- EXPLOSA
- ENDROIT OÙ L'EAU SORT DE LA TERRE
- EXCELLENTE NOTE
- QUI A DES POILS AU MENTON
- NATION
- COPAIN
- CRI D'APPEL
- ÉTENDUE D'EAU
- CONSULTÉ
- GROS AXE ROUTIER
- FIN D'INFINITIF
- LA MIENNE
- SÈMERA
- MANIGANCER

GÉOPUZZLE

Classe ces pays par ordre de taille, du plus petit au plus grand.

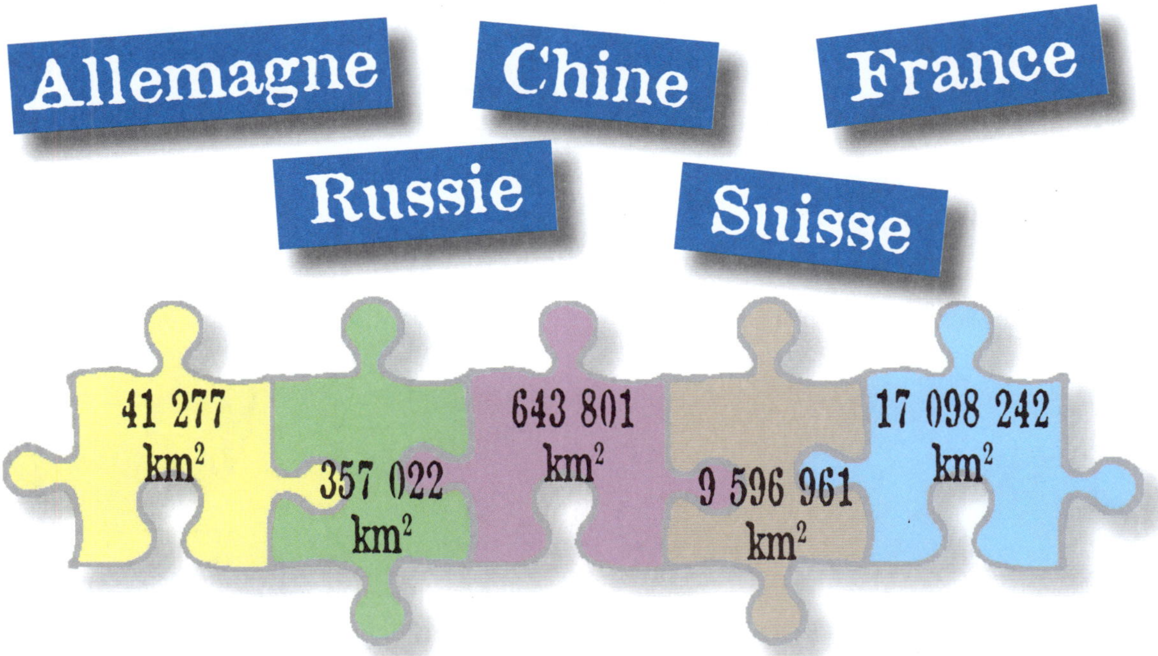

RENCONTRES IMPOSSIBLES

Ces voyageurs affirment tous qu'ils sont allés en Afrique pendant les vacances. Pourtant, en regardant leurs valises, l'un des cinq n'a certainement pas pu rencontrer les autres. Lequel est-ce ?

RONDE

Écris dans chaque rectangle l'opération de la liste qui correspond aux deux définitions contenues dans les deux disques voisins.

8 x 7
4(30 + 2)
83 – 27
321 x 4
~~2(373 – 12)~~
518 + 204
594 : 3
627 + 657
726 – 528
768 : 6

2(373 – 12)

Le résultat de ces opérations est 722.

....

Ces opérations ne comportent que des additions.

....

Le résultat de ces opérations est 1 284.

....

Ces opérations ne comportent que des multiplications.

....

Le résultat de ces opérations est 56.

....

Ces opérations contiennent une soustraction.

....

Le résultat de ces opérations est 198.

....

Ces opérations ne comportent que des divisions.

....

Le résultat de ces opérations est 128.

....

Ces opérations contiennent une parenthèse.

AU ZOO

Commence par barrer dans cette liste le nom qui ne désigne pas un animal puis barre tous les autres noms dans la grille. Attention ! Ils s'écrivent horizontalement, verticalement ou en diagonale, à l'endroit ou à l'envers et ils se croisent, donc une même lettre peut servir dans plusieurs mots.
À la fin, il te restera cinq lettres pour écrire le nom d'un autre animal.

AIGLE
BISON
CALAO
CANARI
CHAT
CHIEN
ÉLAN
~~GIRAFE~~
GNOU
GUÊPE
HASE
HÉRON
HIPPOCAMPE
LAIE
LOUP
MARJOLAINE
NAJA
NANDOU
OURS
PAON
PLIE
PORC
PUCE
RAIE
RAPACE
SAPAJOU
TAON
TIGRE

H	E	R	O	N	A	N	D	O	U
A	I	I	R	A	N	A	C	S	O
S	A	P	A	J	O	U	R	S	N
E	I	L	P	A	A	O	O	I	G
E	G	T	A	O	P	A	P	I	U
R	L	A	C	C	C	L	R	E	E
G	E	O	E	H	A	A	O	C	P
I	N	N	A	I	F	C	M	U	E
T	G	T	E	E	L	A	N	P	P
B	I	S	O	N	E	R	A	I	E

Le mot-mystère : ....

LETTRE ANONYME

Place les mots manquants au bon endroit.

Pour Noël, chez mamie, on a *décoré la table avec un bouquet de* houx *et des branches de sapin* où *l'on a accroché des boules* ou *des étoiles.* Ah *! C'était très beau* à *voir.*

AH — A — À — OU — OÙ — HOUX

Les mots qui se prononcent de la même façon mais s'écrivent différemment sont des homophones. Voir l'« Aide-mémoire » : FRANÇAIS.

LE CLUB DES 4

Inès, Sarah, Alexandre et Maxime adorent lire des romans qu'ils empruntent à la bibliothèqe du collège mais chacun a ses préférences ! Trouve-les en lisant soigneusement les indices et en les reportant dans la grille. Note N pour non et O pour oui. Souviens-toi que dans chaque grand carré, il ne peut y avoir qu'un seul OUI sur chaque ligne et chaque colonne.

Pour t'aider, nous avons décodé le premier indice.

	Science-fiction	Aventures	Policier	Amour	80 pages	96 pages	128 pages	160 pages
Alexandre				N				
Sarah	N	N	N	O			N	N
Maxime				N				
Inès				N				
80 pages								
96 pages								
128 pages				N				
160 pages				N				

Les indices

1 – Sarah ne lit que des romans d'amour mais jamais s'ils ont plus de 100 pages.

2 – Aucun garçon ne lit de science-fiction.

3 – Les romans policiers sont les plus courts.

4 – Alexandre ne lit pas de romans d'aventures.

5 – Maxime lit les romans les plus longs.

6 – Les romans d'Inès sont plus courts que ceux de Sarah.

7 – Les romans d'aventures sont les plus longs.

Coup de pouce

Si tu notes un O dans une case, n'oublie pas de noter N dans les trois autres cases de la même ligne et dans les trois autres cases de la même colonne. N'oublie pas non plus que dès que tu as trois N sur une même ligne ou une même colonne d'un grand carré, tu peux inscrire un O dans la quatrième case et, souvent, un même indice peut te permettre de remplir des cases dans plusieurs carrés à la fois.

DIVISION CODÉE

Dans cette division codée, chaque chiffre est toujours remplacé par le même symbole. Trouve la valeur de chaque symbole grâce aux indices.

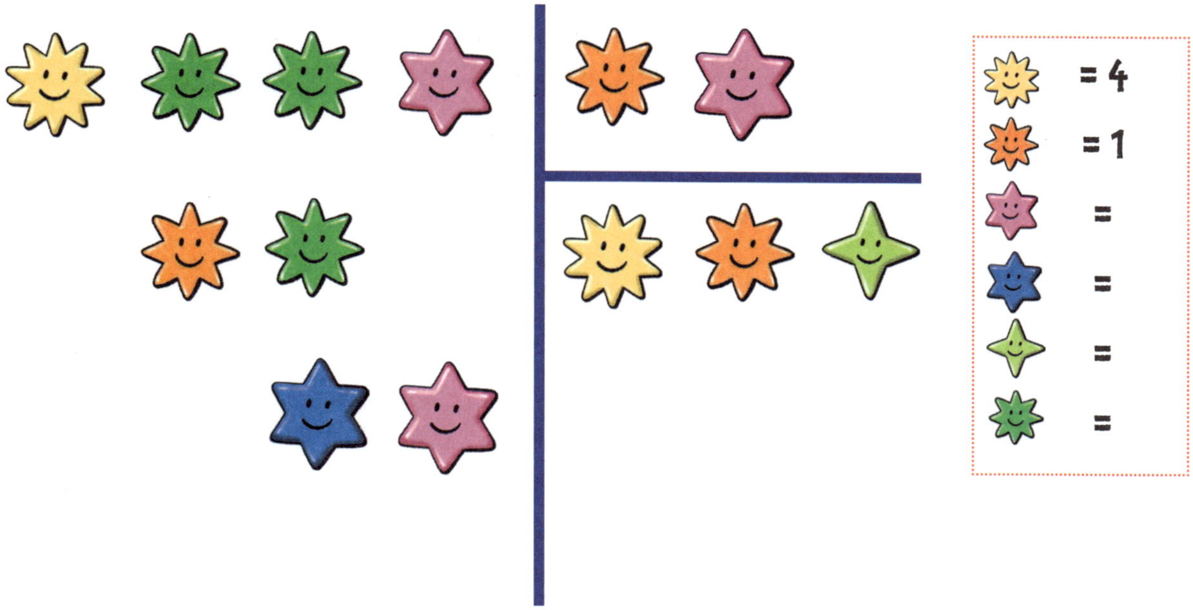

MATHOQUIZ

Trouve les bonnes réponses, note les lettres correspondantes dans les cases, et tu liras un nombre.

1. Parmi ces groupes de fractions, lesquelles sont équivalentes ?

R. 1/2, 3/2 et 5/2.

S . 1/3, 3/9 et 12/36.

T. 3/4, 4/3 et 4/4.

2. Si 5 roses coûtent 35 euros, combien coûtent 3 roses ?

E. 21 euros.

O. 30 euros.

U. 35 euros.

☐ ☐ ☐ ☐ ☐

Toutes les notions utiles pour répondre à ce quiz se trouvent dans l'« Aide-mémoire » : MATHÉMATIQUES.

3. Comment nomme-t-on deux angles qui ont un sommet et un côté en commun ?

L. Deux angles opposés.

J. Deux angles égaux.

I. Deux angles adjacents.

4. Combien dure une séance de cinéma avec 27 minutes et 42 secondes de bande-annonce, 12 minutes et 34 secondes d'entracte, 2 heures 34 minutes de film ?

R. 2 h 73 minutes 76 secondes.

B. 2 h 13 minutes 16 secondes.

Z. 3 h 14 minutes 16 secondes.

5. Laquelle de ces séries est exacte ?

A. 2/3 < 3/12 < 4/9 < 5/6

E. 3/12 < 4/9 < 2/3 < 5/6

O. 2/3 < 5/6 < 4/9 < 3/12

LE MOT MANQUANT

Remplace chaque lettre par celle qui la suit dans l'alphabet (A = B, B = C... Z = A) puis, quand tu auras tout décodé, il te restera à trouver le dernier mot pour que cette phrase soit cohérente.

K D R   O N H R R N M R   Q D R O H Q D M S

_ _ _   _ _ _ _ _ _ _ _   _ _ _ _ _ _ _ _ _

C Z M R   K ' D Z T   Z U D B   K D T Q R

_ _ _ _   _ ' _ _ _   _ _ _ _   _ _ _ _ _

? ? ? ? ? ? ? ? ?

_ _ _ _ _ _ _ _ _

RECYCLONS

Parmi ces affirmations, lesquelles sont vraies et lesquelles sont fausses ?

1. **En recyclant des bouteilles de plastique, on peut fabriquer des vêtements. Vrai ☒ – Faux ☐**
2. **Les canettes de soda en acier sont entièrement recyclables. Mais si tu les abandonnes dans la nature, il leur faut 150 ans pour se décomposer. Vrai ☒ – Faux ☐**
3. **Le verre se recycle pour fabriquer des briques. Vrai ☒ – Faux ☐**
4. **Il faut 4 000 ans pour qu'un sac plastique abandonné dans la nature se décompose. Vrai ☒ – Faux ☐**
5. **Tous les déchets qu'on jette dans nos poubelles sont brûlés et peuvent chauffer des immeubles entiers. Vrai ☒ – Faux ☐**
6. **La majorité du papier non recyclé est produit à partir de bois provenant de forêts sauvages. Vrai ☒ – Faux ☐**
7. **Un robinet mal fermé qui goutte peut perdre 10 litres d'eau par jour. Vrai ☒ – Faux ☐**
8. **L'eau utilisée dans nos toilettes est potable. Vrai ☒ – Faux ☐**
9. **En moyenne, en France, nous consommons chacun 150 litres d'eau par jour. Vrai ☒ – Faux ☐**

LOGIMATHS

Quels nombres dois-tu écrire à la place des points d'interrogation pour que ces deux suites soient logiques ?

24 - 25 - 27 - 31 - 39 - ? 55

428 - 214 - 212 - 106 - 104 - 52 - ? 50

LES NOISETTES

Quatre écureuils découvrent un tas de 26 noisettes.
Ils se hâtent de faire des provisions, chacun leur tour.
Quand le nombre de noisettes est pair, l'écureuil s'empare de la moitié plus une des noisettes disponibles.
Quand le nombre de noisettes est impair, l'écureuil s'empare de la moitié plus 1,5 noisette disponible.
Quand le plus jeune écureuil arrive près du tas, il ne reste plus qu'une seule noisette !
Combien chaque écureuil a-t-il pris de noisettes ?

Premier écureuil : ....

Deuxième écureuil : ....

Troisième écureuil : ....

Quatrième écureuil : ....

QUIZ

Réponds aux questions et, avec les lettres des réponses, forme le nom d'un petit vaisseau sanguin.

1. Les espèces animales sont ovipares ou vivipares. Lesquels de ces animaux sont ovipares ?

U – Tous les oiseaux et tous les poissons.
T – Tous les mammifères et tous les oiseaux.
C – Tous les oiseaux et certains poissons.

2. Comment appelle-t-on les cellules reproductrices mâles ?

O – Les œufs.
A – Les spermatozoïdes.
U – Les fœtus.

3. Quelle caractéristique principale définit les insectes ?

P – Ils ont 6 pattes.
H – Ils ont des ailes.
L – Ils pondent des œufs.

4. Où trouve-t-on des fossiles ?

N – Dans l'eau de la mer.
P – Dans les terrains volcaniques.
I – Dans les roches sédimentaires.

5. Lesquels de ces aliments contiennent le plus de lipides ?

L – Le beurre, l'huile, le jaune d'œuf.
A – Le pain, les pâtes, le riz.
O – La viande, les épinards, le blanc d'œuf.

6. Dans quel ordre les aliments transitent-ils dans notre système digestif ?

L – L'œsophage, l'estomac, l'intestin.
T – L'estomac, l'œsophage, l'intestin.
R – L'œsophage, l'intestin, l'estomac.

7. En moyenne, quelle est la fréquence cardiaque d'un adulte en bonne santé ?

I – 6 444 battements par minute.
O – 644 battements par minute.
A – 64 battements par minute.

8. Nos cellules nerveuses sont des neurones qui sont reliés par des nerfs qui les prolongent. Quelle longueur ces prolongements peuvent-ils atteindre ?

R – 0,1 mètre.
I – 1 mètre.
S – 10 mètres.

9. Quelle unité permet de mesurer l'énergie apportée par les aliments au corps humain ?

U – Kilolitres.
V – Kilogrammes.
R – Kilojoules.

10. Qu'est-ce que la fécondation ?

E – La rencontre d'une cellule mâle et d'une cellule femelle qui donnera naissance à un nouvel individu.
S – Le système qui régit la reproduction des plantes.
V – La technique qui permet de réaliser des clones.

C	A	P	I	L	L	A	I	R	E

DIFFÉRENCES

Trouve le mot anglais qui désigne la pièce où la famille Smith prend son petit déjeuner. Le nombre de lettres composant le mot te donnera le nombre de différences à relever entre ces deux dessins.

LES CRAYONS

Déplace un seul crayon pour que cette opération en chiffres romains soit exacte.

Déplace deux crayons pour que cette opération en chiffres romains soit exacte.

SOUSTRACTION CODÉE

Chaque symbole remplace toujours le même chiffre dans cette soustraction codée.
Retrouve la valeur de chacun d'eux en t'aidant des indices et des retenues.

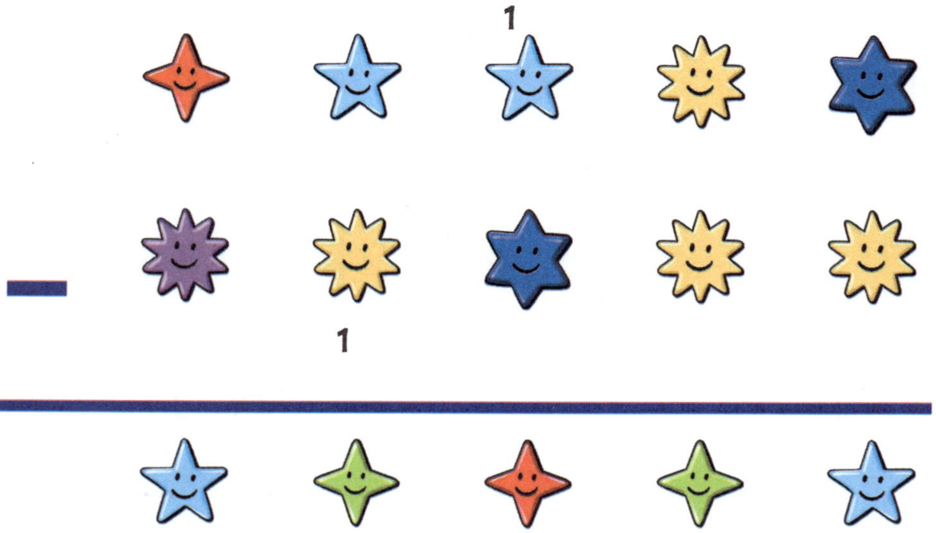

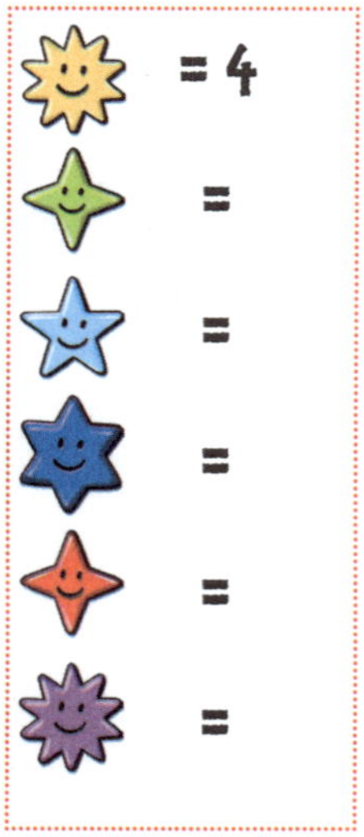

MOT VERTICAL

Écris dans la grille les mots correspondant aux définitions et tu liras, verticalement, dans les cases colorées, le nom d'un bateau légendaire.

1. Le célèbre jardinier de Versailles sous Louis XIV.
2. C'est l'auteur de *Gargantua*.
3. Le château des anciens rois de France.
4. Le roi de la « table ronde ».
5. Il a écrit *Le Médecin malgré lui*.
6. Il a écrit les *Pensées*.
7. Une grenouille voulait être aussi grosse que lui.
8. C'est l'auteur de *Vingt mille lieues sous les mers*.

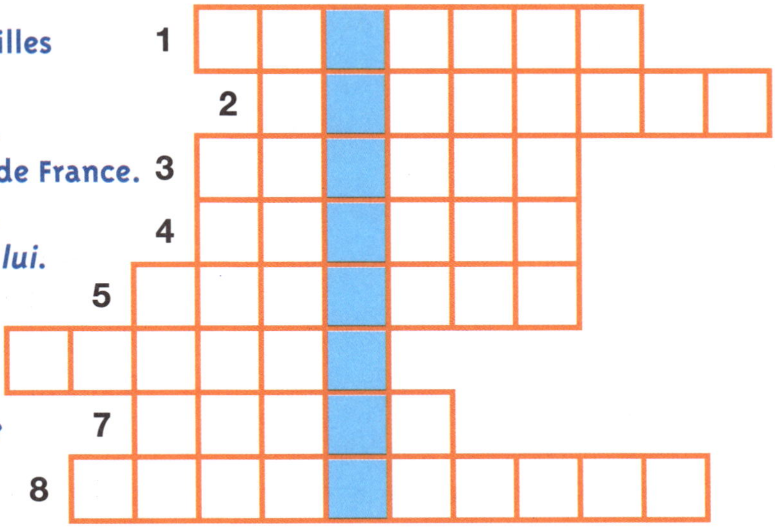

Le mot-mystère : ....

QUIZ

Accorde les participes passés des verbes entre parenthèses et, avec les lettres des réponses, tu liras un verbe conjugué au présent.

1. Elle est (aller) à la piscine.
T – Allé.
U – Allés.
V – Allée.

2. Martine et Caroline ont (voir) leur frère.
O – Vu.
P – Vue.
Q – Vus.

3. Ils ont (téléphoner) hier soir.
W – Téléphonés.
X – Téléphonée.
Y – Téléphoné.

4. Nous avons (jeter) les fromages qui sentaient mauvais.
N – Jetés.
O – Jeté.
P – Jetté.

5. Les policiers ont été (avertir) du cambriolage.
M – Averti.
N – Avertis.
O – Averties.

6. La voiture que j'ai (acheter) est bleue.
Q – Acheté.
R – Acheter.
S – Achetée.

Toutes les notions utiles pour répondre à ce quiz se trouvent dans l'« Aide-mémoire » : ORTHOGRAPHE.

V	O	Y	O	N	S

QUIZ

Pour chaque question, choisis la bonne réponse puis note les lettres correspondantes dans les cases et tu liras le nom d'un animal australien.

1. Au Québec, on parle :
U – Espagnol.
V – Portugais.
W – Français.

2. La capitale du Canada est :
O – Ottawa.
P – Montréal.
Q – Hawaï.

3. Au Canada, on étale sur les pancakes :
M – Du sirop d'érable.
N – Du miel.
O – De la confiture.

4. Le caribou vit :
A – En Afrique du Sud.
B – Au Canada.
C – En Australie.

5. Le peuple qui vivait en Australie avant l'arrivée des Européens était :
A – Les Aborigènes.
B – Les Celtes.
C – Les Indiens.

6. La capitale de l'Australie est :
S – Sydney.
T – Canberra.
U – Melbourne.

W	O	M	B	A	T

DERNIER MOT

Suis bien les consignes et tu découvriras un adjectif qui signifie « imprévu ».

~~ANGRY~~
~~HAPPY~~
~~JOYFUL~~
~~SAD~~
~~GOOD~~
~~NERVOUS~~
~~GLOOMY~~
~~LOVING~~
~~FURIOUS~~
~~NICE~~
UNEXPECTED
~~CHEERFUL~~
~~WORRIED~~
~~SHORT-TEMPERED~~
~~DELIGHTED~~
~~ALTRUISTIC~~

- Barre dans cette liste 4 adjectifs qui évoquent le bonheur, la joie.
- Dans les 12 mots restants, barre 3 adjectifs qui évoquent la colère.
- Dans les 9 mots restants, barre maintenant 4 adjectifs qui se rapportent à l'inquiétude, à la tristesse.
- Enfin, dans les 5 mots restants, barre 4 adjectifs qui se rapportent à la bonté.

Et tu trouveras le dernier mot.

unexpected

MULTIPYRAMIDE

Sachant que le nombre inscrit sur chaque brique doit être égal au produit des deux nombres des briques inférieures, complète cette pyramide.

Pour résoudre ce jeu, il faut faire une succession de multiplications et de divisions.

GÉOMÉTRUC

Le grand mage Hissien a quitté son château pour participer à un congrès de sorciers quand il s'aperçoit avec horreur qu'il a oublié d'emporter sa dernière invention : un kaléidoscope magique dans lequel on peut faire, à volonté, apparaître ou disparaître des visions d'avenir. Il envoie donc à son serviteur un message, accroché aux serres de son aigle domestique. Le message contient la description précise du kaléidoscope car il serait regrettable que le serviteur se trompe d'objet. Le kaléidoscope magique a la forme d'un prisme droit dont la base est un triangle équilatéral dont les côtés mesurent 15 mm. Il doit tenir dans un coffret d'une longueur de 50 mm. Aide le serviteur du mage à reconnaître le kaléidoscope magique.

a

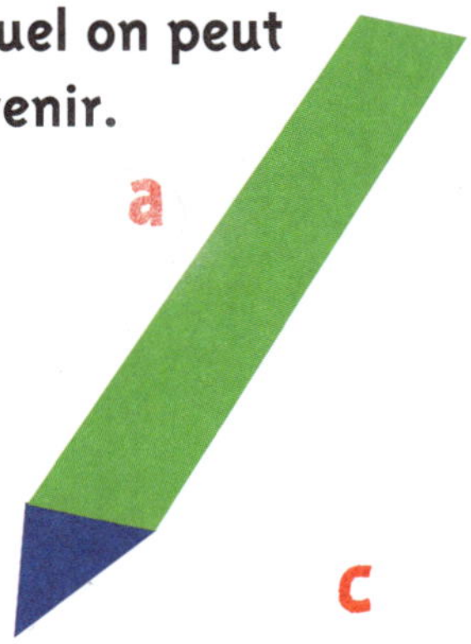

c

b

d

Les caractéristiques des prismes sont répertoriées dans l'« Aide-mémoire » : MATHÉMATIQUES.

RÉBUS

Décode ce rébus et tu liras la morale de la fable de La Fontaine intitulée *Les Deux Taureaux et une Grenouille.*

LE DERNIER MOT

Dans cette liste, barre les mots indiqués en suivant les consignes.

~~BIEN QUE~~
~~CAR~~
~~DANS~~
~~DONC~~
~~MAIS~~
OH !
~~PUISQUE~~
~~QUAND~~
~~TRÈS~~
~~TROP~~
~~VRAIMENT~~
~~SOUS~~
~~SUR~~

- **Barre les 3 adverbes.**
- **Dans les 10 mots restants, barre les 3 prépositions.**
- **Dans les 7 mots restants, barre les 3 conjonctions de coordination.**
- **Dans les 4 mots restants, barre les 3 conjonctions de subordination.**

Le mot restant est une interjection :

oh !

TOUCHÉ-COULÉ

Alice et Moïna jouent à la bataille navale. Chacune a placé dans sa grille quatre canots qui occupent chacun une case, trois chalutiers qui occupent chacun deux cases, deux paquebots qui occupent chacun trois cases et un porte-avions qui occupe quatre cases.
Il y a au moins une case libre, dans tous les sens (horizontal, vertical ou en diagonale), entre deux bateaux.

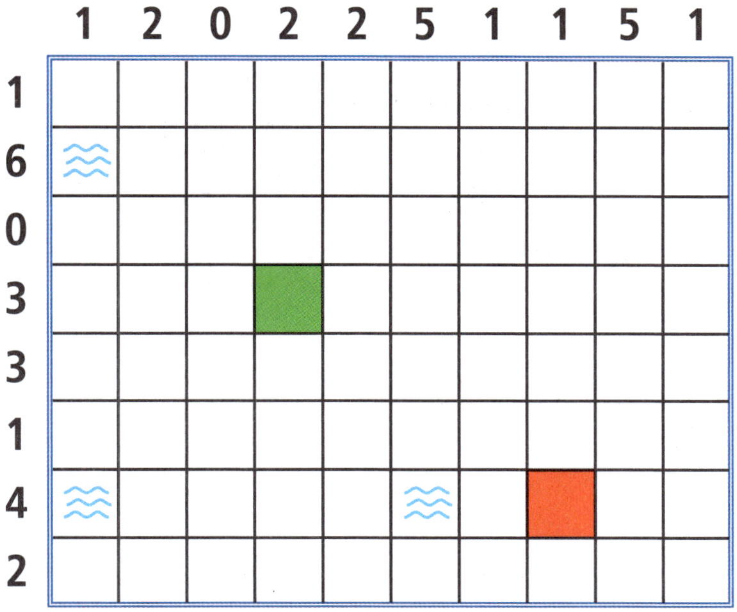

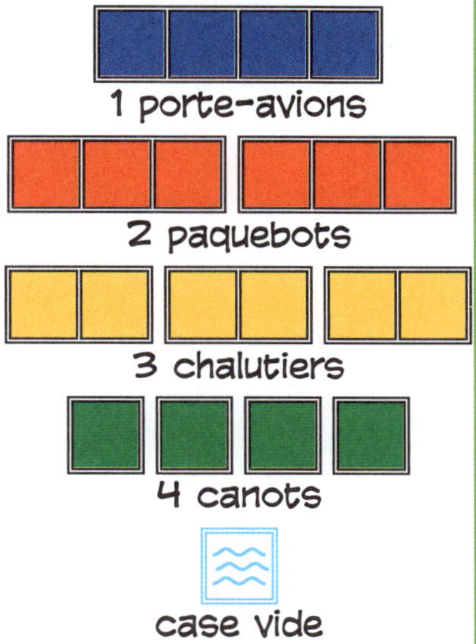

Alice a déjà joué plusieurs coups. Elle a noté les cases vides et dessiné les symboles des premiers bateaux touchés ou coulés. Pour t'aider, nous avons noté au-dessus des colonnes et à gauche des lignes le nombre de cases occupées par un bateau. Un conseil : commence par noter toutes les cases vides que tu peux, par exemple sur les lignes notées 0 et autour du canot.

LE SIGNE DISPARU

Quel signe mathématique dois-tu écrire entre le 5 et le 7 pour obtenir un nombre plus grand que 5 mais plus petit que 7 ?

ÉQUILIBRE

Un mobile est un assemblage qui tient en équilibre car, aux deux bouts d'une baguette, sont suspendus des éléments qui ont la même masse.
Si cet ensemble pèse 600 g, peux-tu dire combien pèse la forme jaune ?

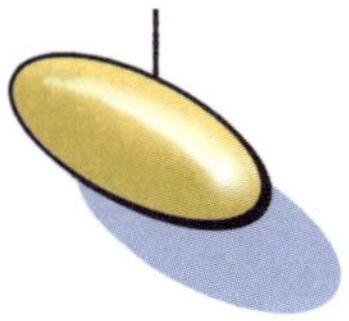

= ....

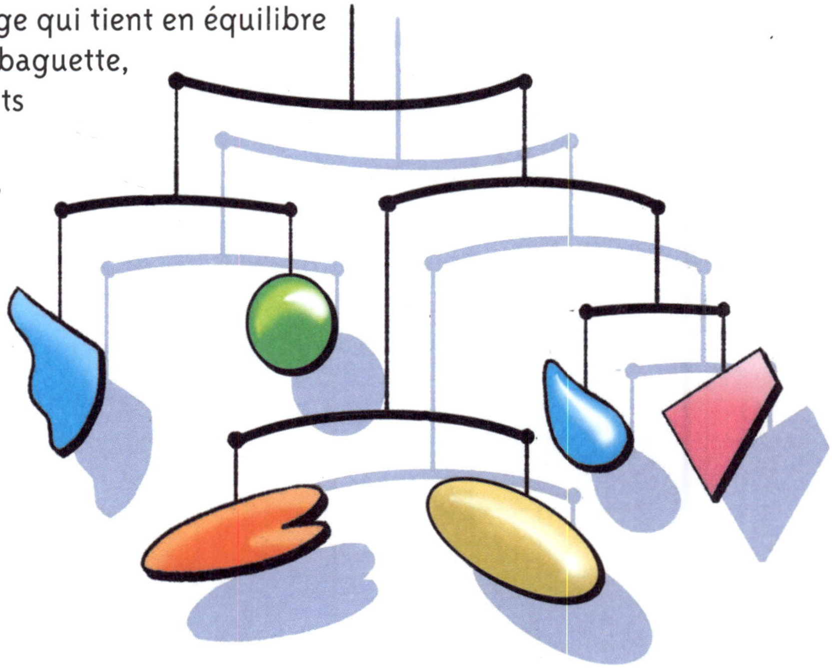

RECENSEMENT

À la pizzeria proche du collège, les livreurs ont constaté qu'hier

2/5 des pizzas qu'ils ont livrées étaient des pizzas pour deux,

42 % étaient des pizzas individuelles

et 108 étaient des pizzas familiales.

Combien de pizzas ont été livrées hier ?

....

Pour résoudre ce petit problème, il faut revoir les pourcentages et les fractions. Voir l'« Aide-mémoire » : MATHÉMATIQUES.

CHARADES

Mon premier est un pronom relatif.
Mon deuxième lève la voile sur le mât.
Mon troisième est un oiseau de dessin animé.
Mon tout est un singe.

Mon premier indique la négation.
Mon deuxième est la maison de l'oiseau.
Mon troisième est un pronom relatif.
Mon tout est un moment de stress.

Mon premier est un adjectif possessif.
Mon deuxième est un article défini.
Mon troisième est supérieur à 1.
Mon tout désigne une personne qui n'est pas en bonne santé.

ZIGZAG

Barre d'abord dans la liste tous les verbes qui ne sont pas au passé simple. Puis trouve les autres verbes dans la grille. Attention ! Ils sont écrits en zigzag, comme te le montre l'exemple, et ils ne se croisent pas. Quand tu auras tout barré, il te restera trois lettres pour former un autre verbe au passé simple.

AIMAI
ALLÂMES
APPRÉCIA
COURUS
COLORIAIS
EÛMES
FINIRENT
FÛTES
GAGNÈRENT
GONFLE
NAGEAI
OSAI
PLAÇAI
PURENT
PARTICIPERONS
REÇUMES
SUS
SACHE
~~TERMINA~~
VÎTES

A	P	F	U	T	E	U	C	E	R
V	P	R	E	C	S	M	E	S	P
I	S	A	A	I	T	E	C	A	L
T	E	L	L	I	M	R	A	I	G
C	F	M	A	N	A	A	I	G	A
O	I	E	S	D	I	A	M	N	E
U	N	I	R	E	N	T	S	E	R
R	U	S	N	A	G	E	U	N	T
U	S	O	E	R	T	A	S	E	U
I	A	T	N	U	P	I	S	E	M

Le mot-mystère : ....

SUDOKU

4		9		1				6
6			3			1		9
	3	1			7			4
	6	4		8			2	
	5	2						8
	7		5		1			
		5			9			
				5		4		1
2				3		7	9	

Remplis toutes les cases vides de cette grille pour que chaque chiffre de 1 à 9 se trouve une seule fois sur chaque ligne, sur chaque colonne et dans chaque carré de 9 cases.

LE CLUB DES 4

Inès, Sarah, Alexandre et Maxime ont chacun décoré leur chambre avec des posters. Chaque genre de photo a été choisi deux fois mais aucun des quatre copains n'a fait exactement le même choix que les autres. Trouve quels posters chacun a choisis en lisant les indices et en les reportant dans la grille. Note N pour non et O pour oui.
Pour t'aider, nous avons décodé le premier indice.

Les indices

1 – Inès a choisi une photo de cheval et Alexandre une photo de dauphin.
2 – Sarah n'a pas affiché la photo d'un sportif.
3 – Alexandre et Sarah ont choisi la photo du même musicien.

Si tu es très fort en logique, tu devrais avoir déjà trouvé la solution. Sinon, voici encore quelques renseignements :

4 – Inès adore le foot.
5 – Les deux garçons n'ont aucun poster en commun.

	Guitariste	Footballeur	Actrice	Animal
Inès				O
Sarah				N
Maxime				N
Alexandre				O

ADDITION CODÉE

Chaque symbole remplace toujours le même chiffre dans cette addition codée.
Retrouve la valeur de chacun d'eux en t'aidant des indices et des retenues.

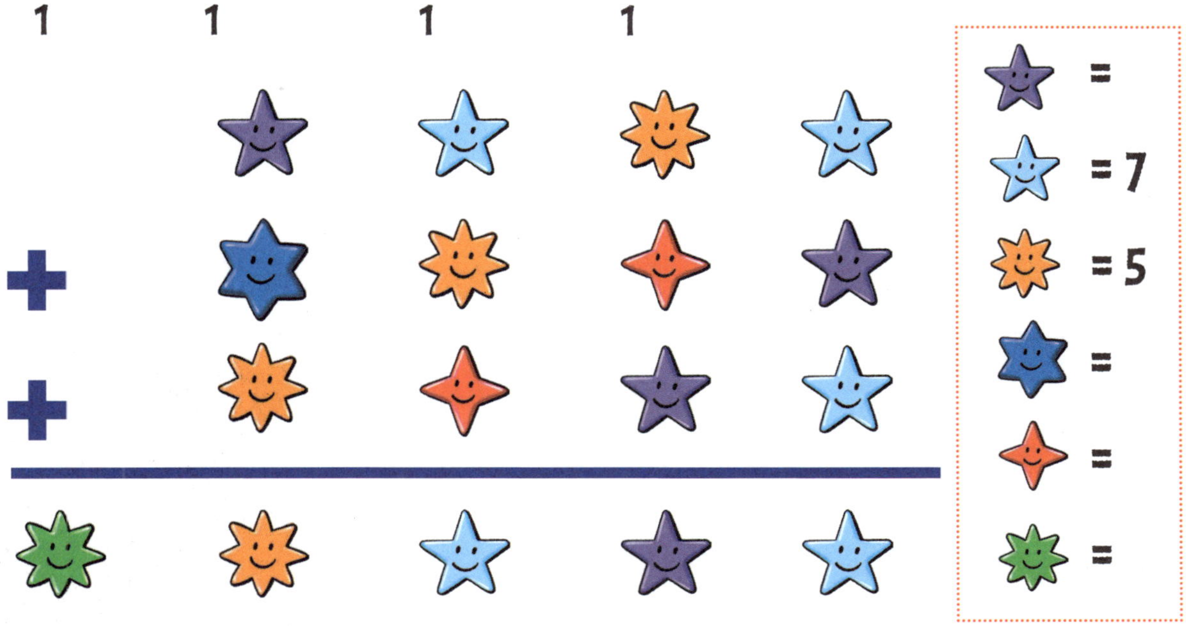

LABYCHOIX

Traverse ce labyrinthe en choisissant le bon résultat à chaque carrefour.

LE MOT MANQUANT

Pour décoder le message secret, remplace chaque nombre par la lettre qui se trouve à ce rang dans l'alphabet (A = 1, B = 2…). Il te restera à trouver le mot qui manque pour que cette phrase soit cohérente.

21 14   16 18 15 14 15 13   18 5 12 1 20 9 6

9 14 20 18 15 4 21 9 20   21 14 5

16 18 15 16 15 19 9 20 9 15 14

19 21 2 15 18 4 15 14 14 5 5

? ? ? ? ? ? ? ?

LES INTRUS

Dans chaque série de mots, trouve l'intrus et inscris-le sur les lignes pour lire le résumé d'un film que tu as peut-être vu. Puis réponds à la question bonus.

1. L'intrus est un article indéfini singulier.
   LE – LA – LES – UN – DES – AUX
2. L'intrus est un nom commun masculin.
   GIGANTESQUE – OGRE – PUANT
3. L'intrus est un adjectif.
   VRAIMENT – VOULAIT – VERT
4. L'intrus est un verbe du premier groupe.
   ÉPOUSE – SÉDUIT – SECOURT
5. L'intrus est un article féminin indéfini.
   DES – L' – UN – UNE – SON
6. L'intrus est un nom commun.
   VAILLANTE – JOLIE – PRINCESSE
7. L'intrus est un adjectif.
   OGRESSE – ÉTONNANTE – FIONA

....

....

La question bonus

Comment se nomme le pays d'où vient la princesse ? ....

LABY

Quand on fermera l'interrupteur de ce circuit électrique, combien d'ampoules s'allumeront ?

RONDE

Écris dans chaque rectangle le nombre de la liste qui correspond aux deux définitions contenues dans les deux disques voisins.

ELEVEN
FIFTY
FORTY-ONE
ONE
SIXTEEN
THIRTY-SIX
TWENTY
TWO

ONE

Ces deux chiffres sont inférieurs à 5.

two

Ces deux nombres sont pairs.

sixteen

Ces deux nombres sont compris entre 10 et 19.

eleven

Ces deux nombres ont le même nombre de lettres.

twenty

Ces deux nombres sont compris entre 15 et 45.

thirty-six

Ces deux nombres sont supérieurs à 30.

forty-one

Ces deux nombres sont compris entre 40 et 60.

fifty

Ces deux nombres sont impairs.

Tous les mots utilisés dans ce jeu sont répertoriés dans l'« Aide-mémoire » : ANGLAIS.

FUTOSHIKI

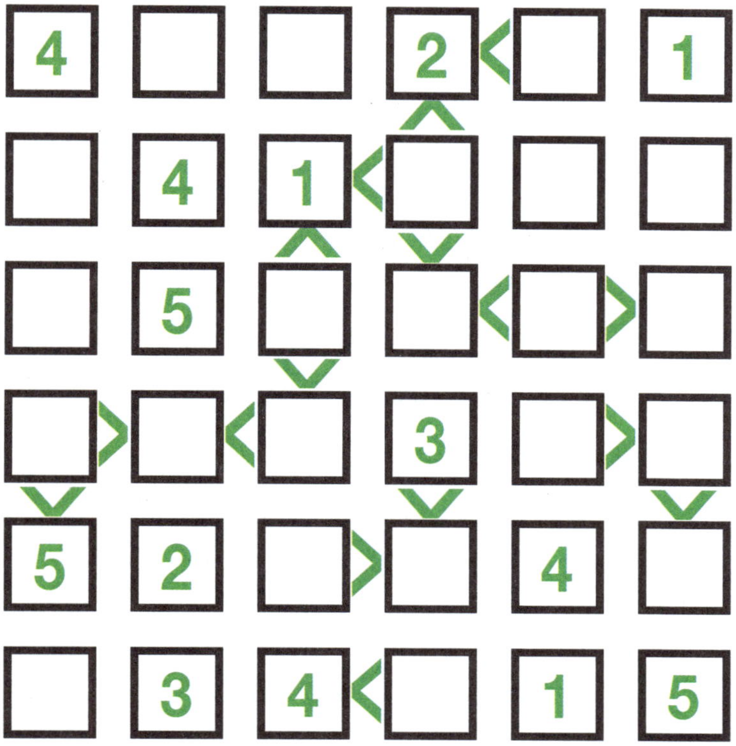

Remplis cette grille pour que tous les chiffres de 1 à 6 soient inscrits une seule fois sur chaque ligne et chaque colonne.
Pour t'aider, les signes < (plus petit que) et > (plus grand que) te renseignent sur les deux chiffres contenus dans les deux cases voisines.

MINI-ÉNIGME

Trouve la combinaison gagnante et dessine les symboles dans les cases ci-dessous en sachant qu'il y a une case entre les deux pions rouges, deux cases entre les deux pions jaunes et trois cases entre les deux pions verts.

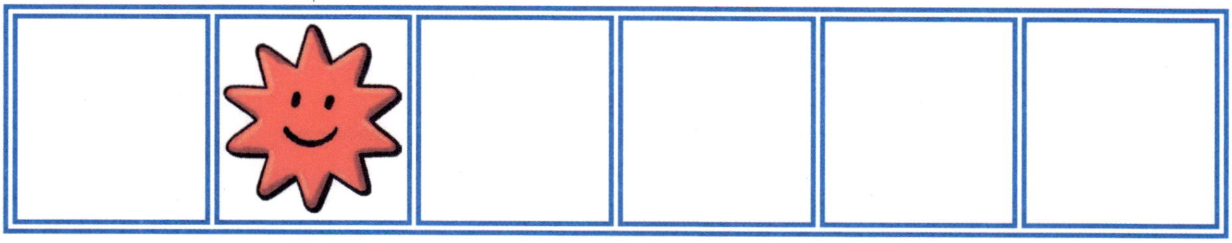

DERNIÈRE OPÉRATION

Dans cette liste, après avoir calculé le résultat de chaque opération, barre les nombres indiqués en suivant les consignes.

$2/5 + 0,25 =$ ....

$3/4 - 1/2 =$ ....

$0,75 - 1/4 =$ ....

$3/4 - 2/5 =$ ....

$2,25 - 3/4 =$ ....

- Barre l'opération dont le résultat est supérieur à 1.
- Dans les 4 restantes, barre celle dont le résultat est le plus petit.
- Dans les 3 restantes, barre celle dont le résultat est supérieur à 1/2.
- Dans les 2 restantes, barre, pour finir, l'opération dont le résultat est inférieur à 2/5.

L'opération restante est :

....

MULTIPLICATION CODÉE

Chaque symbole remplace toujours le même chiffre dans cette multiplication codée. Retrouve la valeur de chacun d'eux en t'aidant des indices.

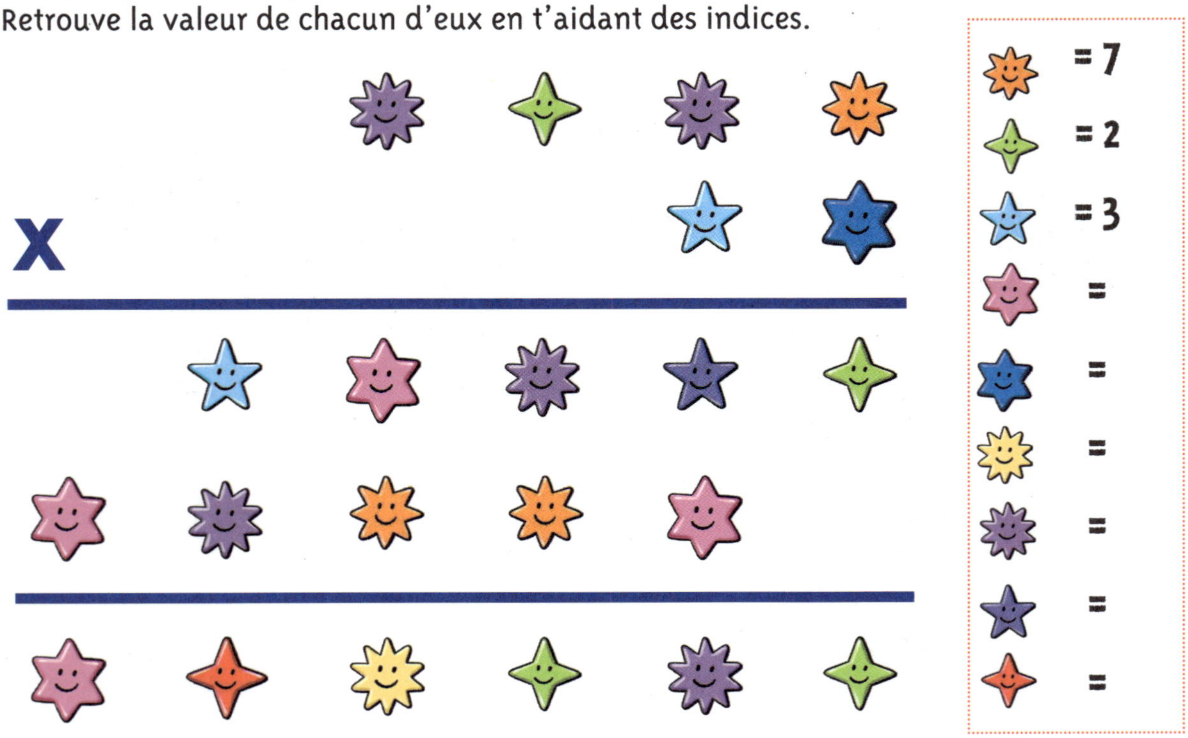

QUIZ

Mets les verbes entre parenthèses au futur et tu trouveras, avec les lettres des réponses, le nom d'un département français.

1. Tu (voir) Camille demain.
B – Voieras.
C – Verras.
D – Vis.

2. Vous (prendre) votre bain ce soir.
Y – Preniez.
Z – Prenez.
A – Prendrez.

3. Nous (partir) au Canada l'été prochain.
M – Partîmes.
N – Partirons.
O – Partiront.

4. Je (jouer) avec toi la prochaine fois.
T – Jouerai.
U – Jouerrai.
V – Joueras.

5. Elle (remplir) son dossier quand elle viendra.
Y – Remplit.
Z – Remplissa.
A – Remplira.

6. Tu (aller) chez Tom samedi prochain.
K – Alleras.
L – Iras.
M – Allas.

Révisez le futur.
Voir l'« Aide-mémoire » : CONJUGAISONS.

C	A	N	T	A	L

MOT VERTICAL

Écris dans la grille les mots correspondant aux définitions et tu liras, verticalement, dans les cases colorées, le nom d'une chaîne de montagnes.

1. Une chaîne de montagnes franco-italienne.
2. Une rivière de Bourgogne.
3. Un fleuve français.
4. Une ville sur la Dordogne.
5. Le plus haut sommet de France.
6. Ce département français porte le numéro 7.
7. Une ville de la Marne où les rois de France ont été couronnés.
8. La troisième ville de France.

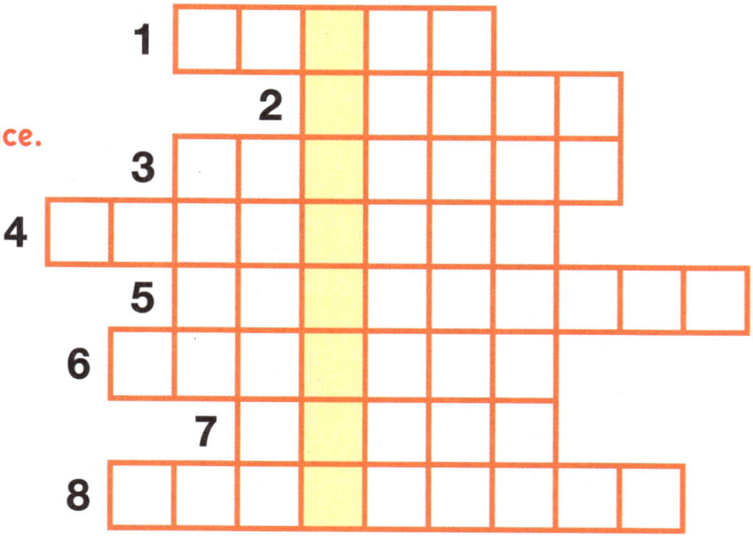

CHRONOPUZZLE

Range, dans l'ordre chronologique, du plus ancien au plus récent, les noms de ces rois de France.

Henri IV

François Ier

Henri III

Charles IX

Louis XIII

RENCONTRES IMPOSSIBLES

Parmi ces personnages, un seul n'a pas pu rencontrer les autres. Lequel est-ce ?

Racine

Molière

Pascal

Descartes

Pasteur

Newton

CASCADE

Dans ces opérations en cascade, chaque nombre est toujours remplacé par le même symbole. Trouve la valeur de chacun d'eux.

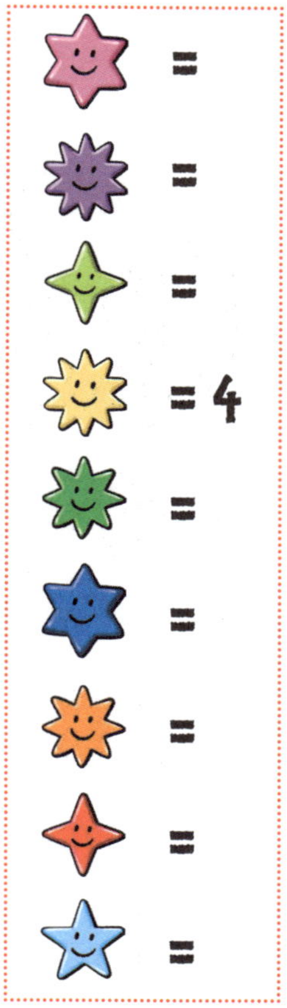

ADDIPYRAMIDE

Sachant que le nombre inscrit sur chaque brique doit être égal à la somme des deux nombres des briques inférieures, complète cette pyramide.

MOTS FLÉCHÉS

Remplis cette grille de mots fléchés en t'aidant des définitions.

 LE PALAIS DE CE ROI			SURNOM DE LOUIS XIV / MINISTRE DES FINANCES DE LOUIS XIV	R	POUR SIGNALER UNE REMARQUE / ATTACHA	N	PAS CUIT / JARDIN DU PARADIS	C	CLASSAI
			C	O	L	B	E	R	T
			DEUX EN CHIFFRES ROMAINS / VILLE DE MÉSOPOTAMIE	i	i	DIFFICILE / BOHÉMIEN	D	U	R
TRANSPORT EN COMMUN	V	COUTUME / GRANDE RÈGLE	U	S	A	G	E	IMBÉCILE	i
M	E	T	R	O	D'UN PEUPLE PRÉ-COLOMBIEN / LE FÉMUR EN EST UN	i	N	C	A
ÎLE FRANÇAISE / BONNE CARTE	R	E	PRIX / SAINT EN ABRÉGÉ	L	O	T	MONTRÉ SA GAÎTÉ / AUTEUR DU BOURGEOIS GENTILHOMME	R	i
A	S	FORMULE MAGIQUE POUR OUVRIR / BÂTISSEUR DE L'ARCHE	S	E	S	A	M	E	ÉCIMÉS
PRÉFIXE QUI SIGNIFIE « CONTRE » / NOURRITURE NATURELLE	A	N	T	i	APPRÉCIATION CHIFFRÉE / ABÎMA	N	O	T	E
B	i	O	BOUQUINÉ / ON LE RANGE PRÈS DU POIVRE	L	U	MEUBLE POUR DORMIR / ARMES DE TIR	L	i	T
ARTICLE DÉFINI PLURIEL / GRANDE TAILLE POUR UN VÊTEMENT	L	E	S	SALUBRE / PRODUIT POUR LES CHEVEUX	S	A	i	N	E
X	L	PERDU / PLUS LOIN QU'ICI	E	G	A	R	E	FIN D'INFINITIF	T
TROISIÈME PERSONNE / TENTA	E	L	L	E	INVENTE	C	R	E	E
O	S	A	RAYONS LUMINEUX PUISSANTS	L	A	S	E	R	S

CACHE-CACHE

Dans cette scène, trouve sept mots qui, en anglais, commencent, par la lettre C.

CA _ _ _ _ _ _ _ _ _ _ _ _ _ CH _ _ _ _ CH _ _ _ _ _ _

CHOCOLATE CO _ _ CU _ CU _ _ _ _ _ _

ZIGZAG

Trouve tous les mots de la liste dans la grille. Attention ! Ils sont écrits en zigzag, comme te le montre l'exemple, et ils ne se croisent pas. Quand tu auras tout barré, il te restera six lettres pour écrire le mot qui signifie *serviette* en anglais.

BATHROOM	LIFT
CARPET	PILLOW
CELLAR	PLATE
CUPBOARD	SHEET
DUSTBIN	SOFA
FRIDGE	SPOONS
~~GLASS~~	TABLE
~~KITCHEN~~	~~WINDOW~~

W	I	N	D	B	A	T	F	R	I
S	A	N	O	C	D	H	E	G	D
O	F	T	W	A	U	R	O	O	M
C	A	E	P	R	S	P	K	I	T
U	L	T	I	B	T	N	E	H	C
P	I	F	N	G	L	A	S	S	S
B	O	A	C	E	L	P	T	E	H
K	T	R	D	I	L	L	A	E	E
E	A	S	O	N	A	P	N	T	W
L	B	P	O	S	R	I	L	L	O

Tous les mots utilisés dans cette page sont répertoriés dans l'« Aide-mémoire » : ANGLAIS.

Le mot-mystère : ....

ADDIFLÉCHÉS

Complète cette grille avec des chiffres de 1 à 9 pour que, en additionnant les nombres inscrits en face de chaque flèche horizontale ou verticale, tu obtiennes la somme inscrite dans la case colorée. Attention ! Dans chaque somme, tu ne dois jamais utiliser deux fois le même nombre.

		17	13	29	28	8		23	9
	15/6	3		5			8		
38							15/3	8	
7			14/11			11/10			
		21/20			4			13	10
	15/3			3/15			12/11	3	
10		8	22			3			
4			34	8					

L'INCONNUE MYSTÈRE

Lis le problème et choisis, dans la liste proposée, l'équation qui permet de le résoudre. Puis calcule le résultat.

A. $x = 34 - 5 + 6$

B. $34 = x + (x - 5) + (x + 6)$

C. $34 = 5x + 6x + x$

Samuel a 5 ans de plus que son frère Antoine et 6 ans de moins que sa sœur Samia. Le total des âges des trois enfants est de 34 ans. Quel âge a Samuel ?

LE MOT MANQUANT

Pour décoder le message secret, remplace chaque nombre par la lettre qui se trouve à ce rang dans l'alphabet (A = 1, B = 2...). Il te restera à trouver le mot qui manque pour que cette phrase soit cohérente.

1 22 15 9 18   5 20   5 20 18 5   19 15 14 20

A V O I R   E T   E T R E   S O N T

20 15 21 19   12 5 19   4 5 21 24   4 5 19

T O U S   L E S   D E U X   D E S

22 5 18 2 5 19   ? ? ? ? ? ? ? ? ? ? ?

V E R B E S   A U X I L I A I R E S

MOTS FLÉCHÉS

Remplis cette grille de mots fléchés en t'aidant des définitions.
Attention ! Les verbes entre parenthèses doivent être conjugués au présent du subjonctif.

TU (REMUER) / NOUS (DÉMETTRE)	R	JE (RENTRE) / PRONOM PERSONNEL	R	PLUS / VOUS (TUER)	E	BONNE D'ENFANTS / PARTICULE CHARGÉE	N	LA ROTULE EN EST UN / ELLES (NIER)	O
D	E	M	E	T	T	I	O	N	S
LISTE DES PLATS / AVALÉ	M	E	N	U	D'ACCORD / EXISTES	O	U	I	IL (SUER)
B	U	TU (TENIR) / ÉTÉ AMUSÉ	T	I	E	N	N	E	S
TU (ERRER) / VOUS (USER)	E	R	R	E	S	ASSEMBLÉE DES PAYS DU MONDE	O	N	U
U	S	I	E	Z	ELLE (MUTER)	M	U	T	E

LE CLUB DES 4

Inès, Sarah, Alexandre et Maxime ont chacun un petit frère et une petite sœur. Découvre leurs prénoms en lisant soigneusement les indices et en les reportant dans la grille. Note N pour non et O pour oui.
Souviens-toi que dans chaque grand carré il ne peut y avoir qu'un seul OUI sur chaque ligne et chaque colonne.
Pour t'aider, nous avons décodé le premier indice.

	Emma	Léa	Clara	Chloé	Lucas	Enzo	Nathan	Mathis
Alexandre		N						
Sarah	N	O	N	N		N		
Maxime		N						
Inès		N						

	Emma	Léa	Clara	Chloé
Lucas				
Enzo		N		
Nathan				
Mathis				

Les indices

1 – La petite sœur de Sarah est Léa et son petit frère n'est pas Enzo.
2 – Clara et Nathan sont frère et sœur.
3 – Emma a deux frères et aucun ne s'appelle Lucas.
4 – Mathis est le petit frère d'Alexandre.
5 – Enzo a deux sœurs.
6 – Le petit frère de Maxime n'est ni Mathis ni Lucas.
7 – La petite sœur d'Enzo est Chloé.

Coup de pouce

Si tu notes un O dans une case, n'oublie pas de noter N dans les trois autres cases de la même ligne et dans les trois autres cases de la même colonne. N'oublie pas non plus que dès que tu as trois N sur une même ligne ou une même colonne d'un grand carré, tu peux inscrire un O dans la quatrième case et, souvent, un même indice peut te permettre de remplir des cases dans plusieurs carrés à la fois.

DIVISION CODÉE

Dans cette division codée, chaque chiffre est toujours remplacé par le même symbole. Trouve la valeur de chaque symbole grâce aux indices.

MATHOQUIZ

Trouve les bonnes réponses puis note les lettres correspondantes dans les cases, et tu liras un nombre.

1. Lequel de ces pourcentages n'est pas égal à 80 ?

P – 20 % de 400.
B – 40 % de 200.
V – 4 % de 4 000.

2. Lequel de ces trois triangles a trois angles égaux à 60° ?

J – Le triangle rectangle.
I – Le triangle équilatéral.
F – Le triangle rectangle.

3. Quel est le résultat de l'addition de ces deux fractions : A/B + C/B ?

H – A + C / 2 B
B – A x C / 2 B
N – (A + C) / B

4. Quel est le résultat de la multiplication de ces deux fractions : (A/B) x (C/D) ?

Q – A + C / B + D
G – A C / B D
C – A D / B C

5. Une brique a une base carrée de 5 cm de côté et un volume de 250 cm^3. Quelle est sa hauteur ?

D – 5 cm.
T – 10 cm.
C – 100 cm.

QUIZ

Réponds aux questions ci-dessous.
Avec les lettres des réponses, tu écriras un synonyme du verbe *amuser*.

1. Que devient le Y des verbes comme *payer, rayer* ou *balayer* quand on les conjugue au futur ?

C – Il disparaît (*je parai*).
D – Il se transforme en E (*je balaierai*).
E – Il ne se transforme pas (*je rayerai*).

2. Quel participe passé est correct dans la phrase : Anna et Léa sont (aller) au stade ?

G – Allé.
H – Aller.
I – Allées.

3. Quel verbe est correct dans la phrase : (Chanter) avec moi ?

U – Chantes.
V – Chante.
W – Chantent.

4. *Lentement* est un...

E – Adverbe.
F – Adjectif.
G – Pronom.

5. Pour conjuguer un verbe au conditionnel présent, quelles terminaisons ajoute-t-on au radical ?

P – Les terminaisons du futur (*je chanterai*).
Q – Les terminaisons du présent (*je chante*).
R – Les terminaisons de l'imparfait (*je chanterais*).

6. Quelle est la bonne expression : *avoir une mémoire...?*

S – De tigre.
T – D'éléphant.
U – De lion.

7. Pour conjuguer un verbe du troisième groupe au passé simple, combien de terminaisons différentes existe-t-il ?

G – Une terminaison : AI (*j'allai*).
H – Deux terminaisons US (*je fus*) et EU (*j'eu*).
I – Trois terminaisons : IS (*je partis*), US (*je voulus*) et INS (*je vins*).

8. Quand utilise-t-on le mode subjonctif pour conjuguer un verbe ?

Q – Pour exprimer un ordre (*Viens !*).
R – Pour exprimer une action qui n'est pas certaine (*Je voudrais que tu viennes*).
S – Pour exprimer une action passée depuis longtemps (*Il était venu nous voir*).

LOGIMATHS

Complète ces suites pour qu'elles soient logiques.

DRÔLE DE JUNGLE

6 ânes, 5 mulets, 4 chevaux et 3 zèbres comptent à eux tous 18 têtes et 52 pattes. Comment est-ce possible ?

MINI-ÉNIGME

En chiffres digitaux, le nombre 69 se lit toujours 69, même si tu retournes ton livre.
En chiffres romains, le nombre 19 se lit toujours 19, même si tu retournes ton livre.
Quel nombre dois-tu écrire en lettres minuscules sur les pointillés pour qu'il se lise de la même façon même si tu retournes ton livre ?

....

RONDE

Écris dans chaque rectangle le mot de la liste qui correspond aux deux définitions contenues dans les deux disques voisins.

MEN

Ces deux mots sont des pluriels irréguliers.

Ces deux mots ont le même nombre de lettres.

Dans ces deux mots, le S se prononce Z.

Ces deux mots sont des pluriels réguliers.

Dans ces deux mots, le S se prononce S.

Ces deux mots ont 7 lettres.

Ces deux mots sont suivis d'un pluriel.

Ces deux mots ont 2 lettres en commun.

BOYS
CATS
CARROTS
CHILDREN
MANY
~~MEN~~
POTATOES
SEVERAL

Tous les mots utilisés dans ce jeu sont répertoriés dans l'« Aide-mémoire » : ANGLAIS.

LABY

Quel chemin les mousquetaires doivent-ils suivre pour rejoindre la reine en évitant de rencontrer le cardinal de Richelieu mais en croisant tous les spadassins ?

DERNIER NOMBRE

Dans cette liste, après avoir calculé le résultat de chaque opération, barre les nombres indiqués en suivant les consignes.

25 % de 50 = ...

50 % de 25 = ...

20 % de 150 = ...

25 % de 150 = ...

100 % de 50 = ...

50 % de 50 = ...

- **Barre l'opération dont le résultat est le plus élevé.**
- **Dans les 5 restantes, barre celles dont le résultat est identique.**
- **Dans les 3 restantes, barre celle dont le résultat comporte un chiffre après la virgule.**
- **Dans les 2 restantes, barre l'opération dont le résultat est le plus élevé.**

L'opération restante est :

....

SOUSTRACTION CODÉE

Chaque symbole remplace toujours le même chiffre dans cette soustraction codée. Retrouve la valeur de chacun d'eux en t'aidant des indices.

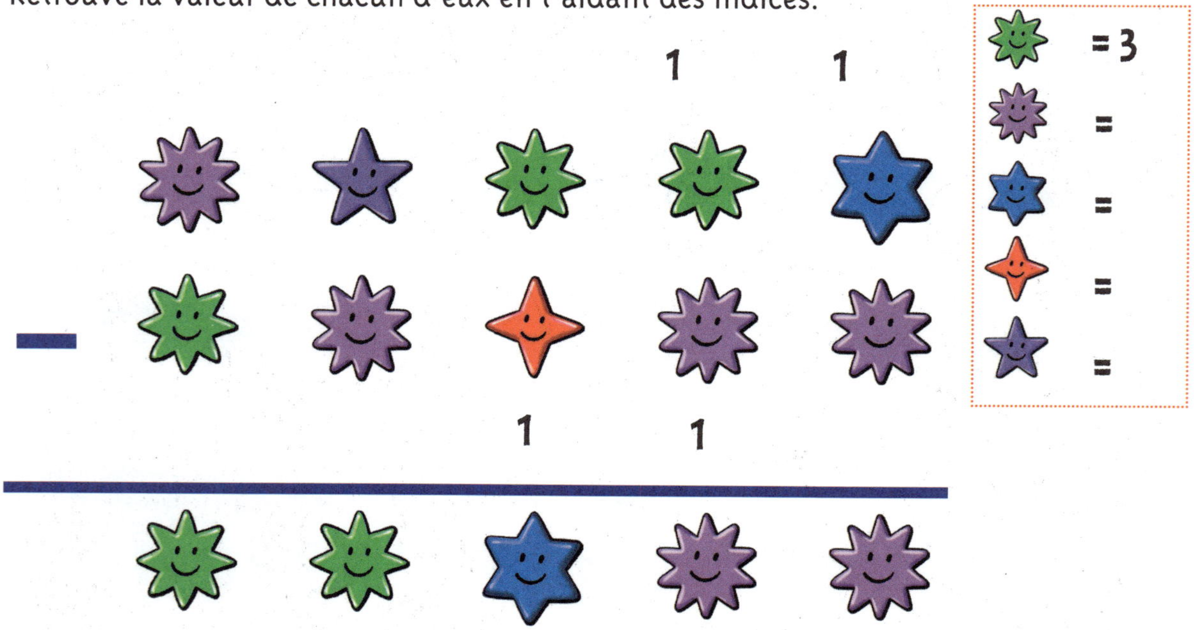

MOTS MASQUÉS

Commence par barrer dans cette liste le mot qui n'est pas un verbe puis barre tous les verbes dans la grille. Attention ! Ils s'écrivent horizontalement, verticalement ou en diagonale, à l'endroit ou à l'envers et ils se croisent, donc une même lettre peut servir dans plusieurs mots.
À la fin, il te restera cinq lettres pour écrire un autre verbe.

ADMIRER
CHÉRIR
CRÉER
CRIER
ÉCRIRE
ERRER
FAIRE
NARRER
NOUER
NOURRIR
OCRER
PELER
PRIER
RANGER
RÉAGIR
RÉUNIR
RÊVER
~~RUER~~
RUSER
SCIER
SERVIR
SUIVRE
TARIR
TENIR
TOUCHER
TROUVER
VERBE

T	E	N	I	R	A	N	G	E	R
O	A	A	V	N	O	U	E	R	E
U	D	R	S	O	S	S	C	I	A
C	M	R	I	U	C	E	R	A	G
H	I	E	C	R	I	R	E	F	I
E	R	R	E	R	E	V	E	R	R
R	E	U	N	I	R	I	R	R	U
I	R	E	I	R	C	R	R	E	S
R	O	L	R	E	L	E	P	P	E
E	R	E	V	U	O	R	T	R	R

Le mot-mystère : ....

LE DERNIER MOT

Dans cette liste, barre les mots indiqués en suivant les consignes.

~~AZUR~~
~~BLEU~~
~~GENTIL~~
~~GRAND~~
~~MÉCHANT~~
MON
~~MONT~~
PARFAIT
~~PETIT~~
SAIT
~~SES~~
~~TOURISTE~~
~~VISITEUR~~

- **Barre les 2 couples de synonymes (deux mots qui ont la même signification).**
- **Dans les 9 mots restants, barre les 2 couples d'antonymes (deux mots qui ont des significations contraires).**
- **Dans les 5 mots restants, barre les 2 couples d'homonymes (deux mots qui ont la même prononciation).**

Le mot restant n'a ni synonyme, ni antonyme, ni homonyme :

Parfait

QUIZ

Réponds aux questions et, avec les lettres des réponses, trouve ce dont notre corps a besoin et qu'il trouve dans la viande que nous consommons.

1. Que rejette-t-on quand on respire ?
O – De l'oxygène.
P – Du dioxyde de carbone.
Q – Du soufre.

2. Avec quoi les poissons respirent-ils ?
Q – Leurs nageoires.
R – Les branchies.
S – Leur queue.

3. Que se passe-t-il quand tu cours ?
O – Le rythme de ton cœur s'accélère.
P – Ta température baisse.
Q – Tu respires moins vite.

4. Les pâtes contiennent...
S – Des lipides.
T – Des glucides.
U – Des protéines.

5. Quel aliment est le plus calorique ?
E – Une assiette de frites.
F – Un bol de brocolis.
G – Une tablette de chocolat.

6. Le sucre en poudre est...
G – Un liquide.
H – Un gaz.
I – Un solide.

7. 1 litre d'eau égale...
M – 100 dL.
N – 1 dm^3.
O – 1 m^3.

8. Le bois...
E – Isole le courant électrique.
F – Conduit le courant électrique.
G – Ralentit le courant électrique.

MULTIPYRAMIDE

Sachant que le nombre inscrit sur chaque brique doit être égal au produit des deux nombres des briques inférieures, complète cette pyramide.

GÉOMÉTRUC

Il y a très longtemps, les Chinois ont inventé le cerf-volant.
On a d'ailleurs retrouvé, dans d'antiques manuscrits, des descriptions précises permettant de ne pas se tromper dans la fabrication de ces engins.

Il faut découper une feuille de papier de riz en forme de losange puis y tracer les deux diagonales sur lesquelles on fixera deux légères baguettes de bambou.

Lequel de ces cerfs-volants a été construit d'après cette description ?

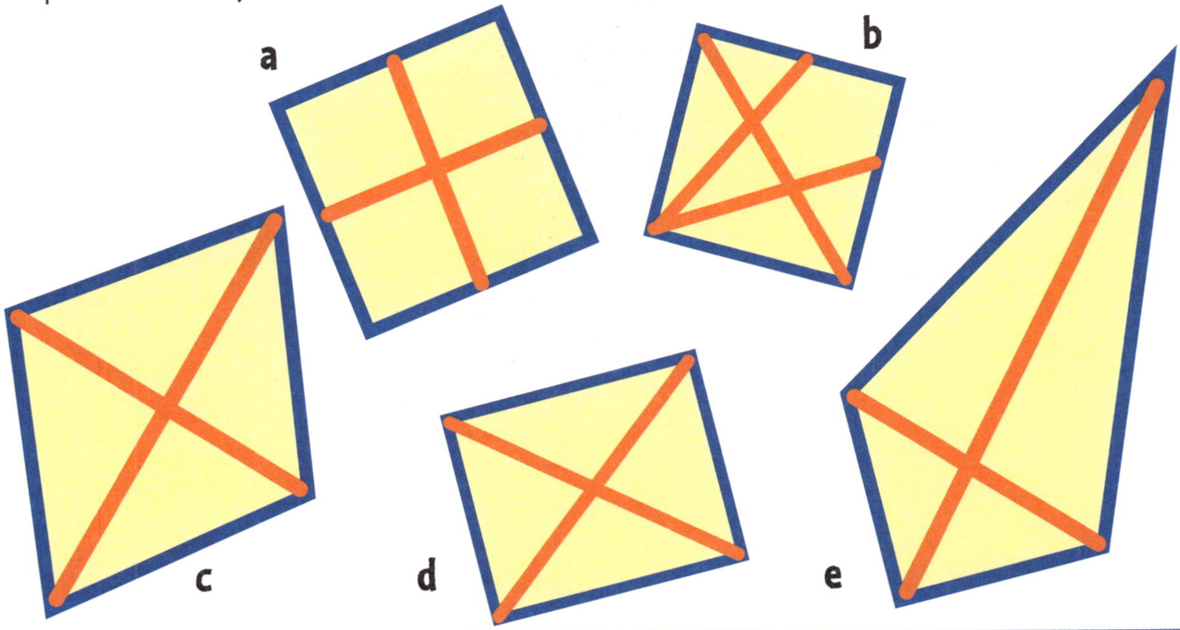

RONDE

Écris dans chaque rectangle le verbe de la liste qui correspond aux deux définitions contenues dans les deux disques voisins.

ATTEINT
ÉCRIVÎMES
~~**ÉTAIT**~~
FINIS
JETÂMES
JOUÂTES
NAGEAIS
PÂLIRONS
PARTIREZ
SUIS

ÉTAIT

Ces deux verbes sont conjugués à l'imparfait de l'indicatif.

....

Ces deux verbes sont conjugués à la première personne du singulier.

....

Ces deux verbes sont du deuxième groupe.

....

Ces deux verbes sont conjugués au futur de l'indicatif.

....

Ces deux verbes sont conjugués à la deuxième personne du pluriel.

....

Ces deux verbes sont conjugués au passé simple de l'indicatif.

....

Ces deux verbes sont conjugués à la première personne du pluriel.

....

Ces deux verbes sont du troisième groupe.

....

Ces deux verbes sont conjugués au présent de l'indicatif.

....

Ces deux verbes sont des auxiliaires.

TOUCHÉ-COULÉ

Alice et Moïna jouent à la bataille navale. Chacune a placé dans sa grille quatre canots qui occupent chacun une case, trois chalutiers qui occupent chacun deux cases, deux paquebots qui occupent chacun trois cases et un porte-avions qui occupe quatre cases.
Il y a au moins une case libre, dans tous les sens (horizontal, vertical ou en diagonale), entre deux bateaux.

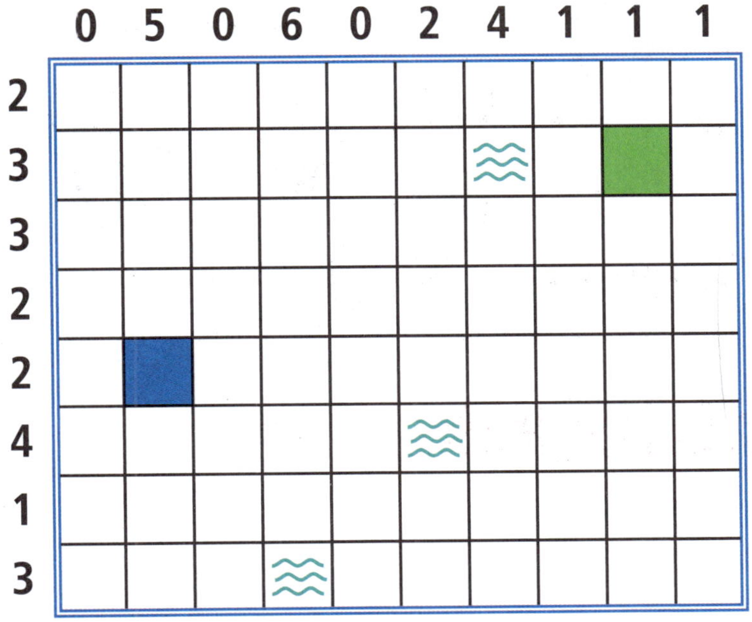

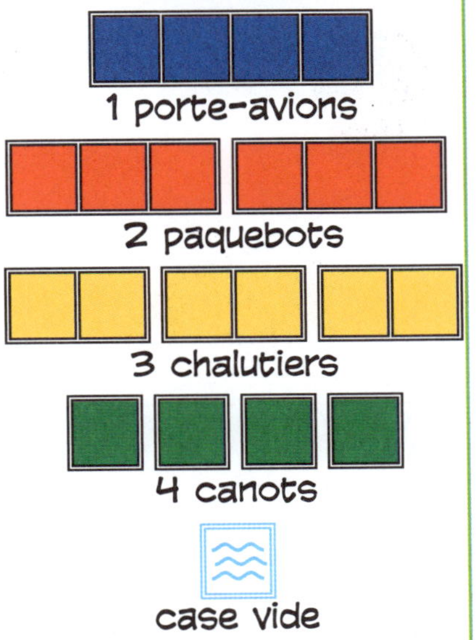

Alice a déjà joué plusieurs coups. Elle a noté des cases vides et dessiné les symboles des premiers bateaux touchés ou coulés. Pour t'aider, nous avons noté au-dessus des colonnes et à gauche des lignes le nombre de cases occupées par un bateau.
Un conseil : commence par noter toutes les cases vides que tu peux, par exemple sur les lignes notées 0 et autour du canot.

BON ANNIVERSAIRE !

Patrice et Patrick s'aperçoivent que leurs âges s'écrivent avec les deux mêmes chiffres écrits dans un ordre différent.
Patrice ajoute : « L'an dernier, mon âge était le double de celui de Patrick. »
Quels sont leurs âges ? ....

ÉQUILIBRE

Un mobile est un assemblage qui tient en équilibre car, aux deux bouts d'une baguette, sont suspendus des éléments qui ont la même masse.
Si cet ensemble pèse 800 g, peux-tu dire combien pèse la boule bleue ?

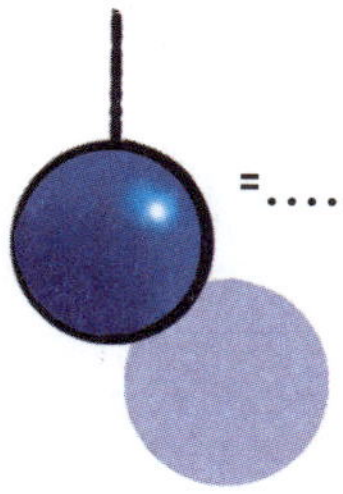

= ....

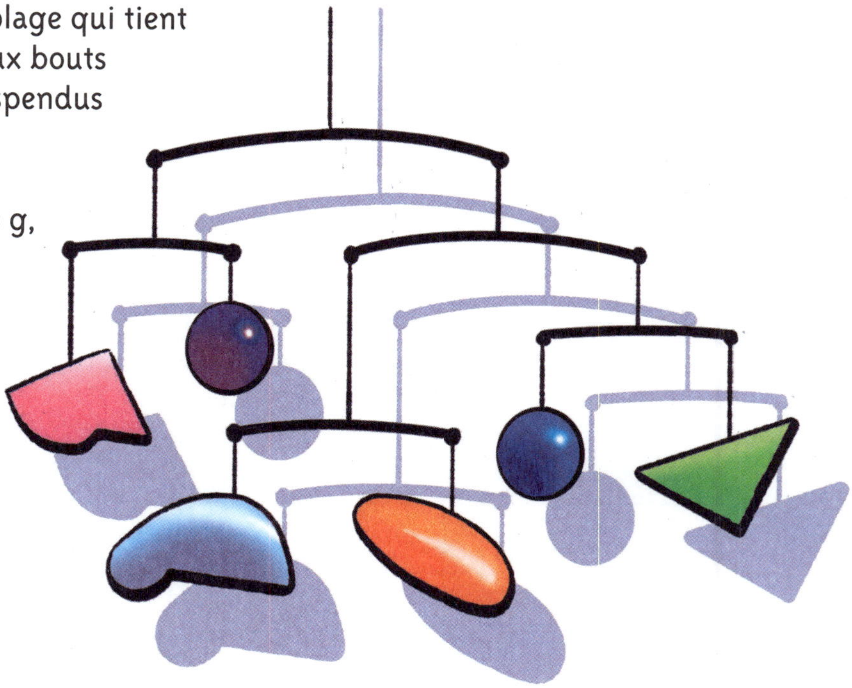

RECENSEMENT

La petite ville où se situe le collège François-Villon compte 5 040 habitants. Lors du dernier recensement,

1/2 des habitants ont déclaré habiter dans un immeuble,

10 % qu'ils résidaient dans des tours

et 1/3 qu'ils logeaient dans des maisons avec jardin.

D'après ces renseignements, dis combien d'habitants n'ont pas répondu au recensement.

....

Pour résoudre ce petit problème, il faut revoir les pourcentages et les fractions. Voir l'« Aide-mémoire » : MATHÉMATIQUES.

ZIGZAG

Trouve dans la grille tous ces adjectifs au féminin. Attention ! Ils sont écrits en zigzag, comme te le montre l'exemple, et ils ne se croisent pas. Quand tu auras tout barré, il te restera cinq lettres pour former un adjectif.

BRAVE	~~NOMBREUSE~~
CÉLÈBRE	NOUVELLE
EFFRAYANTE	ORIGINALE
FIDÈLE	RAPIDE
GRANDE	ROUGE
IMPORTANTE	VERTE
MEILLEURE	

N	O	M	C	E	L	E	B	R	F
R	A	B	R	E	U	B	E	E	I
I	P	R	G	E	S	R	L	E	D
D	E	O	U	V	E	A	V	E	I
E	F	F	R	A	N	O	O	P	M
V	R	E	T	Y	V	U	R	T	A
E	R	A	N	A	E	L	E	T	N
E	T	G	I	R	O	L	E	L	E
G	I	I	N	A	L	E	I	L	U
R	A	N	D	E	E	M	E	E	R

Le mot-mystère : ....

CHARADES

Mon premier sert à jouer.
Mon deuxième est le participe passé de lire.
Mon troisième est un pronom personnel sujet.
Mon tout est une énorme averse.

Mon premier est un pronom personnel.
Mon deuxième sert à dormir.
Mon troisième n'est pas beaucoup.
Mon tout est une fleur.

Mon premier est un pronom personnel pluriel.
Mon deuxième est un jeune animal.
Mon troisième se boit beaucoup en Angleterre.
Mon tout vient de sortir.

QUIZ

Trouve la bonne expression
pour décrire le dessin.

A – *She is gloomy.*
B – *She is lucky.*
C – *She is unfortunate.*

A – *She is enjoying her holiday.*
B – *She dislikes the sun.*
C – *She is hating her holiday.*

A – *He has a guitar lesson every Monday.*
B – *He takes a guitar lesson every Tuesday.*
C – *He learns a guitar lesson every Wednesday.*

ADDITION CODÉE

Chaque symbole remplace toujours le même chiffre dans cette addition codée.
Retrouve la valeur de chacun d'eux en t'aidant des indices et des retenues.

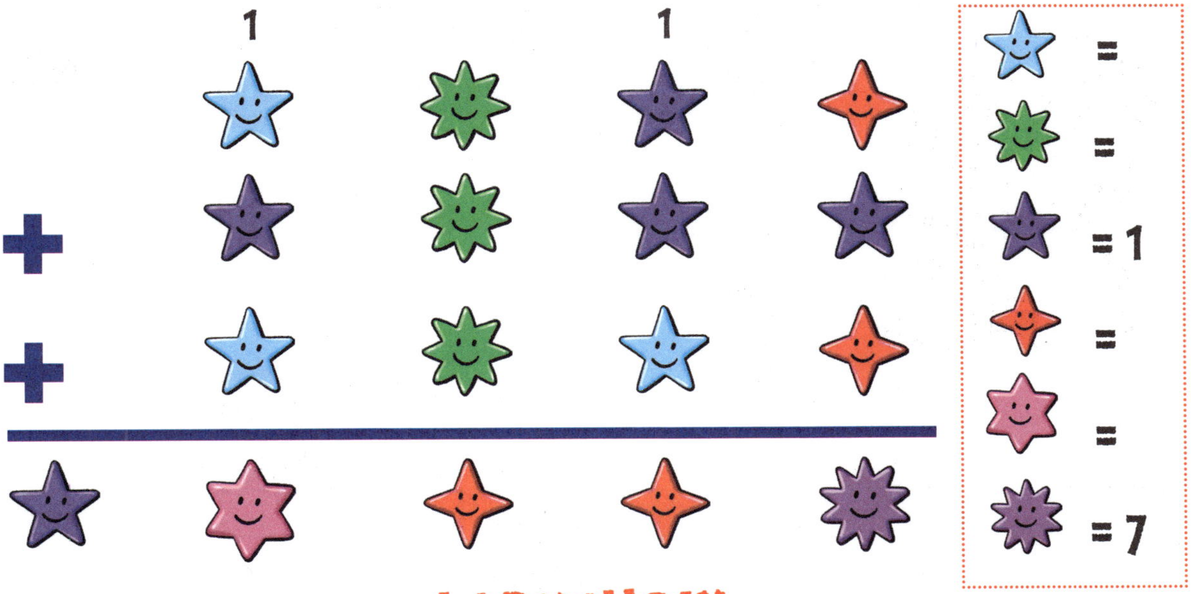

LABYCHOIX

Traverse ce labyrinthe en choisissant le bon résultat à chaque carrefour.

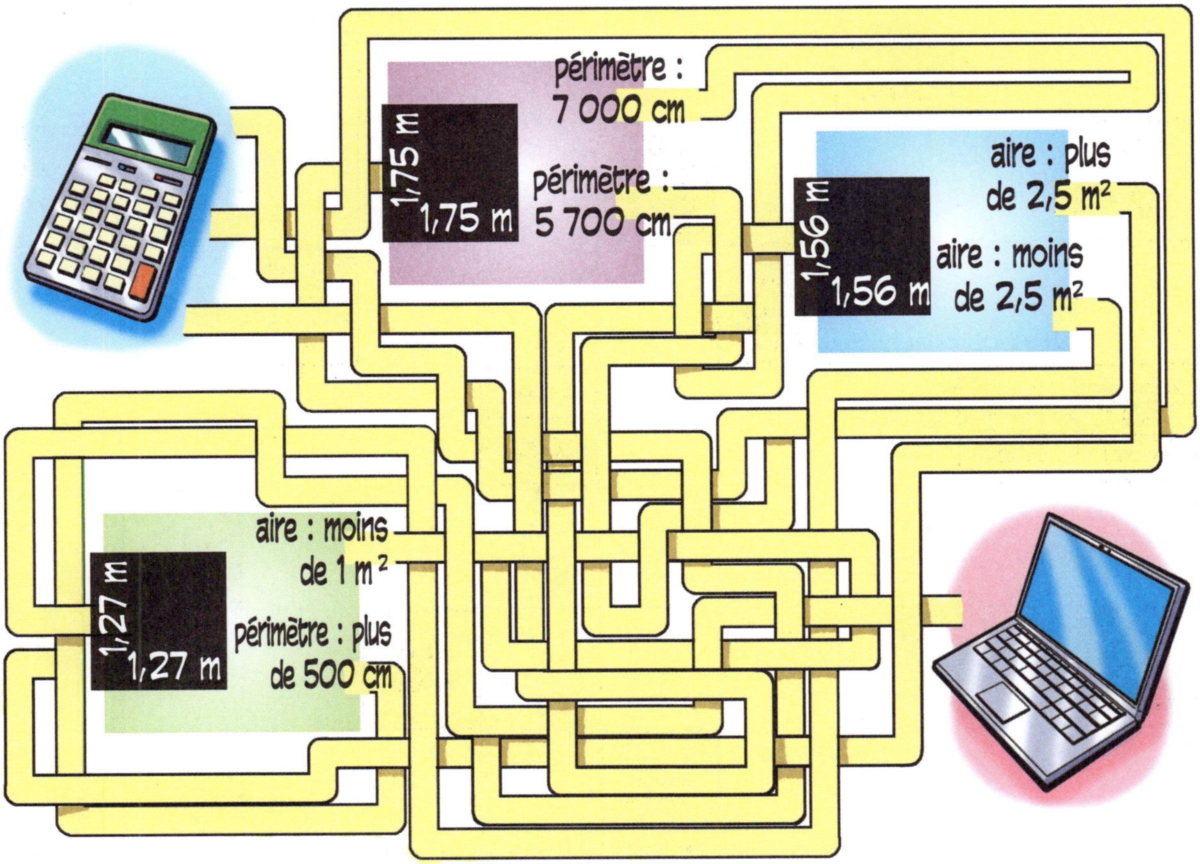

MOTS FLÉCHÉS

Remplis cette grille de mots fléchés en t'aidant des définitions.

FLÛTE OVALE
CONTINENT DE L'AUSTRALIE
ENTREPÔT
« JE » EN LATIN
NOUAIT
ISSU
LE PLUS PETIT DES CONTINENTS
JEUNE MOUTON
EFFACE
EXPÉDITION
BOISSON CONTRE LE RHUME
AVANCE
FIN DE VERBE DU DEUXIÈME GROUPE
ROCHE EN FUSION
VIOLON GRAVE
BANNISSEMENT
MAUDIRA
TELLEMENT
ÉRODER
PRÉNOM DE GARÇON
ANTIDOTE
PANORAMA
ENDROIT
ÉPOQUE
ANIMAL TÊTU
TERRES AU MILIEU DE LA MER
LE PLUS VASTE DES CONTINENTS
ON ÉCOUTE SES ÉMISSIONS
PRÉNOM DE BABA
IL DONNE SA COULEUR À L'ŒIL
FIN DE VERBE DU PREMIER GROUPE
VRAI
CONTINENT DÉCOUVERT PAR CHRISTOPHE COLOMB
POSÉ
CONTRAIRE DU BIEN
S'ÉGARA
PRONOM RELATIF
GRAND FLEUVE ITALIEN
AU REVOIR
ELLES OUVRENT LES PORTES
MÈCHE QUI DÉPASSE
MAISON D'ESQUIMAU

GÉOPUZZLE

Une des causes du réchauffement climatique de notre planète est l'importance des émissions de CO_2 par habitant. Classe ces pays du plus polluant au moins polluant.

RENCONTRES IMPOSSIBLES

Ces voyageurs ont prévu de visiter la France au mois de juillet. Pourtant, en regardant leurs valises, tu verras qu'il y a peu de chances que l'un des cinq rencontre les autres lors de son périple. Lequel est-ce ?

DERNIÈRE OPÉRATION

Dans cette liste, après avoir calculé le résultat de chaque opération, barre les nombres indiqués en suivant les consignes.

1/5 x 1/2 = .../10

1/5 + 5/2 = .../10

1/2 - 1/5 = .../10

1/5 x 3/2 = .../10

1/5 + 1/5 = .../10

1/2 x 2/5 = .../10

- **Barre l'opération dont le résultat est le plus élevé.**
- **Dans les 5 restantes, barre ensuite celles dont le résultat est identique.**
- **Dans les 3 restantes, barre l'opération dont le résultat est égal à 1/5.**
- **Dans les 2 restantes, barre, pour finir, l'opération dont le résultat est égal à 0,4.**

L'opération restante est :

....

MULTIPLICATION CODÉE

Chaque symbole remplace toujours le même chiffre dans cette multiplication codée. Retrouve la valeur de chacun d'eux en t'aidant des indices.

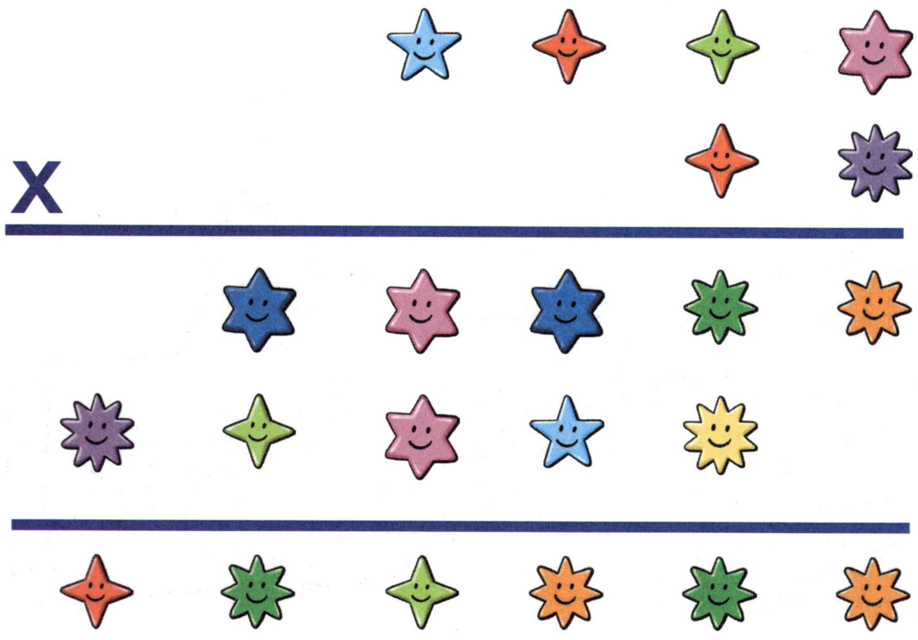

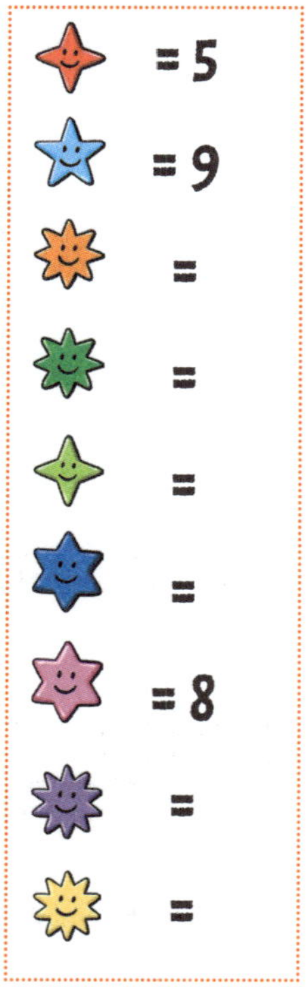

FUTOSHIKI

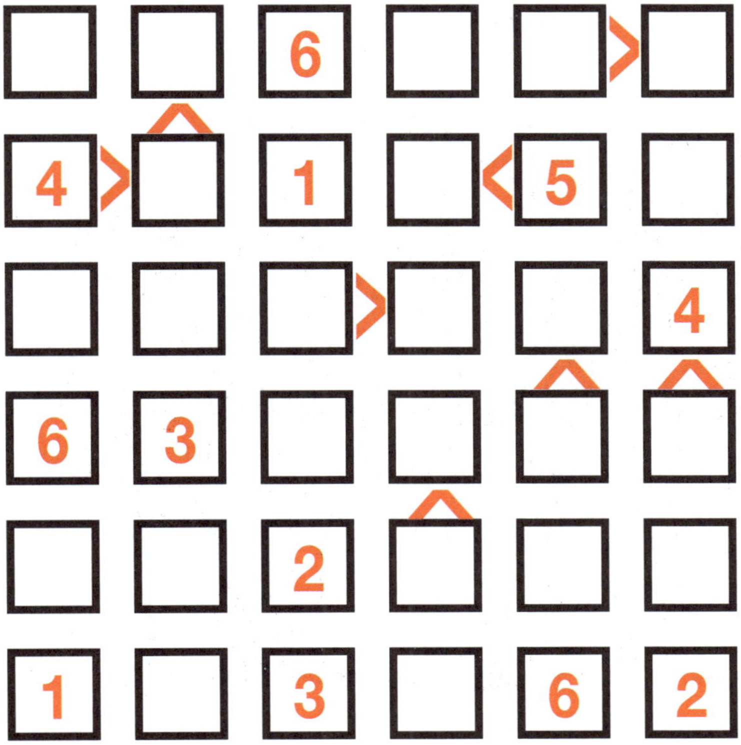

Remplis cette grille pour que tous les chiffres de 1 à 6 soient inscrits une seule fois sur chaque ligne
et chaque colonne.
Pour t'aider, les signes
< (plus petit que)
et > (plus grand que)
te renseignent sur les deux chiffres contenus dans les deux cases voisines.

MINI-ÉNIGME

Quelle a été la dernière fois, au XXe siècle, où pour écrire la date on a utilisé 8 chiffres différents, en notant le mois en chiffres ?

2 _ / _ _ / 19 _ _

Et, si tu es très fort, trouve quelle sera la prochaine fois que cela arrivera.

_ 7 / 0 _ / 2 _ _ _

WHO'S WHO?

Devine qui est qui en lisant les indices.

- **John is the tallest.**
- **Bettina is smaller than Eve.**
- **Cathy is near John.**
- **Eve is very thin.**
- **Mike wears glasses.**
- **Harry wears glasses and a cap.**

THE MARKET

Place les mots de la liste dans cette grille de mots croisés puis dit ce que tous ces mots ont en commun.

APPLE
CARROT
CUCUMBERS
EGGPLANT
GRAPES
LETTUCE
NUT
ONION
ORANGES
PEAR
TOMATOES

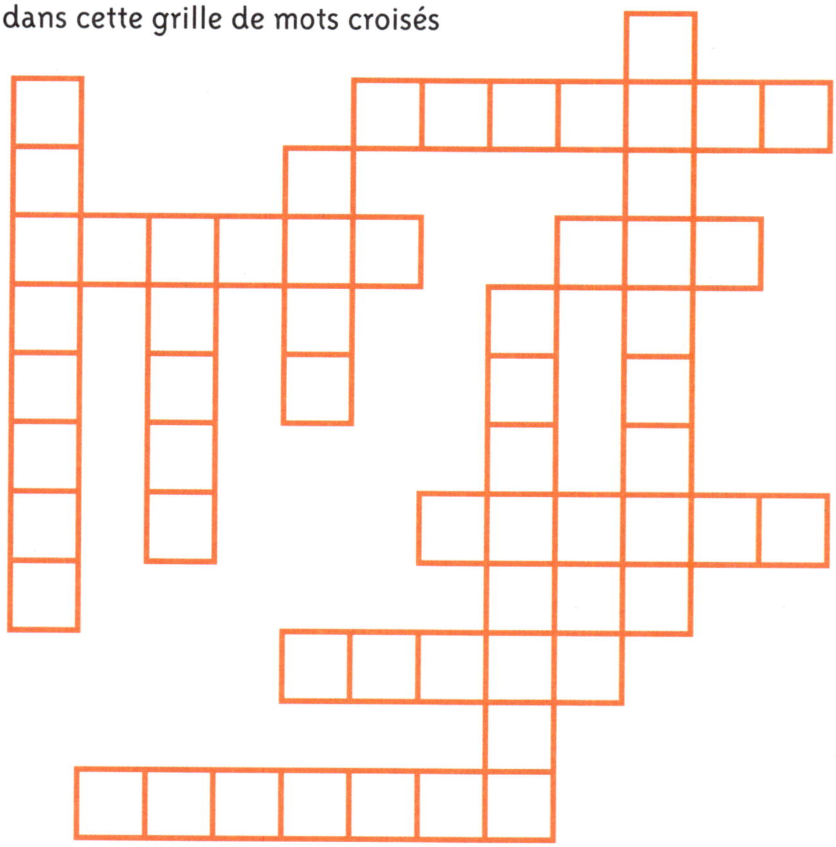

LES INTRUS

Dans chaque série de mots, trouve l'intrus et inscris-le sur les lignes pour lire le résumé d'une œuvre que tu as peut-être lue. Puis réponds à la question bonus.

1. L'intrus est un article indéfini pluriel.
LE – LA – LES – UN – DES – UNE

2. L'intrus est un nom commun masculin.
ANIMAUX – CIGALE – FOURMI

3. L'intrus est un pronom relatif.
SON – NOUS – QUI – LES

4. L'intrus est un verbe du premier groupe.
PARLENT – VIVENT – COURENT

5. L'intrus est une préposition.
DONT – VITE – POUR – ET

6. L'intrus est un verbe à l'infinitif.
RACONTENT – APPRENDRE – ENSEIGNÉE

7. L'intrus est un article défini féminin.
LE – UN – UNE – LA – NOTRE

8. L'intrus est un nom commun singulier.
HISTOIRES – LEÇONS – MORALE

....

....

La question bonus
Qui est l'auteur de ces *Fables* ? ....

QUALIFICATIF

Commence par barrer dans cette liste le mot qui n'est pas un adjectif puis barre tous les autres noms dans la grille. Attention ! Ils s'écrivent horizontalement, verticalement ou en diagonale, à l'endroit ou à l'envers, et ils se croisent, donc une même lettre peut servir dans plusieurs mots.
À la fin, il te restera cinq lettres pour écrire une préposition.

AÉRÉ	GAI	POLI
ANIMAL	GENTIL	POUR
ATTENTIF	GRAND	PRUDENT
BEL	LÉGER	RAS
BRAVE	LENT	RICHE
DENSE	LESTE	ROYAL
DOUÉ	LISSE	SAUF
DUR	LOYAL	SEC
~~FESTIF~~	MALIN	SIMPLE
FIER	MOU	TEL
FOU	OISIF	TÊTU
FRISÉ		

G	E	N	T	I	L	A	Y	O	L
P	R	U	D	E	N	T	C	E	S
O	O	A	A	U	L	T	G	A	I
L	Y	F	N	O	R	E	U	O	M
I	A	E	I	D	R	N	N	A	P
U	L	S	M	E	U	T	E	T	L
O	I	T	A	N	R	I	C	H	E
F	S	I	L	S	A	F	U	A	S
P	S	F	I	E	S	I	R	F	T
R	E	E	N	S	B	R	A	V	E

Le mot-mystère : ....

SUDOKU

4		9		1				6
6			3			1		9
	3	1			7		8	4
	6	4		8			2	
	5	2						8
	7		5		1			
7		5			9			
				5		4		1
2		6		3		7	9	

Remplis toutes les cases vides de cette grille pour que chaque chiffre de 1 à 9 se trouve une seule fois sur chaque ligne, sur chaque colonne et dans chaque carré de 9 cases.

LE CLUB DES 4

Inès, Sarah, Alexandre et Maxime ont des animaux domestiques. Chaque animal a été choisi deux fois mais aucun des quatre copains n'a fait exactement le même choix que les autres.
Trouve quels animaux chacun a adoptés en lisant les indices et en les reportant dans la grille.
Note N pour non et O pour oui.
Pour t'aider, nous avons décodé le premier indice.

Les indices

1 – Alexandre n'a ni chat ni poissons.
2 – Les deux chiens vivent l'un chez une fille, l'autre chez un garçon.
3 – Les deux filles élèvent des poissons.
4 – Alexandre et Inès ont un animal en commun.

Si tu es très fort en logique, tu devrais avoir déjà trouvé la solution. Mais sinon, voici encore quelques renseignements :

5 – Maxime n'élève pas de chien.
6 – Sarah adore son chat.

	Chien	Chat	Perroquet	Poissons
Inès	O	N	N	O
Sarah	N	O	N	O
Alexandre	O	N	O	N
Maxime	N	O	O	N

CASCADE

Dans ces opérations en cascade, chaque nombre est toujours remplacé par le même symbole. Trouve la valeur de chacun d'eux.

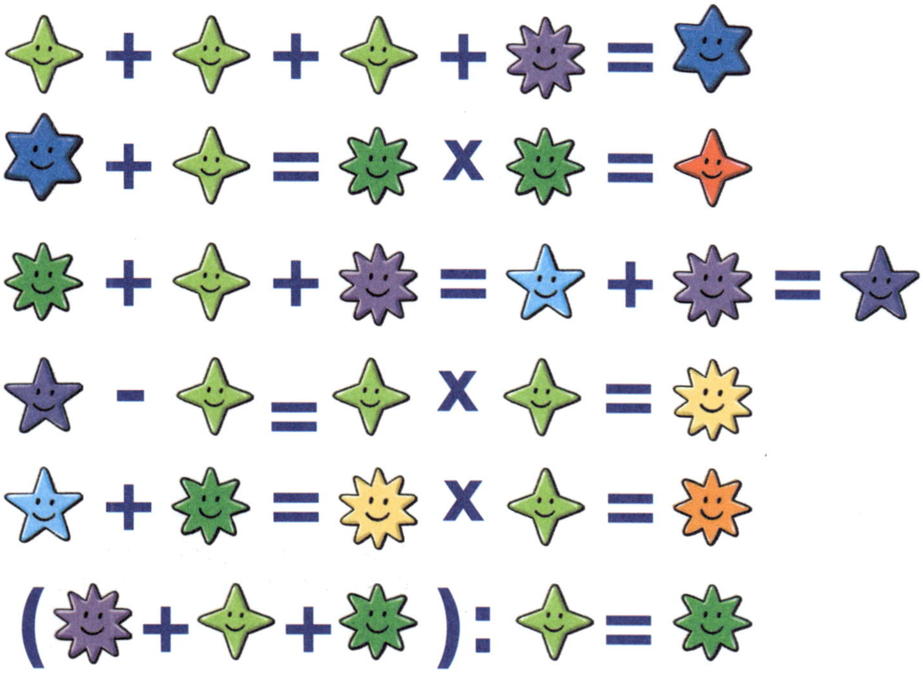

ADDIPYRAMIDE

Sachant que le nombre inscrit sur chaque brique doit être égal à la somme des deux nombres des briques inférieures, complète cette pyramide.

QUIZ

Mets le verbe entre parenthèses à l'imparfait et tu liras, avec les lettres des réponses, le nom d'un animal.

1. Elles (avoir) raison.
M – Avaient
N – Auraient.
O – Avait.

2. Il (peindre) un tableau.
N – Peindra.
O – Peignait.
P – Peint.

3. Nous (être) contents d'aller à la montagne.
R – Étions.
S – Sommes.
T – Avions.

4. Tu (voir) beaucoup Rosalie l'année dernière.
Q – Verrais.
R – Vois.
S – Voyais.

5. Elle (connaître) ma grand-mère.
E – Connaissait.
F – Connaîtrait.
G – Connaît.

Pour réviser l'imparfait, voir l'« Aide-mémoire » : CONJUGAISONS.

MOTS FLÉCHÉS

Remplis cette grille de mots fléchés en t'aidant des définitions.
Attention ! Les verbes entre parenthèses doivent être conjugués au passé simple.

IL (BRASSER) / JE (TRANS-PARAÎTRE)		ELLE (ANÉMIER) / ABRÉVIATION D'AVENUE		APRÈS LA MATERNELLE / IL (SCIER)		SE RENDRA / PERROQUET		VOUS (OSER) / ÉROSION	
EN COMPAGNIE DE / JE SUIS, TU...					ELLE (RASER) / TU (METTRE)				
		IL (MIMER) / MILLE MÈTRES					DO / L'APRÈS-MIDI SUR LE RÉVEIL		
JE (SKIER) / ON (RAMER)						HERBAGE			
				NOUS (SAVOIR)					

DIFFÉRENCES

Trouve autant de différences entre ces deux dessins que l'heure que tu peux lire sur ce cadran solaire.

RONDE

136 : 4

Le résultat de ces opérations est un multiple de 2.

Ces opérations sont des additions.

Le résultat de ces opérations est un multiple de 5.

Ces opérations sont des multiplications.

Le résultat de ces opérations est un multiple de 3.

Ces opérations sont des soustractions.

Le résultat de ces opérations est un multiple de 7.

Ces opérations sont des additions.

Le résultat de ces opérations est un nombre premier.

Ces opérations sont des divisions.

Écris dans chaque rectangle l'opération de la liste qui correspond aux deux définitions contenues dans les deux disques voisins.

8 + 5
54 + 37
65 : 5
95 – 18
~~136 : 4~~
167 – 38
187 x 5
320 x 9
451 + 4
701 + 123

RÉBUS

Décode ce rébus et tu liras la morale de la fable de La Fontaine intitulée *Les Grenouilles qui demandent un Roi.*

LE DERNIER MOT

Dans cette liste, barre les mots indiqués en suivant les consignes.

AVOIR
BONDIR
CHANTER
COURIR
JOINDRE
MANGER
NOURRIR
PLEURER
POURRIR
TEINDRE

- **Barre les 3 verbes du premier groupe.**
- **Dans les 7 restants, barre les 3 verbes du deuxième groupe.**
- **Dans les 4 restants, barre les 3 verbes du troisième groupe.**

Le verbe restant est un auxiliaire.

....

Pour réviser les groupes de verbes, voir l'« Aide-mémoire » : FRANÇAIS.

QUIZ

Réponds aux questions et, avec les lettres des réponses, forme le nom d'un pays d'Amérique du Sud.

1. Depuis 1950, alors que la population mondiale a été multipliée par 2,5, combien de fois la consommation d'eau a-t-elle augmenté ?

B – 2,5.

C – 5.

D – 10.

2- Que mesure l'indice de développement humain (IDH) ?

O – L'espérance de vie, le taux d'alphabétisation et le PNB.

U – Le développement technique et le nombre de voitures.

Y – Le rythme d'augmentation de la population.

3. Que mesure le PIB d'un pays ?

K – Sa santé.

L – Sa richesse.

M – Sa croissance démographique.

4. Que mesure le taux d'alphabétisation ?

M – Le nombre de personnes qui travaillent.

N – Le nombre de personnes qui ont un logement.

O – Le nombre de personnes qui savent lire et écrire.

5. Où le taux d'alphabétisation est-il le plus élevé ?

M – Aux États-Unis.

N – Au Niger.

P – En Chine.

6. À combien est estimée la population mondiale aujourd'hui ?

B – 7,3 milliards d'humains.

C – 5,3 milliards d'humains.

D – 8,2 milliards d'humains.

7. Qu'est-ce qu'une ONG ?

G – Une organisation non guerrière.

H – Un organisme non gouverné.

I – Une organisation non gouvernementale.

8. En 2015, par l'accord de Paris signé lors de la COP 21, à quoi se sont engagés les États ?

E – À limiter la hausse des températures à 1,5 °C d'ici 2050.

F – À limiter la hausse du niveau des mers à 1,5 km d'ici 2050.

G – À limiter la hausse de la population humaine à 9,5 milliards d'ici 2050.

DIVISION CODÉE

Dans cette division codée, chaque chiffre est toujours remplacé par le même symbole. Trouve la valeur de chaque symbole grâce aux indices.

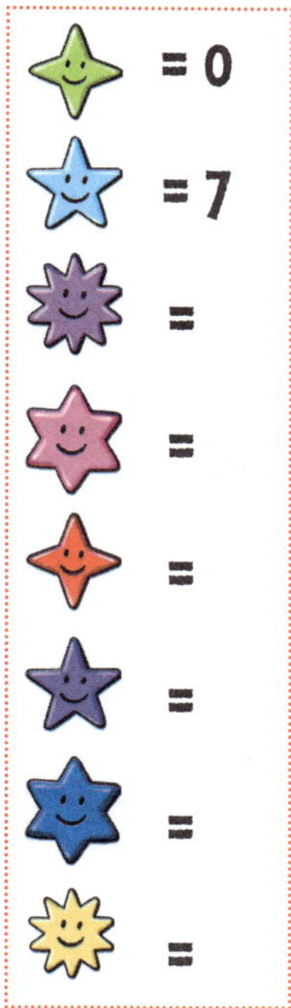

MATHOQUIZ

Trouve les bonnes réponses puis note les lettres correspondantes dans les cases, et tu liras un nombre.

1. Laquelle de ces suites est exacte ?

H. 1 800 cm^2 < 180 dm^2 < 0,018 m^2

W. 0,018 m^2 < 180 dm^2 < 1 800 cm^2

M. 180 dm^2 > 1 800 cm^2 > 0,018 m^2

2. Laquelle de ces suites est exacte ?

F. 1 750 dm^3 < 17 500 m^3 < 175 000 cm^3

I. 175 000 cm^3 < 1 750 dm^3 < 17 500 m^3

J. 175 000 cm^3 < 17 500 m^3 < 1 750 dm^3

3. Laquelle de ces suites est exacte ?

P. 1 h 54 min < 3 quarts d'heure < 130 min

B. 130 min < 1 h 54 min < 3 quarts d'heure

L. 3 quarts d'heure < 1 h 54 min < 130 min

4. Laquelle de ces affirmations est vraie ?

P. La somme des trois angles d'un triangle est de 90°.

L. La somme des trois angles d'un triangle est de 180°.

X. La somme des trois angles d'un triangle est de 360°.

5. Comment qualifie-t-on deux angles dont la somme des mesures est de 90° ?

A. Deux angles droits.

O. Deux angles supplémentaires.

E. Deux angles complémentaires.

Toutes les notions utiles pour répondre à ce quiz se trouvent dans l'« Aide-mémoire » : MATHÉMATIQUES.

QUIZ

Trouve la bonne expression pour décrire le dessin.

A – He takes his bath.
B – He is bathing.
C – He is having a bath.

A – They like each other.
B – They're having a good time.
C – They're bored.

A – He eats breakfast.
B – He took breakfast.
C – He is having breakfast.

LOGIMATHS

Complète ces suites pour qu'elles soient logiques.

99 – 33 – 66 – 22 – 44 – ?

9 761 – 8 652 – 7 543 – 6 434 – 5 325 – ?

119 – 111 – 104 – 98 – 93 – ?

VENDREDI 13

L'année 2012, qui était bissextile (le mois de février a 29 jours), a compté trois vendredi 13.

Est-il possible qu'une année non bissextile, où le mois de février n'a que 28 jours, compte, elle aussi, trois vendredi 13 ?

Si oui, quel jour de la semaine doit être le premier janvier ?

QUIZ

Réponds aux questions et, avec les lettres des réponses, forme le nom de l'enveloppe gazeuse qui entoure la Terre.

1. Lesquels de ces matériaux sont des isolants électriques ?
U — Le métal, le bois et l'eau.
A — Le bois, le plastique et le verre.
C — Le verre, la laine et l'eau.

2. Combien de pôles une pile comporte-t-elle ?
F — 0.
G — 1.
T — 2.

3. Quelle est la différence entre la fusion et la solidification de l'eau ?
M — La fusion est la transformation de la glace en eau liquide et la solidification, la transformation de l'eau liquide en glace.
H — La fusion est la transformation de l'eau liquide en glace et la solidification, la transformation de la glace en eau liquide.
P — La fusion est la transformation de l'eau liquide en vapeur d'eau et la solidification, la transformation de la glace en eau liquide.

4. Quand l'eau change d'état, par exemple quand l'eau liquide devient de la glace, que se passe-t-il ?
N — Sa masse et son volume changent.
E — Sa masse change, mais son volume reste constant.
O — Son volume change, mais sa masse reste constante.

5. Quelles sont les températures extrêmes où l'eau reste liquide ?
L — De 0 °C à 90 °C.
S — De 0 °C à 100 °C.
O — De −10 °C à 100 °C.

6. Quelles substances sont solubles dans l'eau ?
P — Le sucre et le sel.
T — La farine et le sable.
R — L'huile et le pétrole.

7. De quoi est composé l'air que nous respirons ?
I — D'oxygène pur.
O — De dioxyde de carbone.
H — D'un mélange de gaz.

8. Combien pèse un litre d'air (à 12 °C de température et sous une pression d'environ 1 000 hPa) ?
R — 0 gramme.
E — 1,2 gramme.
S — 1,2 kg.

9. Laquelle de ces affirmations est fausse ?
U — Un gaz n'a pas de volume : il occupe tout le volume disponible.
V — Un gaz n'a pas de forme : il adopte la forme du récipient qui le contient.
R — Un gaz n'a pas de masse : il pèse plus ou moins suivant qu'il est plus ou moins dilaté.

10. La Terre est entourée par une atmosphère. Quelle est l'épaisseur de cette couche de gaz ?
E — 500 km.
O — 5 000 km.
A — 50 000 km.

A	T	M	O	S	H	P	È	R	E

LABYCHOIX

Trouve le bon chemin pour conduire cette jeune Anglaise au restaurant. Attention ! À chaque carrefour, deux mots te sont proposés. Choisis le chemin qui désigne un aliment (bien anglais) qu'elle va prendre pour son déjeuner.

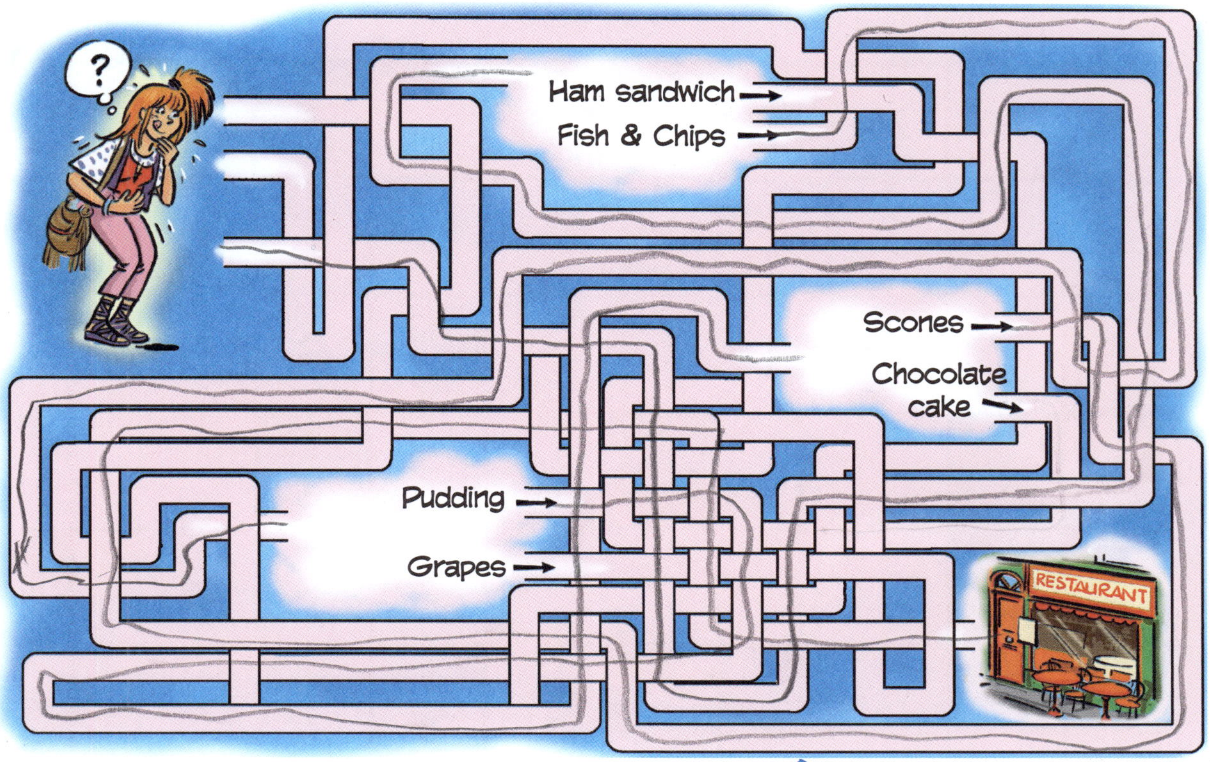

PROVERBE CODÉ

Remplace chaque lettre par celle qui la suit dans l'alphabet (A = B, B = C, Z = A) et tu découvriras un proverbe que les Anglais citent souvent. Il ne te restera plus qu'à le traduire.

Z M Z O O K D

_ _ _ _ _ _ _

Z C Z X J D D O R

_ _ _ _ _ _ _ _ _

S G D C N B S N Q

_ _ _ _ _ _ _ _ _

Z V Z X

_ _ _ _

ADDIFLÉCHÉS

Complète cette grille avec des nombres de 1 à 9 pour que, en additionnant les nombres inscrits en face de chaque flèche horizontale ou verticale, tu obtiennes la somme inscrite dans la case colorée. Attention ! Dans chaque somme, tu ne dois jamais utiliser deux fois le même nombre.

	9	28		3	41		7	41	
10			3 / 6			3			10
15		5	1			23 / 6	6		
	4			9 / 5			7 / 9		
	41 / 10							8	
4			6 / 9			5 / 9	1		9
23		6		27	7				
	3			7			12		

L'INCONNUE MYSTÈRE

Lis le problème et choisis, dans la liste proposée, l'équation qui permet de le résoudre. Puis calcule le résultat.

A. $x = 12 + (x/2 + 4)$

B. $x = 12 + 4 + x$

C. $x = 12 + 12 + 4$

La moitié des élèves plus 4 de la classe de 5e B sont des garçons. Sachant qu'il y a 12 filles en 5e B, combien y a-t-il d'élèves au total dans cette classe ?

CHRONOPUZZLE

Range, dans l'ordre chronologique, du plus ancien au plus récent, les noms de ces artistes.

Molière

Léonard de Vinci

Pablo Picasso

Victor Hugo

Claude Monet

RENCONTRES IMPOSSIBLES

Parmi ces personnages, un seul n'a pas pu rencontrer les autres. Lequel est-ce ?

Barack Obama

Arnold Schwarzenegger

Christophe Colomb

Tony Parker

Roger Federer

MULTIPYRAMIDE

Sachant que le nombre inscrit sur chaque brique doit être égal au produit des deux nombres des briques inférieures, complète cette pyramide.

CASCADE

Dans ces opérations en cascade, chaque nombre est toujours remplacé par le même symbole. Trouve la valeur de chacun d'eux.

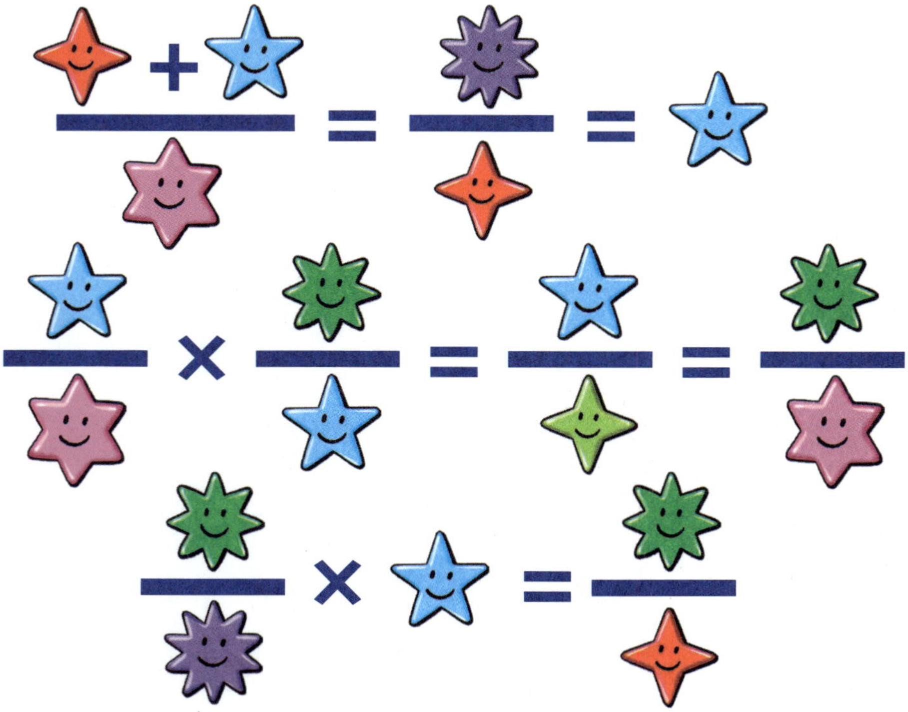

QUIZ

Pour chaque question, choisis la bonne réponse
et note les lettres correspondantes dans les cases.
Tu découvriras comment on dit « tee-shirt » en espagnol.

1. En quelle langue *noche* signifie « nuit » ?

A — En italien.
B — En allemand.
C — En espagnol.

2. Dans quel pays es-tu si on te dit : *ich liebe dich* ?

A — En Allemagne.
B — En Australie.
C — En Estonie.

3. Comment dis-tu *morgen* en espagnol ?

K — *La mattina.*
L — *Morning.*
M — *Mañana.*

4. Qu'est-ce que « La Marche des Volontaires » ?

H — L'hymne national allemand.
I — L'hymne national chinois.
J — L'hymne national russe.

5. Quel mot ne signifie pas « mère » ?

Q — *Mutter.*
R — *Madre.*
S — *Mar*

6. Quel drapeau ne comporte pas de lignes horizontales ?

D — Celui de l'Espagne.
E — Celui de l'Italie.
F — Celui de l'Allemagne.

7. Que signifient les mots *cincuenta* et *fifty* ?

T — Cinquante.
U — Centenaire.
W — Quinze.

8. Dans quel pays déguste t-on beaucoup de curry ?

A — En Inde.
B — Au Japon.
C — Au Maroc.

CHARADES

Mon premier est une conjonction de coordination.
Mon deuxième est un rongeur.
Mon troisième protège la main.
Mon tout fait de grosses vagues.

Mon premier vaut environ à 3,1416.
Mon deuxième est le dieu du Soleil égyptien.
Mon troisième est une note de musique.
Mon quatrième est la moitié de quatre.
Mon tout est le tombeau des pharaons.

Mon premier est au milieu du visage.
Mon deuxième est une matière première.
Mon troisième est un adjectif possessif.
Mon quatrième est une céréale.
Mon tout est une impératrice égyptienne

MOTS CROISÉS

HORIZONTALEMENT

1 - Tu (devoir) t'entraîner pour gagner cette course.
2 - Envoie au loin.
3 - Note. Île.
4 - Si elles avaient pris leurs médicaments, elles (aller) beaucoup mieux.
5 - Soleil des pharaons.
6 - De naissance.
7 - Saisons. Déchiffré.

VERTICALEMENT

A - Envie.
B - S'il était ami avec Lucas, il l'(élire) délégué de classe.
C - Version originale. Arrivé.
D - Nous (rire) de bon cœur si nous comprenions ses blagues.
E - Vieille.
F - Début d'intérieur. 25 décembre.
G - Chiffre. Connu.

Remplis cette grille de mots croisés en t'aidant des définitions.
Les verbes entre parenthèses doivent être conjugués au conditionnel présent.

	A	B	C	D	E	F	G
1							
2	E					N	
3			■			■	P
4							
5	R		■		■		■
6	■		N		E		
7					■		

Le conditionnel est un mode qui exprime une action soumise à une condition. Voir « Aide-mémoire » : CONJUGAISON.

RONDE ROMAINE

Écris, dans chaque rectangle, le nombre qui correspond aux deux définitions contenues dans les deux disques voisins.

Ces deux nombres sont des multiples de 3.

Ces deux nombres sont compris entre 5 et 10.

Ces deux nombres sont inférieurs à 5.

Ces deux nombres sont écrits avec 5 crayons.

Ces deux nombres sont écrits avec 3 crayons.

Ces deux nombres sont supérieurs à 20.

Ces deux nombres sont compris entre 10 et 20.

Ces deux nombres sont écrits avec 6 crayons.

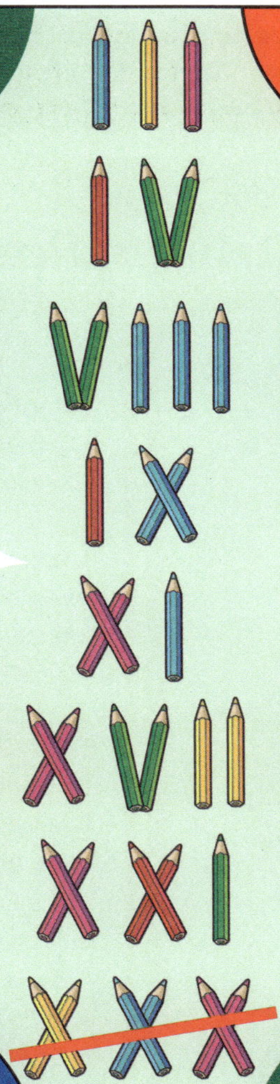

Pour résoudre ce jeu, il faut connaître les chiffres romains.
Voir « Aide-mémoire » : LES CHIFFRES ROMAINS.

Aide-mémoire

Les jeux proposés dans cet ouvrage mettent en œuvre les connaissances acquises en 5e.
Cet « Aide-mémoire » reprend l'essentiel des programmes en français, mathématiques et anglais.

Pour certains jeux, une note indique la notion utilisée et sa présence dans l'« Aide-mémoire ». En cas de difficulté, il peut être utile de réviser le paragraphe correspondant avant de revenir au jeu.

Grammaire

Le nom

Le nom est le noyau du groupe nominal :
*Le **navigateur** vogue sur un vieux **bateau** en **bois**.*
Un nom peut être précédé d'un déterminant, même s'il ne l'est pas dans la phrase :
*en bois, **le** bois.*

La classe des noms

Noms communs : *un bateau, la mer*
Noms propres : *Jean, Paris, la Chine*

Le genre des noms

Noms masculins : *un marin, Paul*
Noms féminins : *une bouée, Mathilde*

Le nombre des noms

Noms au singulier : *une barque, le soir*
Noms au pluriel : *des vagues, dix jours*

L'adjectif

Il accompagne le nom ou le pronom en le qualifiant.
*Des cerises **rouges** tapissaient son **petit** panier.*

Les fonctions de l'adjectif
L'adjectif épithète est placé juste à côté du nom.
*Des cerises **rouges***
L'adjectif en apposition est séparé du nom par une virgule.
***Gourmands**, les merles se régalaient en picorant.*
L'adjectif attribut du sujet est relié au sujet *par un verbe d'état (être, paraître, sembler, devenir, rester…).*

Attention : l'attribut ne peut être supprimé ! C'est un groupe essentiel.
*Ces cerises sont **succulentes**.*

L'adjectif s'accorde en genre et en nombre avec le nom qu'il qualifie.
*une cerise mûr**e** / des cerises mûr**es***

Les déterminants

Le déterminant précède toujours le nom. Il fait partie du groupe nominal et ne peut être supprimé.
***Les** deux joueurs échangèrent **des** balles puis commencèrent **le** match.*
C'est le déterminant qui indique le genre du nom :
***une** balle* (féminin), ***un** match* (masculin),
mais il indique aussi le nombre du nom :
***les** joueurs* (pluriel), ***le** match* (singulier).

Il existe plusieurs sortes de déterminants :
– les articles, les adjectifs possessifs et démonstratifs, les adjectifs numéraux *(un, deux, trois, quatre…)*,
– les adjectifs interrogatifs et exclamatifs et les adjectifs indéfinis.
L'article indéfini et l'article partitif se transforment en **de** après une négation.
Tu as reçu une lettre ;
*tu n'as pas reçu **de** lettre.*

Les articles

	singulier	singulier	pluriel
	masculin	féminin	
définis	le, l'	la, l'	les
définis contractés	(à + le) au	à la à l'	aux
partitifs	(de + le) du de l'	de la de l'	des des
indéfinis	un	une	des

Les adjectifs possessifs et démonstratifs

	singulier	singulier	pluriel
	masculin	féminin	
démonstratifs	ce, cet	cette	ces
possessifs	mon	ma	mes
	ton	ta	tes
	son	sa	ses
	notre	notre	nos
	votre	votre	vos
	leur	leur	leurs

Les pronoms

Le pronom joue le même rôle et a les mêmes fonctions que le groupe nominal.
Les enfants *apprennent* ***leurs leçons****.*
Ils les *apprennent.*

Les pronoms personnels

Elles *partaient à la piscine quand* ***tu*** *as téléphoné.*

sujet	COD	autres fonctions
je	me	me, moi
tu	te	te, toi
il, elle, on	le, la, se	lui, elle, se, soi
nous	nous	nous
vous	vous	vous
ils, elles	les, se	leur, eux, elles

Les adjectifs interrogatifs et exclamatifs

singulier	singulier	pluriel	pluriel
masculin	féminin	masculin	féminin
quel	quelle	quels	quelles

Les adjectifs indéfinis

	variables	variables	variables	invariables
exprimant	en genre et en nombre	en genre	en nombre	
une quantité	nul(s), nulle(s), tout, tous, toute(s)… divers(es)…	aucun(e) différent(e)s	quelques(s)… plusieurs	chaque
une qualité	tel(s), telle(s) autre(s)	même(s)		

Les pronoms démonstratifs

J'ai mangé cette tarte et toi tu as mangé ***celle-ci.***

	singulier	singulier	pluriel	pluriel	
formes simples	masc.	fém.	masc.	fém.	neutre
	celui	celle	ceux	celles	ça, ce, c'
formes composées	celui-ci, celui-là	celle-ci, celle-là	ceux-ci, ceux-là	celles-ci, celle-là	ceci, cela

Les pronoms possessifs

Excusez-moi, cette chaise est ***la mienne****.*
Tous ces livres sont ***les nôtres****.*

Les pronoms interrogatifs

J'ai acheté des gâteaux, ***lesquels*** *préfères-tu ?*
Où *vas-tu en vacances, cet été ?*

Les pronoms indéfinis

Je n'en aime ***aucun****.*
Certains *arbres donnent des fruits.*

Les pronoms relatifs

	forme simple	forme composée			
		singulier	singulier	pluriel	pluriel
fonction		masculin	féminin	masculin	féminin
sujet	qui	lequel	laquelle	lesquels	lesquelles
COD	que				
COI	dont, à quoi, à qui, de qui, de quoi	auquel, duquel	à laquelle, de laquelle	auxquels, desquels	auxquelles, desquelles
complément du nom	dont, de qui, de quoi	duquel	de laquelle	desquels	desquelles
complément circonstanciel	où, dont, avec, vers, par …	avec, vers, par			
	+ qui, quoi	+ lequel	+ laquelle	+ lesquels	+ lesquelles

La phrase verbale

Une phrase est un ensemble de mots qui commence par une majuscule, se termine par un point et qui a un sens.
Arrive le en tête cycliste peloton du.
n'est pas une phrase.
Le cycliste arrive en tête du peloton.
est une phrase.

Quand une phrase est construite autour d'un verbe, on parle de phrase verbale.
Les spectateurs attendent le passage des coureurs.
Quand une phrase est construite autour d'un autre mot que le verbe, c'est une phrase nominale.
Quelle étape difficile !

Les quatre types de phrases

La phrase déclarative énonce un fait.
Elle débute par une majuscule et se termine par un point.
Le maillot Jaune arrive premier.

La phrase interrogative pose une question.
Elle commence par une majuscule et se termine par un point d'interrogation.
Où est-il passé ?

La phrase exclamative exprime un sentiment.
Elle débute par une majuscule et se termine par un point d'exclamation.
Comme les cyclistes sont bien entraînés !

La phrase impérative donne un conseil ou un ordre.
Elle se construit avec un verbe à l'impératif.
***Soyez** prudents dans les virages !*

Les formes de phrases

Les phrases, quel que soit leur type, peuvent être :
– soit à la forme affirmative ;
Le coureur belge gagnera la course.
– soit à la forme négative.
*Le coureur belge **ne** gagnera **pas** la course.*

Certaines phrases peuvent être :
– soit à la forme active ;
*Le sportif **répare** la roue de son vélo.*
– soit à la forme passive.
*La roue du vélo **est réparée** par le sportif.*

Les éléments de la phrase

Le sujet

Il détermine l'accord du verbe.
Il est en principe placé au début de la phrase.
***Le chien** obéit à son maître.*
La phrase impérative ne comporte pas de sujet.
Lève-toi.
Le sujet peut être :
– un nom : ***Venise** est une ville d'Italie.*
– un groupe nominal : ***De belles gondoles** naviguent.*
– un pronom : ***Nous** avons reçu les photos.*
– un verbe à l'infinitif : ***Voyager** forme la jeunesse.*

Le verbe

Le verbe s'accorde toujours avec le sujet.
***L'avion** atterrit près du centre-ville.*
***Les avions** atterri**ssent** près du centre-ville.*
Il peut y avoir un seul sujet pour plusieurs verbes.
*L'avion **s'envole** et **disparaît** dans les nuages.*
La phrase peut aussi avoir plusieurs sujets au singulier ; le verbe sera alors au pluriel.
***Le passager** et **l'hôtesse** mont**ent** dans l'avion.*
Le sujet peut être inversé (placé après le verbe).
*À deux heures, commence **mon émission** préférée.*

Le complément essentiel

Le complément essentiel est un complément d'objet direct (COD) ou un complément d'objet indirect (COI).
On ne peut ni le supprimer, ni le déplacer.
Le COD suit directement le verbe.
*Il arrache **les pommes de terre**.*

Le complément essentiel peut être :
– un groupe nominal : *Il cultive **le jardin**.*
– un nom : *Il appelle **Philippe**.*
– un pronom : *Les enfants **le** regardent.*
– un verbe à l'infinitif : *Il veut **recommencer**.*
Le COD peut être remplacé par le pronom personnel *le, la, l'* ou *les*.
*Il arrache **les pommes de terre**. Il **les** arrache.*

Le COI est séparé du verbe par une préposition (*de, à, sur, pour…*).
*Le jardinier s'occupe **de la pelouse**.*
Le COI peut être remplacé par le pronom personnel *leur, lui, en* ou *y*.
*Léa téléphone **à son frère**. Léa **lui** téléphone.*

Quand un verbe admet deux compléments, le complément d'objet indirect (COI) devient complément d'objet second (COS)
Pierre offre son aide à sa petite sœur.

Le complément du nom

Le complément du nom fait partie du groupe nominal. Il est placé après le nom qu'il précise.
Il peut être supprimé.
Il est souvent introduit par une préposition.
*les fleurs **du** jardin – une cuillère **à** café – les volets **de** la maison*
Le complément du nom peut être :
– un nom : *l'ami de **Marie*** ;
– un groupe nominal : *la route de **la forêt*** ;
– un verbe à l'infinitif : *la joie de **naviguer**.*

Le complément circonstanciel

Le complément circonstantiel ne fait pas partie du groupe verbal.
On peut le plus souvent le déplacer ou le supprimer.
Les compléments circonstanciels répondent à des questions variées :
– quand ? pour le temps ;
***Hier soir,** une ambulance est venue dans notre cité.*
– où ? pour le lieu ;
*J'ai oublié mes gants **sur la table.***
– comment ? pour la manière ;
*Il lit ce livre **rapidement**.*
– pourquoi ? pour la cause.
*Prends ta valise **pour partir en vacances**.*

Les propositions dans la phrase

Une phrase simple est une phrase dans laquelle il n'y a qu'un seul verbe conjugué.
Nous irons au cinéma ensemble.
Une phrase complexe est une phrase dans laquelle il y a plusieurs verbes conjugués.
Pour savoir combien il y a de propositions, il faut compter le nombre de verbes conjugués.

Lorsque deux propositions sont séparées par une virgule, elles sont **juxtaposées.**
Il monte dans le train, il s'assoit, il sort un livre.
Trois verbes conjugués donc trois propositions.

Lorsque des propositions sont reliées entre elles par des mots de coordination *(mais, ou, et, donc, or, ni, car),* elles sont **coordonnées**.

Quand l'une des parties de la phrase dépend de l'autre grâce à un mot comme *qui*, *que*, *dont*, *où*, on a une proposition subordonnée et une proposition principale.

J'ai vu le film	*que tu m'as conseillé.*
prop. principale	prop. subordonnée

Les registres de langue

Suivant les situations, on utilise des manières différentes de s'exprimer. Il existe trois registres de langage : le registre familier, le registre courant et le registre soutenu.
Familier : *T'es où ? Pardon !*
Courant : *Tu es où ? Excuse-moi.*
Soutenu : *Où es-tu ?*
Je te prie de m'excuser.

Les types de discours

Selon leurs objectifs, les textes utilisent plusieurs types de discours.

Le discours narratif relate des événements, il utilise souvent le passé simple et est souvent écrit à la 3e personne.
Le Chat botté arriva au château du marquis de Carabas.

Le discours descriptif présente les lieux ou les personnages souvent au présent ou à l'imparfait. Il comporte de nombreux adjectifs, propositions relatives, adverbes, et compléments.
C'était un très grand château, construit sur une colline.

Le discours argumentatif exprime la conviction de son auteur, il est souvent écrit à la 1re personne, souvent au présent, et contient de nombreux liens logiques : *donc*, *parce que*, *mais*...
Je pense que le Chat botté n'était jamais venu au château car il l'examina soigneusement avant d'y entrer.

orthographe

Le pluriel des noms et des adjectifs

Le pluriel se forme en général en ajoutant un S à la forme du singulier.
*Une jolie libellule / des jolie**s** libellule**s***

Attention aux exceptions !
Les noms et adjectifs qui se terminent au singulier par **s**, **x** ou **z** sont invariables.
des ours roux / des gaz

Les noms et adjectifs qui se terminent en -AU, -EAU, -EU prennent, en général, un X au pluriel.
*un château / des château**x***
*un tuyau / des tuyau**x***
*un beau feu / des beau**x** feu**x***
Attention aux exceptions !
des landaus, des pneus, des bleus.
Les noms et adjectifs en -AL et -AIL se changent, en général, en -AUX au pluriel.
*un cheval / des chev**aux***
*un travail / des trav**aux***

Attention aux exceptions !
des bals, des carnavals, des chacals, des festivals, des détails, des portails, des rails, des gouvernails, des épouvantails, des chandails.
Banals, bancals, fatals, finals, glacials, navals.

Les noms et adjectifs en -OU prennent un S au pluriel sauf : pou, caillou, chou, genou, hibou, joujou et bijou qui prennent un X.
*un clou / des clou***s**
*un genou / des genou***x**

Certains noms changent de forme au pluriel.
un œil / des ***yeux***

Le féminin des noms et des adjectifs

Le féminin se forme de différentes façons.

Soit avec un autre mot :
un garçon / une fille,
un frère / une sœur,
un coq / une poule.

Soit en ajoutant un E :
*un Portugais / une Portugais***e**,
*un ami / une ami***e**, *fort / fort***e**.

Soit en doublant la consonne finale :
gros / gro**sse**, un chien / une chie***nne***,
un pharmacien / une pharmacie***nne***.

Soit avec un changement au féminin :
*un maître / une maître***sse**,
*un directeur / une direct***rice**
*un chanteur / une chante***use**,
*mou / mo***lle**, *neuf / neu***ve**,
*vieux / viei***lle**.

Les noms et les adjectifs qui se terminent par un E ont la même forme au féminin et au masculin :
un dentiste / une dentiste,
un vétérinaire / une vétérinaire
un photographe / une photographe,
invalide / invalide.

L'accord du participe passé

Quand le verbe est conjugué avec l'auxiliaire *être*, le participe passé s'accorde en genre et en nombre avec le sujet.
Le devoir est fait / Les devoirs sont faits / Les leçons sont apprises.

Quand le verbe est conjugué avec l'auxiliaire avoir, le participe passé s'accorde avec le COD si celui-ci est placé avant le verbe.
J'ai aimé les jeux / Les jeux que j'ai aimés / Je les ai aimés.
J'ai chanté une chanson / La chanson que j'ai chantée / Je l'ai chantée.
J'ai appris mes leçons / Les leçons que j'ai apprises / Je les ai apprises.

La ponctuation

. Point
Il isole les phrases.

; Point-virgule
Il isole aussi des phrases, mais montre qu'il y a un lien entre elles.

? Point d'interrogation
Il se met à la fin d'une phrase interrogative.

! Point d'exclamation
Il se met à la fin d'une phrase exclamative.

: Deux-points
Ils introduisent une énumération ou des paroles.

... Points de suspension
Ils montrent qu'une phrase n'est pas achevée.

, Virgule
Elle isole les groupes mobiles de la phrase ou sépare les termes d'une énumération.

« » Guillemets
Ils ouvrent et ferment le dialogue.

— Tiret
Il marque un changement d'interlocuteur.

( ) Parenthèses
Elles encadrent des éléments isolés qui ne sont pas considérés comme indispensables.

Les homonymes grammaticaux

Quelques mots courants à ne pas confondre (et, entre parenthèses, le moyen de les identifier).

et	**est**
conjonction de coordination	verbe *être*, 3e personne du singulier, présent
Des jeux et (*avec*) des révisions.	Le jeu est (*était*) facile.
à	**a**
préposition	verbe *avoir*, 3e personne du singulier, présent
J'ai un livre à lire.	Ce livre a (*avait*) 160 pages.
son	**sont**
adjectif possessif	verbe *être*, 3e personne du pluriel, présent
Il a fini son (*un*) jeu.	Les jeux sont (*étaient*) amusants.
on	**ont**
pronom indéfini	verbe *avoir*, 3e personne du pluriel, présent
On (*il*) est en vacances.	Les vacances ont (*avaient*) commencé.
ces	**ses**
adjectif démonstratif	adjectif possessif
J'adore ces jeux (*les, ceux-là*).	Je préfère ses jeux (*les siens*).
ce	**ceux**
adjectif démonstratif	pronom démonstratif
Ce (*le*) jeu est facile.	J'aime ceux qui sont faciles (*ces jeux-là*).
ce	**se**
pronom démonstratif	pronom personnel réfléchi
Ce (*cela*) sera un jeu.	Le jeu se trouve (*est*) page 10.
leur(s)	**leur**
adjectif possessif	pronom personnel COI
Ils ont fini leur(s) (*le(s)*) jeu(x).	Les jeux leur plaisent (*à eux*).
c'est	**s'est**
pronom démonstratif + *être*	pronom personnel + *être*
C'est (*il est*) un amateur de jeux.	Il s'est amusé (*a amusé*).

conjugaisons

Le mode indicatif

C'est le mode le plus courant.
Il compte huit temps : quatre temps simples et quatre temps composés.
Les temps simples : le présent, l'imparfait, le passé simple, le futur simple.
Les temps composés : le passé composé, le plus-que-parfait, le passé antérieur, le futur antérieur.

Le présent de l'indicatif exprime une action en train de s'accomplir ou l'affirmation d'une vérité comme dans les proverbes.
Qui peut le plus, peut le moins.
Il peut même exprimer une action qui va se dérouler dans un futur proche.
Le film commence dans cinq minutes.

L'imparfait de l'indicatif
décrit une action passée qui dure.
C'était la nuit, elle dormait.

Le passé simple
décrit une action passée plus ponctuelle.
On l'utilise rarement à l'oral.
Elle dormait quand le téléphone sonna.

Le passé composé
exprime des actions passées, achevées.
À l'oral, il remplace souvent le passé simple.
Elle dormait quand le téléphone a sonné.

Le futur exprime une action à venir.
Demain, elle sera là.

Le mode conditionnel

On utilise le conditionnel pour exprimer une action qui est soumise à une condition.
Il comporte deux temps : le présent et le passé.
S'il faisait beau, je choisirais une robe plus légère.
S'il avait fait beau, j'aurais choisi une robe plus légère.

Le mode impératif

L'impératif exprime les ordres.
Il n'existe qu'à trois personnes :
2e personne du singulier,
1ere et 2e personnes du pluriel.
Le sujet du verbe conjugué à l'impératif n'est pas exprimé.
Viens vite !

Le mode subjonctif

Le subjonctif exprime une action soumise à une obligation.
Il faut que tu te laves les mains.

Avoir

Indicatif

Présent	Passé simple	Passé composé	Passé antérieur
j'ai	j'eus	j'ai eu	j'eus eu
tu as	tu eus	tu as eu	tu eus eu
il (elle) a	il (elle) eut	il (elle) a eu	il (elle) eut eu
nous avons	nous eûmes	nous avons eu	nous eûmes eu
vous avez	vous eûtes	vous avez eu	vous eûtes eu
ils (elles) ont	ils (elles) eurent	ils (elles) ont eu	ils (elles) eurent eu

Avoir

Indicatif

Imparfait
j'avais
tu avais
il (elle) avait
nous avions
vous aviez
ils (elles) avaient

Futur
j'aurai
tu auras
il (elle) aura
nous aurons
vous aurez
ils (elles) auront

Plus-que-parfait
j'avais eu
tu avais eu
il (elle) avait eu
nous avions eu
vous aviez eu
ils (elles) avaient eu

Futur antérieur
j'aurai eu
tu auras eu
il (elle) aura eu
nous aurons eu
vous aurez eu
ils (elles) auront eu

Subjonctif Présent
que j'aie
que tu aies
qu'il (elle) ait
que nous ayons
que vous ayez
qu'ils (elles) aient

Conditionnel Présent
j'aurais
tu aurais
il (elle) aurait
nous aurions
vous auriez
ils (elles) auraient

Impératif Présent
aie
ayons
ayez

Participe Présent
ayant

Passé
eu (e)

Infinitif
avoir

Être

Indicatif

Présent
je suis
tu es
il (elle) est
nous sommes
vous êtes
ils (elles) sont

Passé simple
je fus
tu fus
il (elle) fut
nous fûmes
vous fûtes
ils (elles) furent

Passé composé
j'ai été
tu as été
il (elle) a été
nous avons été
vous avez été
ils (elles) ont été

Passé antérieur
j'eus été
tu eus été
il (elle) eut été
nous eûmes été
vous eûtes été
ils (elles) eurent été

Imparfait
j'étais
tu étais
il (elle) était
nous étions
vous étiez
ils (elles) étaient

Futur
je serai
tu seras
il (elle) sera
nous serons
vous serez
ils (elles) seront

Plus-que-parfait
j'avais été
tu avais été
il (elle) avait été
nous avions été
vous aviez été
ils (elles) avaient été

Futur antérieur
j'aurai été
tu auras été
il (elle) aura été
nous aurons été
vous aurez été
ils (elles) auront été

Subjonctif Présent
que je sois
que tu sois
qu'il (elle) soit
que nous soyons
que vous soyez
qu'ils (elles) soient

Conditionnel Présent
je serais
tu serais
il (elle) serait
nous serions
vous seriez
ils (elles) seraient

Impératif Présent
sois
soyons
soyez

Participe Présent
étant

Passé
été

Infinitif
être

Verbes du 1er groupe : chanter

L'infinitif des verbes du 1er groupe se termine en -ER.

Indicatif

Présent
je chante
tu chantes
il (elle) chante
nous chantons
vous chantez
ils (elles) chantent

Passé simple
je chantai
tu chantas
il (elle) chanta
nous chantâmes
vous chantâtes
ils (elles) chantèrent

Passé composé
j'ai chanté
tu as chanté
il (elle) a chanté
nous avons chanté
vous avez chanté
ils (elles) ont chanté

Passé antérieur
j'eus chanté
tu eus chanté
il (elle) eut chanté
nous eûmes chanté
vous eûtes chanté
ils (elles) eurent chanté

Imparfait
je chantais
tu chantais
il (elle) chantait
nous chantions
vous chantiez
ils (elles) chantaient

Futur
je chanterai
tu chanteras
il (elle) chantera
nous chanterons
vous chanterez
ils (elles) chanteront

Plus-que-parfait
j'avais chanté
tu avais chanté
il (elle) avait chanté
nous avions chanté
vous aviez chanté
ils (elles) avaient chanté

Futur antérieur
j'aurai chanté
tu auras chanté
il (elle) aura chanté
nous aurons chanté
vous aurez chanté
ils (elles) auront chanté

Subjonctif Présent
que je chante
que tu chantes
qu'il (elle) chante
que nous chantions
que vous chantiez
qu'ils (elles) chantent

Conditionnel Présent
je chanterais
tu chanterais
il (elle) chanterait
nous chanterions
vous chanteriez
ils (elles) chanteraient

Impératif Présent
chante
chantons
chantez

Participe Présent
chantant

Passé
chanté (e)

Infinitif
chanter

Jeter, acheter, appeler, modeler

Présent de l'Indicatif

je jette
tu jettes
il jette
nous jetons
vous jetez
ils jettent

D'autres verbes se conjuguent comme *jeter.*
Becqueter, breveter, cacheter, caqueter, cliqueter, déchiqueter, épousseter, feuilleter, moucheter, voleter…

J'achète
tu achètes
il achète
nous achetons
vous achetez
ils achètent

D'autres verbes se conjuguent comme *acheter.*
Crocheter, fureter, haleter…

j'appelle
tu appelles
il appelle
nous appelons
vous appelez
ils appellent

D'autres verbes se conjuguent comme *appeler.*
Amonceler, atteler, chanceler, ensorceler, épeler, étinceler, harceler, renouveler.

je modèle
tu modèles
il modèle
nous modelons
vous modelez
ils modèlent

D'autres verbes se conjuguent comme *modeler.*
Ciseler, démanteler, écarteler, geler, marteler, peler.

Verbes du 2e groupe : finir

Le participe présent des verbes du 2e groupe se termine en -ISSANT.

Indicatif

Présent	Passé simple	Passé composé	Passé antérieur
je finis	je finis	j'ai fini	j'eus fini
tu finis	tu finis	tu as fini	tu eus fini
il (elle) finit	il (elle) finit	il (elle) a fini	il (elle) eut fini
nous finissons	nous finîmes	nous avons fini	nous eûmes fini
vous finissez	vous finîtes	vous avez fini	vous eûtes fini
ils (elles) finissent	ils (elles) finirent	ils (elles) ont fini	ils (elles) eurent fini

Imparfait	Futur	Plus-que-parfait	Futur antérieur
je finissais	je finirai	j'avais fini	j'aurai fini
tu finissais	tu finiras	tu avais fini	tu auras fini
il (elle) finissait	il (elle) finira	il (elle) avait fini	il (elle) aura fini
nous finissions	nous finirons	nous avions fini	nous aurons fini
vous finissiez	vous finirez	vous aviez fini	vous aurez fini
ils (elles) finissaient	ils (elles) finiront	ils (elles) avaient fini	ils (elles) auront fini

Subjonctif Présent	Conditionnel Présent	Impératif Présent	Participe Présent
que je finisse	je finirais	finis	finissant
que tu finisses	tu finirais	finissons	**Passé**
qu'il (elle) finisse	il (elle) finirait	finissez	fini (e)
que nous finissions	nous finirions		
que vous finissiez	vous finiriez		**Infinitif**
qu'ils (elles) finissent	ils (elles) finiraient		finir

Verbes du 3e groupe : faire

Les verbes du 3e groupe sont irréguliers.

Indicatif

Présent	Passé simple	Passé composé	Passé antérieur
je fais	je fis	j'ai fait	j'eus fait
tu fais	tu fis	tu as fait	tu eus fait
il (elle) fait	il (elle) fit	il (elle) a fait	il (elle) eut fait
nous faisons	nous fîmes	nous avons fait	nous eûmes fait
vous faites	vous fîtes	vous avez fait	vous eûtes fait
ils (elles) font	ils (elles) firent	ils (elles) ont fait	ils (elles) eurent fait

Imparfait	Futur	Plus-que-parfait	Futur antérieur
je faisais	je ferai	j'avais fait	j'aurai fait
tu faisais	tu feras	tu avais fait	tu auras fait
il (elle) faisait	il (elle) fera	il (elle) avait fait	il (elle) aura fait
nous faisions	nous ferons	nous avions fait	nous aurons fait
vous faisiez	vous ferez	vous aviez fait	vous aurez fait
ils (elles) faisaient	ils (elles) feront	ils (elles) avaient fait	ils (elles) auront fait

Subjonctif Présent
que je fasse
que tu fasses
qu'il (elle) fasse
que nous fassions
que vous fassiez
qu'ils (elles) fassent

Conditionnel Présent
je ferais
tu ferais
il (elle) ferait
nous ferions
vous feriez
ils (elles) feraient

Impératif Présent
fais
faisons
faites

Participe Présent
faisant

Passé
fait (e)

Infinitif
faire

Verbes du 3e groupe : venir

Indicatif

Présent
je viens
tu viens
il (elle) vient
nous venons
vous venez
ils (elles) viennent

Passé simple
je vins
tu vins
il (elle) vint
nous vînmes
vous vîntes
ils (elles) vinrent

Passé composé
je suis venu(e)
tu es venu(e)
il (elle) est venu(e)
nous sommes venu(e)s
vous êtes venu(e)s
ils (elles) sont venu(e)s

Passé antérieur
je fus venu(e)
tu fus venu(e)
il (elle) fut venu(e)
nous fûmes venu(e)s
vous fûtes venu(e)s
ils (elles) furent venu(e)s

Imparfait
je venais
tu venais
il (elle) venait
nous venions
vous veniez
ils (elles) venaient

Futur
je viendrai
tu viendras
il (elle) viendra
nous viendrons
vous viendrez
ils (elles) viendront

Plus-que-parfait
j'étais venu(e)
tu étais venu(e)
il (elle) était venu(e)
nous étions venu(e)
vous étiez venu(e)
ils (elles) étaient venu(e)s

Futur antérieur
je serai venu(e)
tu seras venu(e)
il (elle) sera venu(e)
nous serons venu(e)s
vous serez venu(e)s
ils (elles) seront venu(e)s

Subjonctif Présent
que je vienne
que tu viennes
qu'il (elle) vienne
que nous venions
que vous veniez
qu'ils (elles) viennent

Conditionnel Présent
je viendrais
tu viendrais
il (elle) viendrait
nous viendrions
vous viendriez
ils (elles) viendraient

Impératif Présent
viens
venons
venez

Participe Présent
venant

Passé
venu (e)

Infinitif
venir

Verbes du 3e groupe : vouloir

Indicatif

Présent
je veux
tu veux
il (elle) veut
nous voulons
vous voulez
ils (elles) veulent

Passé simple
je voulus
tu voulus
il (elle) voulut
nous voulûmes
vous voulûtes
ils (elles) voulurent

Passé composé
j'ai voulu
tu as voulu
il (elle) a voulu
nous avons voulu
vous avez voulu
ils (elles) ont voulu

Passé antérieur
j'eus voulu
tu eus voulu
il (elle) eut voulu
nous eûmes voulu
vous eûtes voulu
ils (elles) eurent voulu

Verbes du 3e groupe : vouloir

Indicatif

Imparfait
je voulais
tu voulais
il (elle) voulait
nous voulions
vous vouliez
ils (elles) voulaient

Futur
je voudrai
tu voudras
il (elle) voudra
nous voudrons
vous voudrez
ils (elles) voudront

Plus-que-parfait
j'avais voulu
tu avais voulu
il (elle) avait voulu
nous avions voulu
vous aviez voulu
ils (elles) avaient voulu

Futur antérieur
j'aurai voulu
tu auras voulu
il (elle) aura voulu
nous aurons voulu
vous aurez voulu
ils (elles) auront voulu

Subjonctif Présent
que je veuille
que tu veuilles
qu'il (elle) veuille
que nous voulions
que vous vouliez
qu'ils (elles) veuillent

Conditionnel Présent
je voudrais
tu voudrais
il (elle) voudrait
nous voudrions
vous voudriez
ils (elles) voudraient

Impératif Présent
veux
voulons
voulez

Participe Présent
voulant

Passé
voulu (e)

Infinitif
vouloir

Verbes pronominaux : se lever

Les verbes pronominaux se conjuguent avec un pronom.

Indicatif

Présent
je me lève
tu te lèves
il (elle) se lève
nous nous levons
vous vous levez
ils (elles) se lèvent

Passé simple
je me levai
tu te levas
il (elle) se leva
nous nous levâmes
vous vous levâtes
ils (elles) se levèrent

Passé composé
je me suis levé(e)
tu t'es levé(e)
il (elle) s'est levé(e)
nous nous sommes levé(e)s
vous vous êtes levé(e)s
ils (elles) se sont levé(e)s

Passé antérieur
je me fus levé(e)
tu te fus levé(e)
il (elle) se fut levé(e)
nous nous fûmes levé(e)s
vous vous fûtes levé(e)s
ils (elles) se furent levé(e)s

Imparfait
je me levais
tu te levais
il (elle) se levait
nous nous levions
vous vous leviez
ils (elles) se levaient

Futur
je me lèverai
tu te lèveras
il (elle) se lèvera
nous nous lèverons
vous vous lèverez
ils (elles) se lèveront

Plus-que-parfait
je m'étais levé(e)
tu t'étais levé(e)
il (elle) s'était levé(e)
nous nous étions levé(e)s
vous vous étiez levé(e)s
ils (elles) s'étaient levé(e)s

Futur antérieur
je me serai levé(e)
tu te seras levé(e)
il (elle) se sera levé(e)
nous nous serons levé(e)s
vous vous serez levé(e)s
ils (elles) se seront levé(e)s

Subjonctif Présent
que je me lève
que tu te lèves
qu'il (elle) se lève
que nous nous levions
que vous vous leviez
qu'ils (elles) se lèvent

Conditionnel Présent
je me lèverais
tu te lèverais
il (elle) se lèverait
nous nous lèverions
vous vous lèveriez
ils (elles) se lèveraient

Impératif Présent
lève-toi
levons-nous
levez-vous

Participe Présent
se levant

Passé
s'étant levé(e)s

Infinitif
se lever

vocabulaire anglais

To introduce oneself and the others — Se présenter et présenter les autres

What's your name?	Comment t'appelles-tu ?
I'm Oliver.	Je suis Olivier.
She is Diana.	Elle, c'est Diana.
My name is Oliver.	Je m'appelle Olivier.
How old are you?	Quel âge as-tu ?
I'm twelve.	J'ai douze ans.
Where are you from?	D'où viens-tu ?
I'm from France.	Je viens de France.
Ana is from Portugal.	Ana vient du Portugal.
What is your nationality?	Quelle est ta nationalité ?
I'm French.	Je suis français.
She is Portuguese.	Elle est portugaise.
Where do you live?	Où habites-tu ?

At school — À l'école

A chair	Une chaise
A desk	Un bureau
A blackboard	Un tableau
A pencil case	Une trousse
A ruler	Une règle
A rubber	Une gomme
A felt pen	Un feutre
A colouring pencil	Un crayon de couleur
A pencil	Un crayon
Some glue	De la colle
Some sellotape	Du ruban adhésif
Some scissors	Des ciseaux
Homework	Les devoirs
A book	Un livre
An exercise book	Un cahier de devoirs
What's the English for...?	Comment dit-on... en anglais ?
I don't understand.	Je ne comprends pas.
Can you repeat please?	Pouvez-vous répéter s'il vous plaît ?

The time — L'heure

A watch	Une montre
A clock	Une horloge
What time is it?	Quelle heure est-il ?
It is ten o'clock.	Il est dix heures.
Ten a.m.	10.00 (dix heures du matin)
Ten p.m.	22.00 (dix heures du soir)
Five past ten	10.05
A quarter past ten	10.15
Half past ten	10.30
Twenty to ten	09.40
A quarter to ten	09.45
Five to ten	09.55

The date — La date

What's the date today?	Quel jour sommes-nous aujourd'hui ?
Today is June the 27th.	Aujourd'hui, nous sommes le 27 juin.
Yesterday	Hier
Today	Aujourd'hui
Tomorrow	Demain
A day	Un jour
A week	Une semaine
A month	Un mois
A year	Une année
Holidays	Les vacances
Monday	Lundi
Tuesday	Mardi
Wednesday	Mercredi
Thursday	Jeudi
Friday	Vendredi
Saturday	Samedi
Sunday	Dimanche
January	Janvier
February	Février
March	Mars
April	Avril
May	Mai
June	Juin
July	Juillet
August	Août
September	Septembre
October	Octobre
November	Novembre
December	Décembre
Spring	Le printemps
Summer	L'été
Autumn	L'automne
Winter	L'hiver
What's the weather like?	Quel temps fait-il ?

At home	À la maison
The bedroom	La chambre
The kitchen	La cuisine
The living room	Le salon
The dining room	La salle à manger
The bathroom	La salle de bains
The cellar	La cave
A wall	Un mur
The roof	Le toit
A door	Une porte
A window	Une fenêtre
A curtain	Un rideau
A bed	Un lit
A table	Une table
A chair	Une chaise
An armchair	Un fauteuil
A spoon	Une cuillère
A knife	Un couteau
A fork	Une fourchette
A plate	Une assiette
A carpet	Un tapis
A dustbin	Une poubelle
A fridge	Un réfrigérateur
A cupboard	Un placard
A cellphone	Un téléphone portable
A laptop	Un ordinateur portable
A microwave	Un micro-ondes
A fan	Un ventilateur
A vacuum cleaner	Un aspirateur
A lift	Un ascenseur
A sheet	Un drap
A pillow	Un oreiller
A napkin	Une nappe
The washing machine	La machine à laver
To do the housework	Faire le ménage
To hoover	Passer l'aspirateur
To iron	Repasser

The body	Le corps humain
The hand	La main
The arm	Le bras
The shoulder	L'épaule
The feet (a foot)	Les pieds (un pied)
The leg	La jambe
The face	Le visage
The nose	Le nez
The eye	L'œil
The mouth	La bouche
The ear	L'oreille
The teeth (a tooth)	Les dents (une dent)
The hair	Les cheveux
The knee	Le genou
The toe	Le doigt de pied
The finger	Le doigt

The feelings	Les sentiments
How are you?	Comment vas-tu ?
To be lucky	Avoir de la chance
To be gloomy	Être morose
To be fortunate / unfortunate	Être chanceux / malchanceux
Kindness	La gentillesse
To be angry	Être en colère
To be cheerful	Être joyeux
To be worried	Être inquiet
To be short-tempered	Être irritable
To be delighted	Être ravi
To be altruistic	Être généreux
To be happy	Être heureux
To feel sad	Être triste
To be tired	Être fatigué
To be hungry	Avoir faim
To be thirsty	Avoir soif
I like	J'aime
I hate	Je déteste
I am fond of	J'adore

Clothes	Les vêtements
A sweater	Un pull
A jacket	Une veste
A coat	Un manteau
A raincoat	Un imperméable
A shirt	Une chemise
A dress	Une robe
A skirt	Une jupe
A pair of trousers	Un pantalon
Shorts	Un short
A shoe	Une chaussure
Trainers	Des baskets
A hat	Un chapeau
Gloves	Des gants
A scarf	Une écharpe
An umbrella	Un parapluie
A bag	Un sac
Glasses	Des lunettes
To wear	Porter

The food	La nourriture
Vegetables	Les légumes
Fish	Le poisson
Meat	La viande
An apple	Une pomme
A pear	Une poire
A banana	Une banane
A strawberry	Une fraise
A cherry	Une cerise
A nut	Une noix
A carrot	Une carotte
A tomato	Une tomate
A potato	Une pomme de terre
A cabbage	Un chou
A cauliflower	Un chou-fleur
Ham	Du jambon
Eggs	Des œufs
Chocolate	Du chocolat
An ice cream	Une glace
A cake	Un gâteau
Bread	Du pain
Jam	De la confiture
Honey	Du miel
Sugar	Du sucre
Sweets	Des bonbons
Cheese	Du fromage

Question words	Les mots interrogatifs
Who	Qui
Whose	À qui
Where	Où
When	Quand
What	Que
Why	Pourquoi
How	Comment
How much	Combien (singulier)
How many	Combien (pluriel)

Some prepositions	Des prépositions
In	Dans
On	Sur
Under	Sous
Between	Entre
Behind	Derrière
In front of	Devant
Near	À côté
Opposite	En face
Far	Loin
On the left	À gauche
On the right	À droite
Outside	Dehors
Inside	Dedans

Animals	Les animaux
A fish	Un poisson
A hamster	Un hamster
A panther	Une panthère
A monkey	Un singe
An elephant	Un éléphant
A bird	Un oiseau
A zebra	Un zèbre
A giraffe	Une girafe
A pig	Un cochon
A mouse	Une souris
A tiger	Un tigre

grammaire anglaise

L'auxiliaire *be*

À l'écrit, l'auxiliaire ***be*** (être) se conjugue à la forme pleine ; dans la conversation courante, on le contracte. À la forme négative, on ajoute ***not*** après l'auxiliaire.

Présent forme affirmative

I am	*I'm*
You are	*You're*
He is	*He's*
She is	*She's*
It is	*It's*
We are	*We're*
You are	*You're*
They are	*They're*

Présent forme négative

I am not	*I'm not*
You are not	*You're not*
He is not	*He's not*
She is not	*She's not*
It is not	*It's not*
We are not	*We're not*
You are not	*You're not*
They are not	*They're not*

L'auxiliaire *have*

À l'écrit, l'auxiliaire ***have*** (avoir) se conjugue à la forme pleine ; dans la conversation courante, on le contracte. À la forme négative, on ajoute ***not*** après l'auxiliaire.

Présent forme affirmative

I have	*I've*
You have	*You've*
He has	*He's*
She has	*She's*
It has	*It's*
We have	*We've*
You have	*You've*
They have	*They've*

Présent forme négative

I have not	*I haven't*
You have not	*You haven't*
He has not	*He hasn't*
She has not	*She hasn't*
It has not	*It hasn't*
We have not	*We haven't*
You have not	*You haven't*
They have not	*They haven't*

L'auxiliaire *have* est aussi utilisé pour former certaines expressions :

To have breakfast	Prendre son petit déjeuner
To have lunch / dinner	Déjeuner / dîner
To have a lesson	Avoir un cours
To have a bath	Prendre un bain

Comment poser une question ?

Il y a deux types de questions :

a. Celles auxquelles on répond par oui ou non et qui se construisent de la façon suivante : auxiliaire + sujet + complément.

Are you French? *Yes I am.*

b. Celles qui commencent par un mot interrogatif comme : *who, where, what, whose, when, why, how much* et *how many* et qui se construisent ainsi : mot interrogatif + auxiliaire + sujet.

Where is my pen? *It is on your desk.*

Cas particuliers : *whose, how much* et *how many : Whose pen is it? How many dogs have you got?*
Le sujet se trouve après le mot interrogatif.

Les *questions tags*

Il s'agit d'une question qui termine une phrase. Elle exprime un doute ou demande une confirmation. Pour poser cette question, on utilise l'**auxiliaire** de la phrase (***be, have…***) ou ***do*** (ou ***did***), le sujet sous la forme d'un pronom personnel et la forme inverse à celle utilisée dans la phrase, à savoir négative si la phrase est affirmative et affirmative si la phrase est négative.

Ben is ten years old, isn't he?
Amanda likes to travel, doesn't she?
Laura didn't go to the university, did she?

Les pronoms personnels

Il existe trois pronoms personnels à la 3e personne du singulier : ***he*** (pour les hommes), ***she*** (pour les femmes) et ***it*** (pour les choses et animaux non familiers).
Le pronom personnel complément se place toujours après le verbe.
I have lost my keys. Have you seen them?

Pronoms personnels sujets	**Pronoms personnels compléments**
I (je)	*Me* (me, moi, m')
You (tu)	*You* (te, toi, t')
He (il)	*Him* (le, lui, l')
She (elle)	*Her* (la, lui, l')
It (il/elle)	*It* (la, le, lui, l')
We (nous)	*Us* (nous)
You (vous)	*You* (vous)
They (ils, elles)	Them (les, leur, eux)

Les adjectifs et pronoms possessifs

Les adjectifs et les pronoms possessifs s'accordent avec le possesseur et pas avec l'objet possédé.

Adjectifs possessifs	**Pronoms possessifs**
My (mon, ma, mes)	*Mine* (le mien, la mienne, les miens, les miennes, à moi).
Your (ton, ta, tes)	*Yours* (le tien, la tienne, les tiens, les tiennes, à toi).
His (son, sa, ses)	*His* (le sien, la sienne, les siens, les siennes, à lui).
Her (son, sa, ses)	*Hers* (le sien, la sienne, les siens, les siennes, à elle).

Its (son, sa, ses)	*Its* (le sien, la sienne, les siens, les siennes, à lui, à elle).
Our (notre, nos)	*Ours* (le nôtre, la nôtre, les nôtres, à nous).
Your (votre, vos)	*Yours* (le vôtre, la vôtre, les vôtres, à vous).
Their (leur, leurs)	*Theirs* (le leur, la leur, les leurs, à eux, à elles).

Exemples :
My sister (ma sœur), *my brother* (mon frère), *my friends* (mes amis).
His dog (son chien) : le possesseur est masculin.
Her dog (son chien) : le possesseur est féminin.
Pour demander à qui appartient un objet, on utilise le mot interrogatif ***whose*** qui est suivi de l'objet dont on cherche le possesseur.
Whose dog is it? À qui est ce chien ?
It's mine. C'est le mien.

Le cas possessif

Pour exprimer la possession, on utilise ***'s***.
My sister's cat. Le chat de ma sœur.

Pour les noms au pluriel qui se terminent par un **s**, on n'utilise que ***'***.
My brothers' computer.
L'ordinateur de mes frères.

Le présent simple

On utilise le présent simple pour les habitudes, des goûts personnels, des vérités générales.
I go to school everyday. I love ice creams.
It rains in autumn.

Le présent simple se conjugue en prenant la base verbale (infinitif sans *to*) à toutes les personnes sauf à la 3e personne du singulier où on ajoute un ***s***.
She/he/it starts early.

Si les verbes se terminent par une voyelle, on ajoute un ***e*** devant le ***s***.
*She **goes** to work.*
Les verbes terminant par ***sh*** ou ***ch*** prennent un ***e*** devant le ***s***.
*To finish : He finish**es**.*

Le présent progressif ou présent en *-ing*

On utilise le présent en ***-ing*** pour une action qui se déroule au moment où l'on parle.
I am writing a letter.
Je suis en train d'écrire une lettre.

Le présent en ***-ing*** se conjugue avec l'auxiliaire *be* + base verbale + *-ing*.
She is eating an apple.

Poser une question au présent simple

Si l'auxiliaire *be* ou *have* n'est pas utilisé dans la phrase, on utilise l'auxiliaire ***do***.
What do you like? What does she like?

C'est l'auxiliaire qui prend la terminaison du présent simple, le verbe reste à l'infinitif sans *to*.

Poser une question au présent en *-ing*

On conjugue l'auxiliaire, le verbe finit en *-ing*.
What are you doing?

La négation au présent simple et au présent en *-ing*

Pour exprimer une négation au présent, on utilise les auxiliaires *do* ou *be* conjugués.
La construction est identique pour les deux formes du présent :
sujet + auxiliaire + négation + verbe + complément.

Pour le présent simple,
on utilise l'auxiliaire *do*.
I don't like chocolate. She doesn't like cats.

Pour le présent en *-ing*,
on utilise l'auxiliaire *be*.
I'm not working today. He isn't singing.

Le prétérit

Le prétérit exprime le passé.
Il est différent selon que les verbes sont réguliers ou irréguliers mais la forme est la même à toutes les personnes.

Pour les verbes réguliers, on utilise la base verbale à laquelle on ajoute ***ed*** ou ***d*** si le verbe se termine par un ***e***. Pour les verbes qui se terminent par un ***y***, le prétérit se fait en ***ied***.
I played tennis yesterday (to play). I danced (to dance) all night long. She cried (to cry).

Pour les verbes irréguliers, une seule solution : les apprendre par cœur.
Attention ! Le participe passé peut avoir ou non la même forme que le prétérit.

Voici les plus courants :

To go	*went*	*gone*
To be	*was*	*been*
To have	*had*	*had*
To come	*came*	*come*
To begin	*began*	*begun*
To see	*saw*	*seen*
To break	*broke*	*broken*
To do	*did*	*done*
To fall	*fell*	*fallen*
To find	*found*	*found*
To eat	*ate*	*eaten*
To drink	*drank*	*drunk*
To give	*gave*	*given*

Poser une question au prétérit

On utilise ***did*** : *did* + sujet + base verbale.
Did you see Peter yesterday?

La négation au prétérit

On utilise ***did not*** + base verbale.
They did not come last Wednesday.

Le futur

Le futur s'exprime avec l'auxiliaire ***will***.
I will come to your party.

La négation se forme avec ***will not***, contracté en ***won't***.
Janet won't come to your party.

Pour poser une question, on utilise ***will*** + sujet + base verbale.
Will you come to my party?

L'article indéfini

On utilise ***a*** devant les mots commençant par une consonne.
A car (une voiture).

On utilise ***an*** devant les mots commençant par une voyelle.
An apple (une pomme).
Au pluriel, il n'y a pas d'articles indéfinis.
Boys (des garçons).

On utilise ***a*** ou ***an*** devant sa profession.
I am a teacher.

L'article défini

L'article défini ***the*** est invariable.
The dog (le chien). *The boys* (les garçons).

Quand on parle de généralités, on n'utilise pas d'article défini.
Gold (l'or), *water* (l'eau).

Quantificateurs : *some* et *any* (du/de)

Pour exprimer une quantité, on utilise ***some*** dans les phrases affirmatives et ***any*** dans les phrases interrogatives et négatives.
There is some milk in the fridge.
(Il y a du lait dans le réfrigérateur.)
Is there any milk? (Y a-t-il du lait ?)
There isn't any milk / there is no milk.
(Il n'y a pas de lait.)

Beaucoup : *much, many*

Quand on peut compter une chose, on dit que c'est un dénombrable.
A basketball (un ballon de basket).

Quand on ne peut pas le (les) compter, on dit que c'est indénombrable.
Some bread (du pain).

Dans les phrases négatives et interrogatives, on utilise ***much, many*** ou ***how much*** et ***how many***.
Pour les indénombrables :
There isn't much milk in the fridge!
(Il n'y a pas beaucoup de lait dans le réfrigérateur !)

How much money does this tee-shirt cost?
(Combien coûte ce tee-shirt ?)

Pour les dénombrables :
There aren't many books at home.
(Il n'y a pas beaucoup de livres à la maison.)
How many dogs have you got?
(Combien de chiens as-tu ?)

Dans les phrases affirmatives,
on utilise ***a lot of*** ou ***lots of***
que le nom soit un indénombrable
ou un dénombrable.
There is a lot of bread at home.
(Il y a beaucoup de pain à la maison.)
There are a lot of red cars.
(Il y a beaucoup de voitures rouges.)

Il y a : *There is, there are*

Pour dire « il y a », on utilise ***there is***
quand la phrase est au singulier.
There is a dog in the garden.
(Il y a un chien dans le jardin.)

Au pluriel, on utilise ***there are***.
There are 3 bedrooms in my house.
(Il y a 3 chambres dans ma maison.)

Pour poser une question, on utilise
to be + there + complément.
Are there any bottles of water on the table?
(Y a-t-il des bouteilles d'eau sur la table ?)

Les adjectifs

L'adjectif (épithète ou attribut)
est toujours invariable.

This is a nice dog.
(Ce chien est gentil. C'est un gentil chien.)
Look at the blue car! (Regarde la voiture bleue !)

Dans une phrase, on mettra toujours l'adjectif
avant le nom qu'il qualifie (même s'il y a
plusieurs adjectifs).

A tall girl (une grande fille).
A big, comfortable armchair
(Un fauteuil grand et confortable).

Le comparatif et le superlatif

Pour le comparatif,
on ajoute aux adjectifs courts
la terminaison ***er*** + ***than***.
Julia is nicer than Petula.
(Julia est plus gentille que Pétula.)
Quand les adjectifs se terminent par une consonne,
on la double et on ajoute ***er***.
John's car is bigger than Peter's car. (La voiture
de John est plus grosse que la voiture de Peter.)

Pour les adjectifs longs,
on écrit : ***more*** + adjectif + ***than***.
The red sofa is more comfortable than the blue one.
(Le canapé rouge est plus confortable que le bleu.)

Pour exprimer l'égalité : autant que/aussi que,
on utilise la formule ***as*** + adjectif + ***as***.
My dress is as pretty as yours.
(Ma robe est aussi jolie que la tienne.)

Pour exprimer l'infériorité : moins que,
on utilise la formule ***less*** + adjectif + ***than***.
The blue car is less expensive than the red one.
(La voiture bleue est moins chère que la rouge.)

Certains adjectifs ont une forme irrégulière
au comparatif, comme *good* qui devient
better ou *bad* qui devient *worse*.

Pour le superlatif, on ajoute aux adjectifs courts :
the + adjectif + la terminaison ***est***.
I live in the biggest house in the street.
(J'habite la plus grande maison de la rue.)

Pour les adjectifs longs, la formule est :
the most + adjectif.
I live in the most comfortable house in the street.
(J'habite la maison la plus confortable de la rue.)

Certains adjectifs ont aussi une forme irrégulière
au superlatif comme ***good*** qui devient ***the best***
(le meilleur) et ***bad*** qui devient ***the worst*** (le pire).

Calculs et opérations

Les nombres entiers

Les nombres entiers s'écrivent avec des chiffres rangés par classe : la classe des unités simples, la classe des milliers et la classe des millions.
Dans chaque classe, les chiffres sont rangés par rang. Il existe trois rangs : les unités, les dizaines et les centaines.
On laisse un espace entre deux classes voisines : 64 807 053. Il se lit :
« soixante-quatre-millions- huit-cent-sept-mille-cinquante-trois ».

Comparer les nombres entiers
Un nombre entier est plus grand qu'un autre s'il a plus de chiffres que celui-ci.

1 784 000 > 923 510.
7 chiffres 6 chiffres

Si les deux nombres ont le même nombre de chiffres, on les compare chiffre à chiffre en partant de la gauche.

125 764 est plus petit que 125 982.
7 est plus petit que 9.

Les nombres décimaux

Un nombre décimal s'écrit à l'aide d'une virgule.
Il est composé d'une partie entière (à gauche de la virgule) et d'une partie décimale (à droite de la virgule). 6, 245

partie entière partie décimale

Les chiffres de la partie décimale
Le premier chiffre à droite de la virgule est le chiffre des dixièmes, le deuxième est celui des centièmes et le troisième celui des millièmes.

6, 245
dixièmes centièmes millièmes

Comparer deux nombres décimaux
Celui qui a la partie entière la plus grande est le plus grand : 14,7 > 9,8 et 549,17 > 513,50.
Si la partie entière est la même, on compare la partie décimale chiffre après chiffre : d'abord les dixièmes, puis les centièmes, puis les millièmes, etc.
15,37 > 15,12 et 835,17 < 835,80.

Les nombres relatifs

Les nombres relatifs sont formés des nombres positifs et négatifs. On les utilise par exemple avec les températures atmosphériques.

Elles sont parfois **négatives :**
–2 °C ou –11 °C (en dessous du zéro)
et parfois **positives** : +8 °C (au-dessus du zéro).

Droite graduée
Sur une droite graduée, les nombres relatifs sont placés dans l'ordre croissant et permettent de repérer les points.

La position du point A est +2, on dit que l'**abscisse** de A est +2 et on écrit A (+2).
De même, l'**abscisse** de B est – 4, on écrit B (– 4).

Repère
Dans un repère, la position d'un point est donnée grâce à deux axes : l'axe des **abscisses** et l'axe des **ordonnées**.

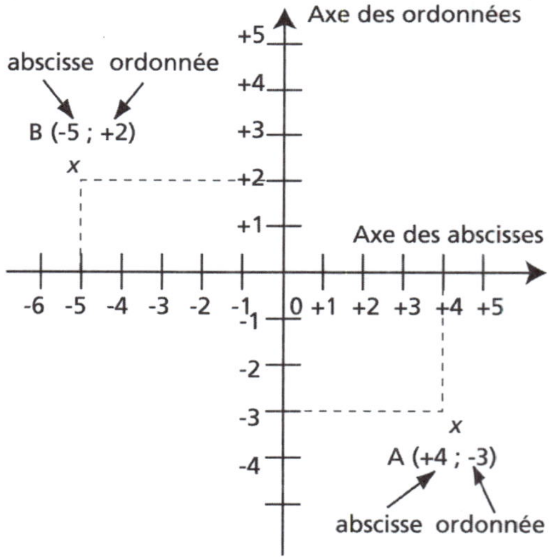

Les chiffres romains

On n'utilise plus ces chiffres pour faire des opérations, mais on les rencontre encore, surtout en histoire.
Le roi Louis XIV, le XXIe siècle.

Les chiffres
I = 1, V = 5, X = 10, L = 50,
C = 100, D = 500, M = 1 000.

2 ou 3 unités, dizaines, centaines ou milliers
On juxtapose deux ou trois fois le même chiffre.
II = 2, XX = 20, CC = 200, MM = 2 000,
III = 3, XXX = 30, CCC = 300, MMM = 3 000.

La mesure du temps

un jour = 24 heures
1 h (heure) = 60 min (minutes)
1 min = 60 s (secondes)
1 h = (60 x 60) s = 3 600 s

On additionne les heures entre elles, les minutes entre elles et les secondes entre elles.
Si, en faisant l'addition, on obtient un nombre supérieur à 60, on rajoute une unité au nombre à gauche et on enlève 60 au nombre qui était plus grand que 60.

Pour convertir 355 min en h et min, on pose la division suivante :
355 : 60 = 5 reste 55, donc 355 min = 5 h et 55 min.

Pour additionner les nombres qui expriment les mesures de temps, on additionne les différentes unités séparément, puis, si le résultat des minutes et des secondes est supérieur à 60, on retire 60 du résultat et on ajoute 1 heure.

	2 h	17 min
+	3 h	50 min
	5 h	67 min

Mais 67 minutes, c'est plus d'une heure (60 minutes) donc il faut convertir :
5 h 67 min = 5 h + 60 min (donc 1 h) et 7 minutes
5 h 67 min = 6 h 07 min.

Pour soustraire les nombres qui expriment les mesures de temps, on soustrait les différentes unités séparément. Si la soustraction est impossible, on transforme 1 heure en 60 minutes (ou 1 minute en 60 secondes), puis on fait la soustraction sur chacune des unités.

9 min 20 s – 3 min 45 s

La soustraction des secondes est impossible, car 45 est plus grand que 20.
On transforme donc le premier nombre.
9 min 20 s = 8 min + 1 min (ou 60 s) et 20 s
9 min 20 s = 8 min 80 s.
On pose maintenant l'opération

  8 min 80 s
– 3 min 45 s
  5 min 35 s

Les fractions

On utilise les fractions dans les situations de partage.

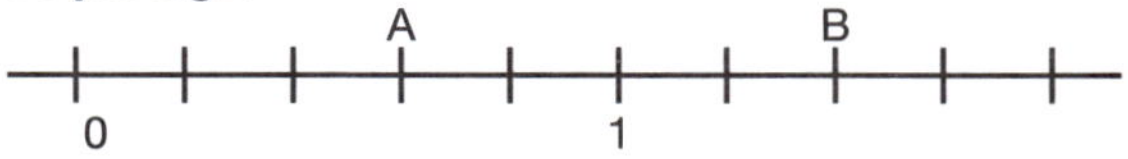

L'unité est partagée en 5 parties superposables.
Chacune de ces parties est un cinquième de l'unité : $\frac{1}{5}$
Si l'on compte, en commençant du zéro, 3 parties sur 5, on obtient $\frac{3}{5}$.
On dit que l'**abscisse** de A est $\frac{3}{5}$ et on écrit : A $\left(\frac{3}{5}\right)$;
3 est le numérateur, 5 est le dénominateur.
Le point B se situe après l'unité, c'est-à-dire à sept cinquièmes de l'unité : $\frac{7}{5}$.
On dit que l'**abscisse** de B est $\frac{7}{5}$ et on écrit : B $\left(\frac{7}{5}\right)$.

Écriture décimale d'une fraction

Une fraction est le quotient de deux nombres entiers.

$\frac{5}{4} = 5 : 4 = 1{,}25$ (écriture décimale)

$\frac{4}{10} = 4 : 10 = 0{,}4$

on peut écrire : $\frac{4}{10} + \frac{5}{10} = \frac{9}{10}$ et $\frac{4}{10} \times \frac{5}{10} = \frac{20}{100}$

Fractions égales

En multipliant (ou en divisant) le numérateur et le dénominateur par un même nombre (différent de 0), on obtient une fraction égale.

$\frac{3}{4} = \frac{3 \times 2}{4 \times 2} = \frac{6}{8}$

$\frac{5}{10} = \frac{5 : 5}{10 : 5} = \frac{1}{2}$ écriture simplifiée

Calculer la fraction d'un nombre

Pour savoir combien font $\frac{4}{5}$ de 30 euros,
on calcule : $\frac{4}{5} \times 30 = 4 \times (30 : 5) = 4 \times 6 = 24$ euros.

La proportionnalité

Il y a proportionnalité entre deux listes de nombres quand on peut passer d'une liste à l'autre à l'aide d'un seul opérateur.

durée en heure	0,5	1	1,5	2	3	4	x 6
prix en euros	3	6	9	12	18	24	

Une heure de réparation coûte 6 euros.
Une demi-heure coûte 3 euros.
Une heure et demie coûte 9 euros.
Deux heures de réparation coûtent 12 euros, etc.
Le prix en euros est proportionnel à la durée de réparation.
L'opérateur est donc « multiplié par 6 ».

Les pourcentages

Le pourcentage est une fraction dont le dénominateur est 100.
15 % est le taux de pourcentage.
Pour trouver le pourcentage d'une quantité, on multiplie cette quantité par le taux.
15 % de 80 euros = 80 x (15 : 100) = 12 euros.

Les opérations

L'addition

On fait une addition pour calculer une **somme.**

Additionner les nombres décimaux

128,25 + 142,56 = 270,81.
On pose l'addition en plaçant les unités sous les unités, les virgules sous les virgules, les dixièmes sous les dixièmes, etc.
On effectue l'addition sans s'occuper des virgules et on écrit le résultat en plaçant la virgule sous les autres virgules.

$$\begin{array}{r} 128{,}25 \\ +\ 142{,}56 \\ \hline 270{,}81 \end{array}$$

Additionner un nombre entier et un nombre décimal

17 + 163,36 = 180,36.
On transforme d'abord le nombre entier en décimal de façon que les parties décimales aient le même nombre de chiffres : 17 = 17,00.
Puis, on procède comme pour l'addition de deux nombres décimaux.

$$\begin{array}{r} 17{,}00 \\ +\ 163{,}36 \\ \hline 180{,}36 \end{array}$$

La soustraction

On fait une soustraction pour calculer une **différence** entre deux nombres.

Soustraction de nombres entiers

1 252 – 846 = 406.
6 ôté de 2 : impossible. 6 ôté de 12, il reste 6.
J'écris 6 et je retiens 1 (dizaine).
4 + 1 (retenue) = 5.
5 ôté de 5, il reste 0. J'écris 0.
8 ôté de 12, il reste 4. J'écris 4.

$$\begin{array}{r} 1\ 2\ 5_1 2 \\ -\ \ 8\ 4_1 6 \\ \hline 4\ 0\ 6 \end{array}$$

Soustraction de deux nombres décimaux

162,70 – 17,53 = 145,17
On pose la soustraction en plaçant les unités sous les unités, les virgules sous les virgules, les dixièmes sous les dixièmes, etc.
On effectue la soustraction sans s'occuper des virgules. On écrit la virgule du résultat sous les autres virgules.

$$\begin{array}{r} 162{,}70 \\ -\ 17{,}53 \\ \hline 145{,}17 \end{array}$$

Soustraire un nombre décimal d'un nombre entier

68 - 52,15 = 15,85.
On transforme le nombre entier en nombre décimal de façon que les parties décimales aient le même nombre de chiffres : 68 = 68,00.
Puis, on procède comme pour la soustraction de deux nombres décimaux.

La multiplication

On fait une multiplication pour calculer un **produit**.
276 x 85 = 23 460.

$$\begin{array}{rl} 276 & \\ \times\ \ 85 & \\ \hline 1380 & (276 \times 5) \\ 22080 & (276 \times 80) \\ \hline 23460 & \end{array}$$

Multiplier un nombre décimal par un nombre décimal

15,48 x 2,3 = 35,604.
On effectue la multiplication sans tenir compte de la virgule. 1 548 x 23 = 35 604.
On place une virgule dans le résultat de sorte que sa partie décimale comporte autant de chiffres que la partie décimale du multiplicateur et du multiplicande.

$$\begin{array}{r} 15{,}48 \\ \times\ \ 2{,}3 \\ \hline 4644 \\ 30960 \\ \hline 35604 \end{array}$$

Puis on place la virgule au résultat après le 5 : 35,604 (partie décimale : trois chiffres).

La division

On fait une division pour calculer un **quotient.**

La division euclidienne

La division euclidienne permet, dans un partage, de calculer la valeur d'une part ou le nombre de parts.
86 : 5 = 17, reste 1.
On peut aussi la poser :

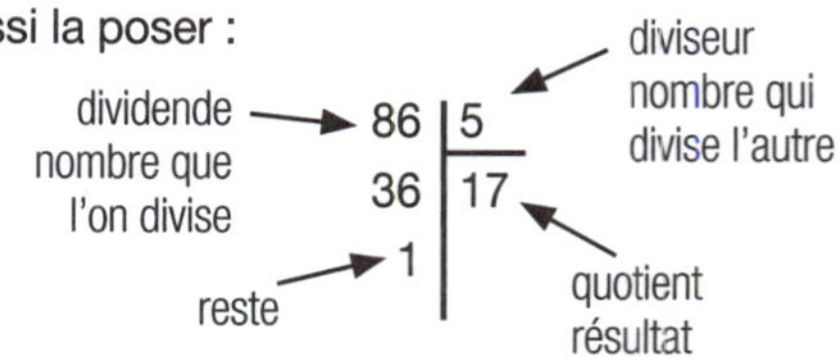

Lorsque le reste est 0, on dit que le quotient est exact.
S'il est différent de 0, le quotient est approché.
Le reste d'une division doit toujours être plus petit que le diviseur.

Effectuer une division

On divise les dizaines de 86 par 5 et on dit :
en 8, combien de fois 5 ?
Une fois. J'écris 1 au quotient.
Une fois 5 égale 5 ; on écrit 5 sous le 8 et on dit :
5 ôté de 8, il reste 3 (3 dizaines).
On abaisse le chiffre des unités (6) et on divise 36.
En 36, combien de fois 5 ? 7.
7 fois 5 = 35 ; on écrit 35 sous 36 ; 35 ôté de 36, il reste 1.

La division décimale

La division décimale permet de diviser un nombre décimal par un nombre entier et d'obtenir une valeur exacte. 75,2 : 4 = 18,8.
On peut aussi la poser :

7 5,2	4
3 5	18,8
3 2	
0	

On procède de la même façon que pour la division euclidienne, mais quand on abaisse le chiffre des dixièmes (2), on met la virgule au résultat.

Les critères de divisibilité

Un nombre entier est **divisible par 2**
si son chiffre des unités est 0 , 2 , 4 , 6 ou 8.
Un nombre entier est **divisible par 5**
si son chiffre des unités est 0 ou 5.
Un nombre entier est **divisible par 3**
si la somme de ses chiffres est divisible par 3.
Un nombre entier est divisible par 9
si la somme de ses chiffres est **divisible par 9**.
2 541 est divisible par 3 car 2 + 5 + 4 + 1 = 12 et 12 est divisible par 3.
On dit aussi que 2 541 est **un multiple** de 3.

Diviseur et multiple

5 est un diviseur de 20 car la division de 20 par 5 donne un nombre entier (20 : 5 = 4).
60 est un multiple de 20 car 60 est le produit de 20 par un nombre entier (20 x 3 = 60).
Remarque : 1 est un diviseur de tous les nombres car on peut toujours diviser par 1.
0 est un multiple de tous les nombres car le produit d'un nombre par 0 donne 0.

Les séquences de calcul

Suites d'additions et de multiplications

Dans une suite d'additions ou de multiplications, on peut changer l'ordre des termes ou les regrouper sans changer le résultat de l'opération.
Cela permet de faciliter les calculs.
4 + 3 + 18 + 5 + 2 + 1 + 10,2 + 0,8 + 2
= (3 + 2 + 5) + (10,2 + 0,8) + (18 + 2) + (4 + 1)
= 10 + 11 + 20 + 5 = 46.
0,5 x 5 x 10 x 20 x 2 = (0,5 x 10) x (5 x 2) x 20
= 5 x 10 x 20 = 1 000.

Suites de calculs avec parenthèses

Dans une suite de calculs avec parenthèses, les calculs entre parenthèses sont prioritaires, il faut les effectuer avant les autres.
2 + (5 x 4) – 7 = 2 + 20 – 7 = 15.

Suites de calculs sans parenthèses

Si la suite d'opérations ne comporte que des additions et des soustractions, les calculs se font de gauche à droite, dans l'ordre.
7 + 3 – 2 + 4 – 1 = 10 – 2 + 4 – 1 = 8 + 4 – 1
= 12 – 1 = 11.
Si la suite d'opérations ne comporte que des multiplications ou des divisions, celles-ci sont prioritaires, il faut les résoudre avant les additions et les soustractions.
5 + 4 x 8 – 3 + 4 : 2 = 5 + 32 – 3 + 2
= 37 – 3 + 2 = 34 + 2 = 36.

Seul, le signe de la multiplication peut parfois être supprimé.
7(5 + 3) = 7 x (5 + 3).
7a = 7 x a.
a + bc = a + b x c.

Les équations

Une équation est une opération dans laquelle un des membres est inconnu est remplacé par une lettre.
50 + x = 75.

Résoudre une équation, c'est trouver la valeur qui permet que l'opération soit juste.
50 + x = 75 est exacte si x = 25.

Pour résoudre une équation, il faut isoler l'inconnue.
Si 50 + x = 75, x = 75 – 50 = 25.

Les droites

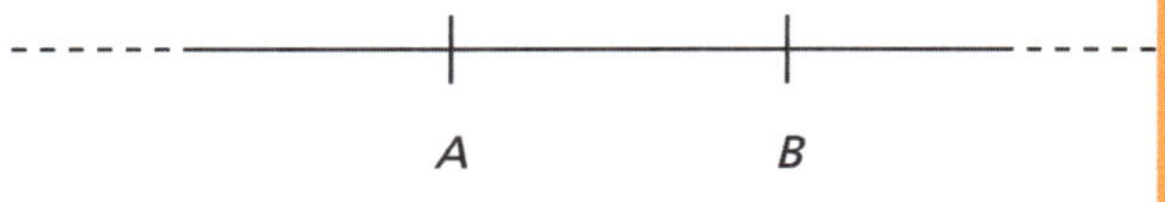

C'est une **droite**, on la note (***AB***). Une droite est illimitée, on ne peut pas la mesurer.

C'est un **segment**, on le note [***CD***].
Un segment est limité, on peut le mesurer.
C'est une **demi-droite**, on la note [***EF***).

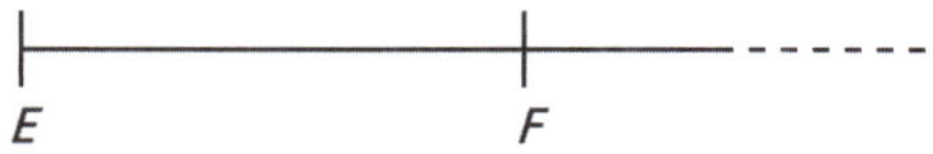

Les droites *A* et *B* sont perpendiculaires.
Elles se coupent en formant
4 angles droits.

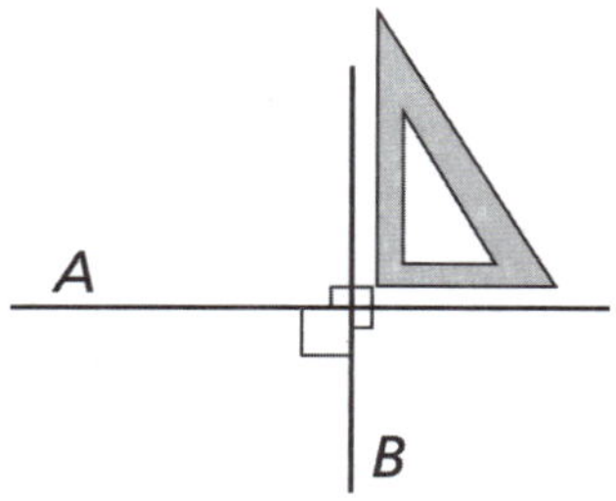

Les droites *C* et *D* sont parallèles.
Elles ne se rencontrent jamais,
leur écart reste constant.

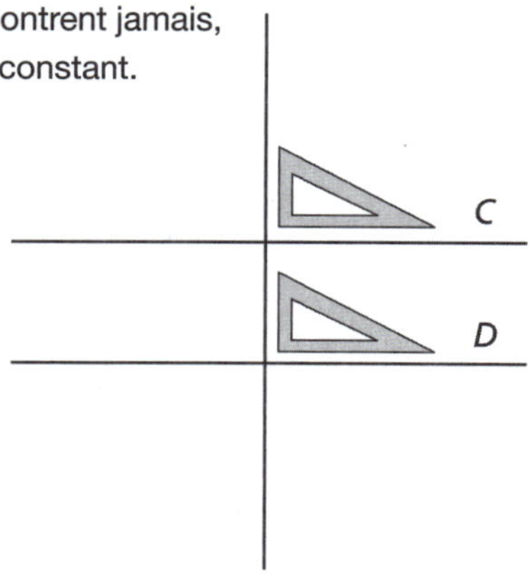

Les angles

Un angle est formé de deux demi-droites ayant le même point d'origine. L'angle ci-dessous se nomme $\widehat{xOy}$. *O* est le sommet de l'angle ; *Ox* et *Oy* sont les côtés.
La longueur des côtés n'a pas d'influence sur la grandeur de l'angle. Ce qui compte, c'est l'écartement.

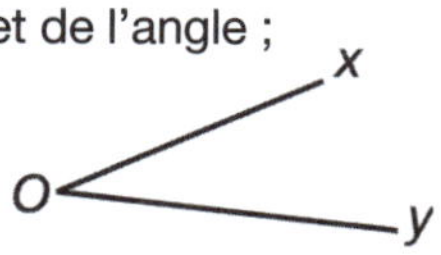

Les différents angles
L'angle droit, l'angle plat,
l'angle aigu (plus petit que l'angle droit),
l'angle obtus (plus grand que l'angle droit).

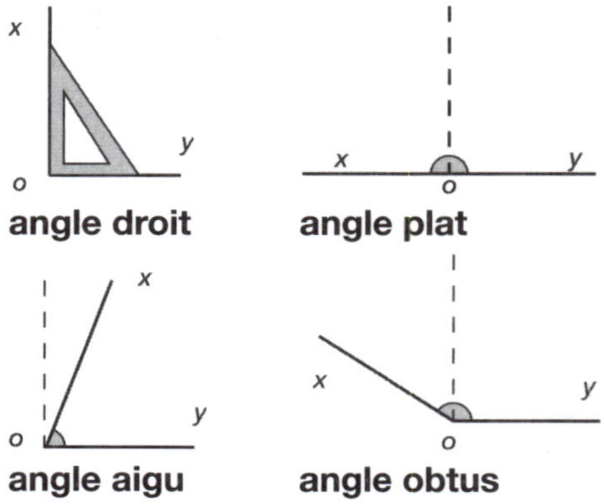

La médiatrice du segment [*MN*] est la droite (*d*) passant au milieu de ce segment et perpendiculairement.
C'est un **axe de symétrie** du segment.

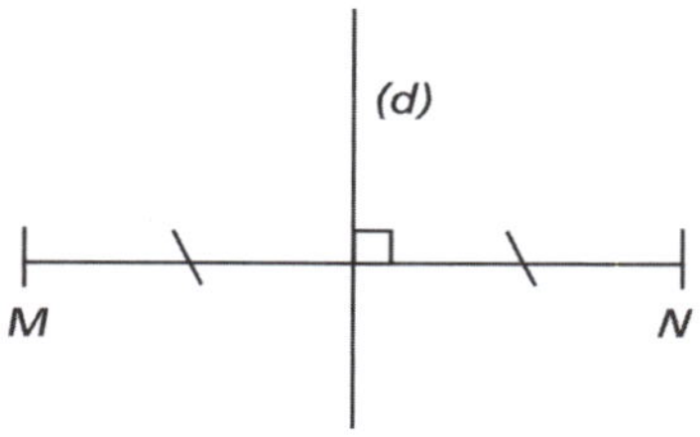

La bissectrice de l'angle $\widehat{xOy}$ est la droite (*Oz*) qui partage cet angle en deux angles de même mesure. C'est un **axe de symétrie** de l'angle.

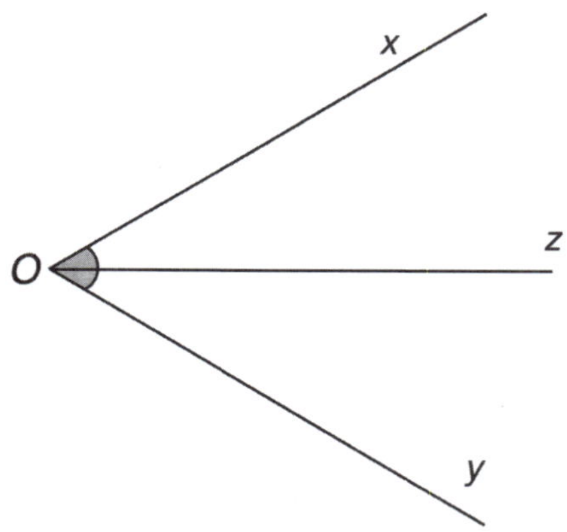

Les polygones

Les quadrilatères

Les quadrilatères sont des polygones qui ont 4 côtés, 4 sommets et 2 diagonales.
La somme des angles d'un quadrilatère convexe est 360°.

Les parallélogrammes

Les parallélogrammes sont des quadrilatères dont les côtés opposés sont parallèles deux à deux.
Leurs angles opposés sont égaux.
Leurs angles consécutifs sont supplémentaires.
Leurs diagonales se coupent en leur milieu.

Le carré

périmètre	surface
c x 4	c x c

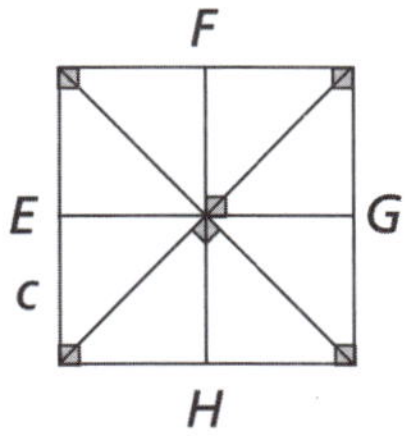

Il a quatre côtés égaux et quatre angles droits.
Ses côtés opposés sont parallèles.
EG et *FH* sont deux axes de symétrie.
Ce sont des médianes ; elles sont égales et perpendiculaires.
Ses diagonales sont aussi deux axes de symétrie.
Elles sont égales et perpendiculaires.
Les médianes et les diagonales se coupent en leur milieu, en un point qui est le centre du cercle passant par les quatre sommets.

Le rectangle

périmètre	surface
(L + ℓ) x 2	L x ℓ

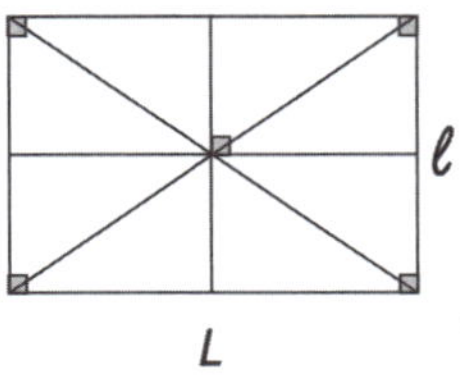

Ses côtés opposés sont parallèles et égaux 2 à 2.
Chacun des 2 grands côtés est la longueur du rectangle, chacun des 2 petits côtés est sa largeur.
Il a 4 angles droits.
Ses médianes sont perpendiculaires ; ce sont ses deux axes de symétrie.
Ses diagonales sont égales.
Elles ne sont pas des axes de symétrie.
Elles se coupent en leur milieu.
Médianes et diagonales se coupent en un même point.

Le losange

Ses côtés opposés sont parallèles et égaux 2 à 2.
Ses quatre côtés sont égaux.
Ses diagonales sont perpendiculaires.
c : côté.
D : grande diagonale.
d : petite diagonale.
h : hauteur

périmètre	surface
c x 4	c x h ou $\frac{D \times d}{2}$

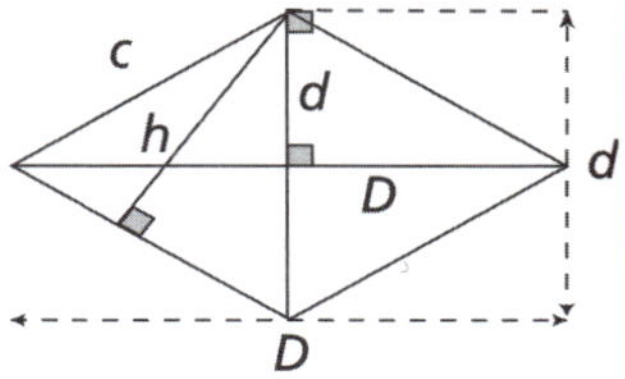

Les triangles

Les triangles sont des polygones qui ont trois côtés, trois sommets et trois angles.
La somme des angles d'un triangle est 180°.

Triangle quelconque
3 sommets donc 3 côtés, 3 angles.

périmètre	surface
AB + BC + AC	$\frac{b \times h}{2}$

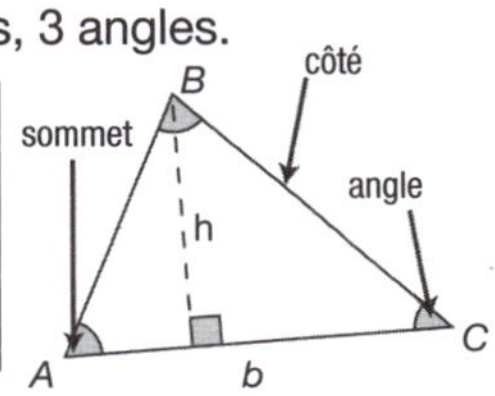

Triangle rectangle
1 angle droit.

périmètre	surface
AB + BC + AC	$\frac{b \times h}{2}$

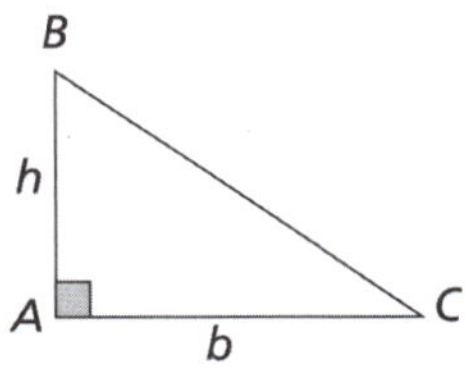

Triangle isocèle
2 côtés égaux : *AB* et *AC*.
2 angles superposables.
1 axe de symétrie perpendiculaire au côté *BC*.

périmètre	surface
(a x 2) + b	$\frac{b \times h}{2}$

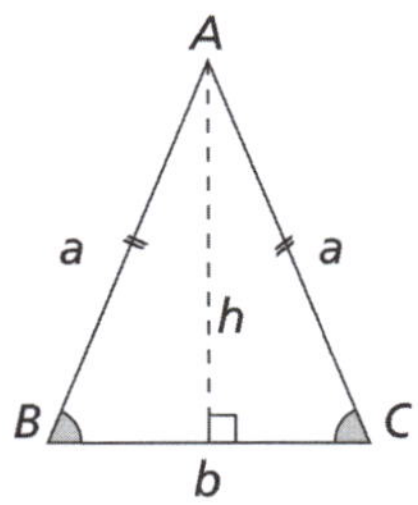

Triangle équilatéral
3 côtés égaux.
3 angles superposables.
3 axes de symétrie.
Chacun d'eux est perpendiculaire à 1 côté.
Ces 3 axes se coupent en un point *O*
qui est le centre du cercle, passant
par les 3 sommets du triangle.

périmètre	surface
$c \times 3$	$\frac{b \times h}{2}$

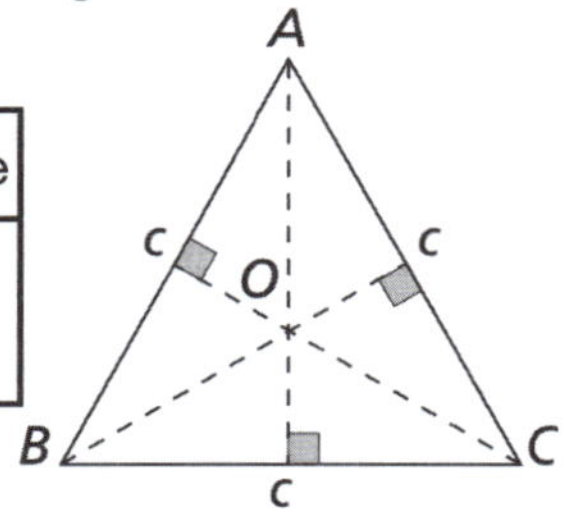

Le cercle et le disque

périmètre du cercle	surface du cercle
$2 \times \pi \times R$	$\pi \times R \times R$

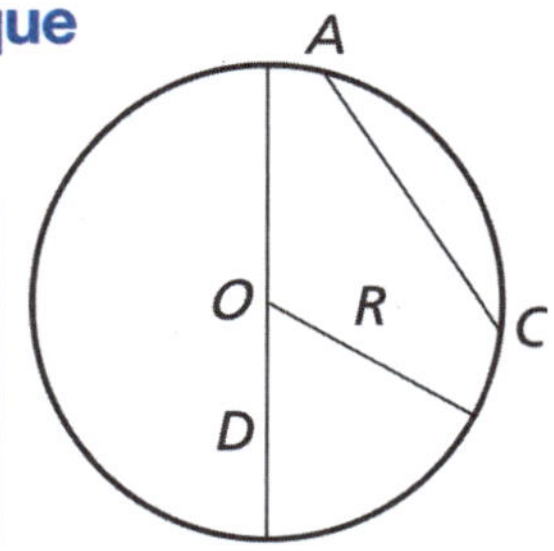

Signes particuliers

O : centre ; *AC* : corde ;
R : rayon ; $D = 2R$;
D : diamètre ; $\pi = 3{,}14$.

$3{,}141\,592 < \pi < 3{,}141\,593$.

Périmètres et aires

Le périmètre

Le périmètre d'une figure est la longueur de la ligne qui limite cette figure.
Le périmètre s'exprime avec une unité de longueur (m, dm…).

L'aire

L'aire d'une figure est la mesure de la surface de cette figure.
Une aire s'exprime avec une unité de mesure d'aire (m^2, dm^2…).

Les solides

Le cube

Un cube a 6 faces carrées, 12 arêtes et 8 sommets.

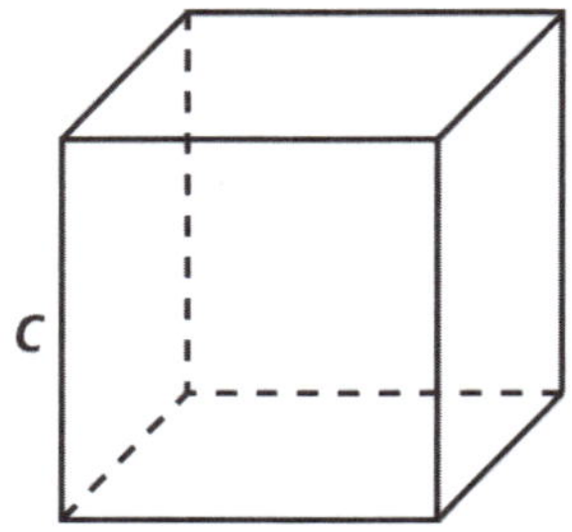

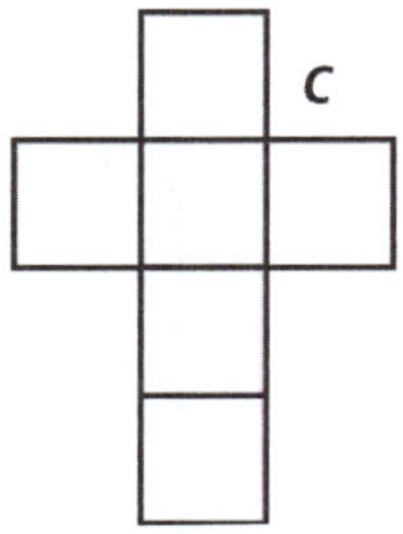

patron du cube

Le parallélépipède rectangle

Un parallélépipède rectangle a 6 faces rectangulaires ou 4 faces rectangulaires + 2 faces carrées, 12 arêtes et 8 sommets.

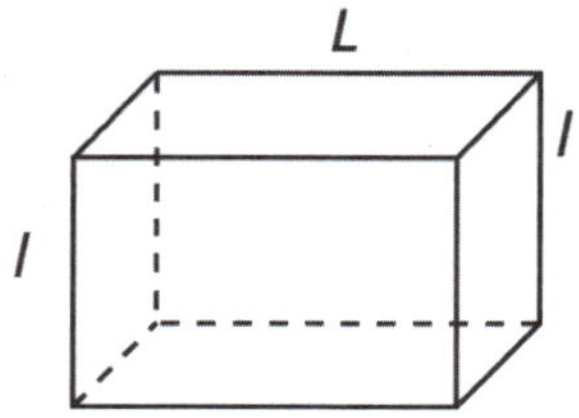

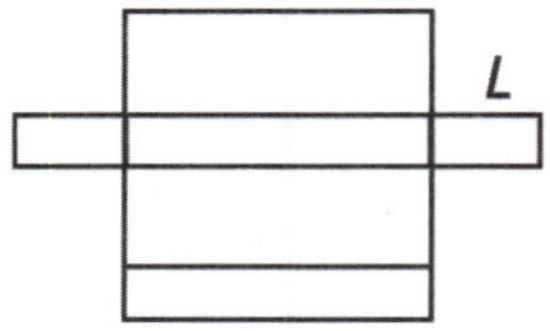

patron du parallélépipède rectangle

Le cylindre

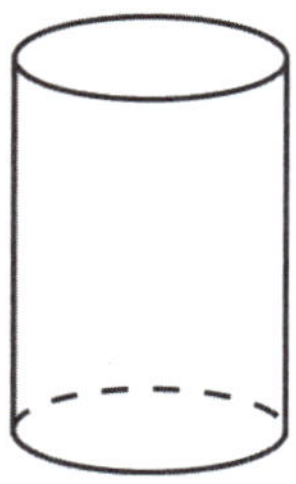

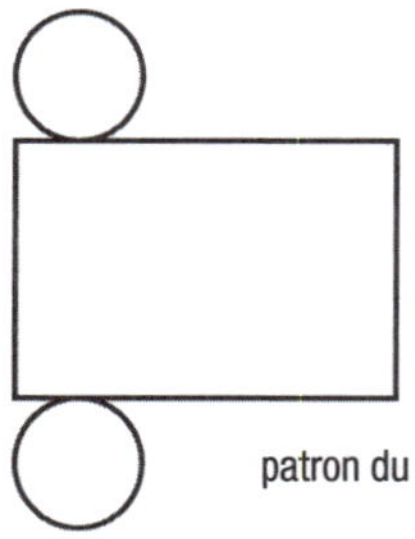

patron du cylindre

Le cône

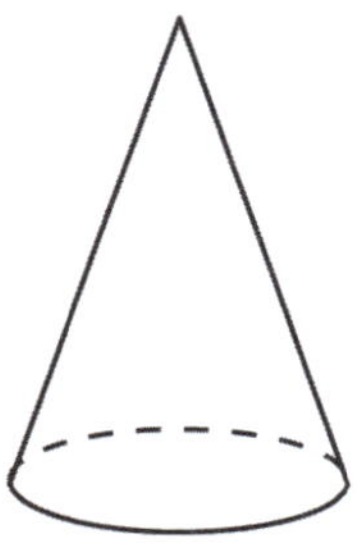

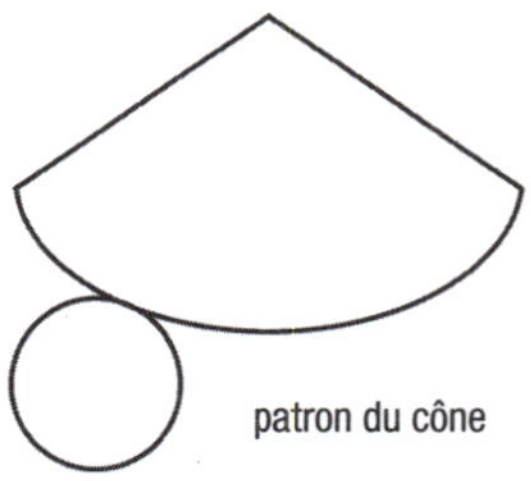

patron du cône

La pyramide

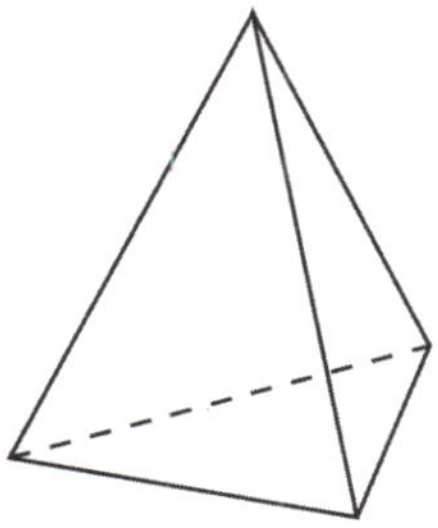

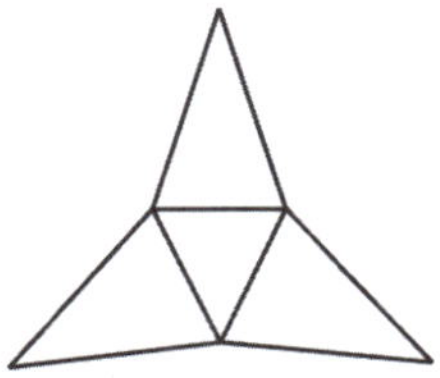

patron de la pyramide
à base triangulaire

Pyramide à base triangulaire (tétraèdre)

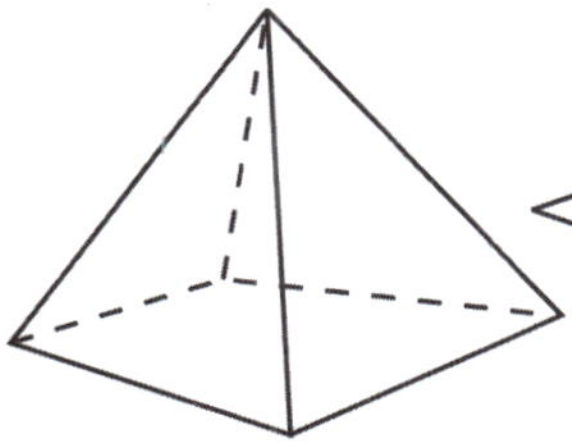

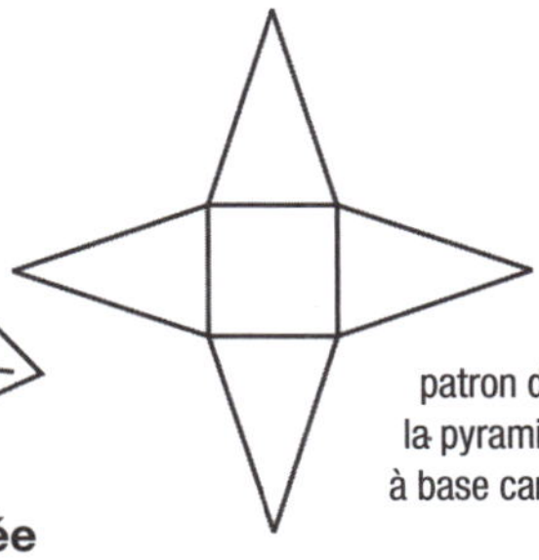

patron de
la pyramide
à base carrée

Pyramide à base carrée

La sphère

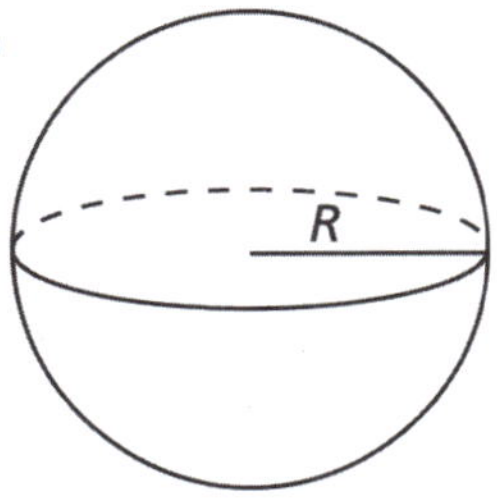

Les unités de mesure

Les unités de mesure de longueur et de masse sont le mètre, le gramme ainsi que leurs multiples et leurs sous-multiples.

On passe d'une unité à une autre en multipliant ou en divisant par 10, 100, 1 000…

1 m = 10 dm (x 10).

145 g = 1,45 hg (: 100).

Les unités d'aires

Les unités de mesure d'aires sont le mètre carré, ses multiples et ses sous-multiples.

Le mètre carré est la mesure de la surface d'un carré de 1 mètre de côté.

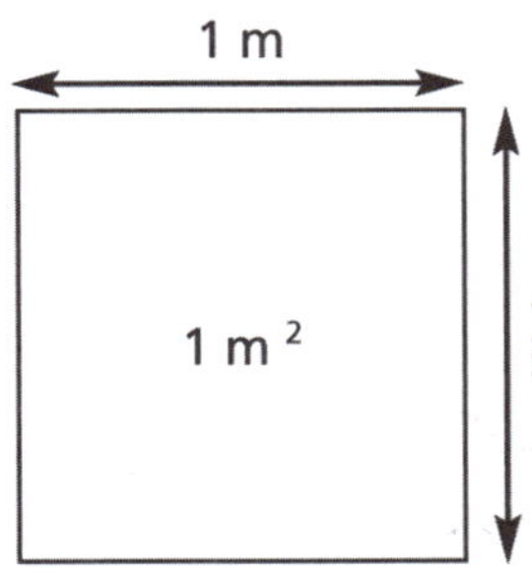

Pour convertir une mesure d'aire, on écrit le nombre dans un tableau de conversion en plaçant le chiffre de droite dans la colonne des unités et non celle des dizaines. Puis, on le transforme en le multipliant ou en le divisant par 100, 10 000…

Convertir 15 m² en dm², cm², dam².

	km^2		hm^2		dam^2		**m^2**		dm^2		cm^2		mm^2	
	d	u	d	u	d	u	d	u	d	u	d	u	d	u
							1	5						
15 x 100							1	5	0	0				
15 x 10 000							1	5	0	0	0	0		
15 : 100						0,	1	5						

Les unités de volume et de capacité

Les unités de volume

On multiplie ou on divise chaque terme par 1 000, 100 000…

1 m³ = 1 000 dm³

1 dm³ = 1 000 cm³

1 cm³ = 1 000 mm³

Attention ! Il y a 3 chiffres par unité de volume.

m^3			dm^3			cm^3			mm^3		
		1	**0**	**0**	**0**						
					1	**0**	**0**	**0**			
								1	**0**	**0**	**0**
					6	**4**	**7**	**9**			

Ce nombre se lit : 6, 479 dm³ ou 6 479 000 mm³ ou 0, 006479 m³.

Les unités de capacité

1 L = 10 dL = 100 cL = 1 000 mL
= 0,1 daL = 0,01 hL.

hL	daL	L	dL	cL	mL
		3	**2**	**8**	

Ce nombre de lit : 3,28 L ou 32,8 dL ou 328 cL ou 0,0328 hL.

Convertir les unités de capacité en unités de volume

1 L = I dm³

m^3			dm^3			cm^3			mm^3		
			hL	daL	L	dL	cL	mL			
						9	I				

Ce nombre se lit : 91 cL ou 910 cm³ ou 0,91 dm³.

TOUTES LES SOLUTIONS

Page 3
DIFFÉRENCES

Il y a 6 adjectifs dans ce texte : célèbre, fabuleuse, jeune, ancienne, méchants, inséparables.

Page 4
SUDOKU

5	9	7	6	8	1	4	3	2
3	6	2	7	4	9	8	1	5
8	4	1	2	3	5	6	7	9
6	1	8	5	2	3	7	9	4
2	7	3	9	6	4	1	5	8
4	5	9	1	7	8	2	6	3
7	8	6	3	9	2	5	4	1
1	3	4	8	5	6	9	2	7
9	2	5	4	1	7	3	8	6

LE CLUB DES 4

N	O	O	N
N	O	N	O
O	N	N	O
O	N	O	N

Page 5
ADDITION CODÉE

```
  1 1 1 1
    5452
+    888
+   4525
--------
   10865
```

LABYCHOIX

1/2 x **4 = 4/2**

2/3 x **1/4 = 2/12**

2/5 x **2/3 = 4/15**

Page 6
QUIZ

CORAUX.

LE MOT MANQUANT

Dans une phrase,
le sujet est le plus souvent placé avant le VERBE.

Page 7
CACHE-CACHE

COIN (pièce de monnaie), *PENCIL* (crayon), *RUBBER* (gomme) *SPOON* (cuillère) et *SUNGLASSES* (lunettes de soleil).

ZIGZAG

Tu as barré :
ATE, TOOK, WENT.
Tu as trouvé : *SWAM*.

Page 8
RONDE

Dans le sens des aiguilles d'une montre : 0,25 – 1/4 – 1/10 – 10 % – 50 % – 0,5 – 2 – 10/5 – 1/5 – 0,20.

Page 9
LE MOT MANQUANT

Une phrase interrogative se termine toujours par un point d'interrogation.

LETTRE ANONYME

Tu as placé successivement : jet, geai, j'ai, jais.

Page 10
TOUCHÉ-COULÉ

CHIFFRES DIGITAUX

Le nombre le plus élevé qu'on puisse voir sur le cadran d'une montre digitale est 23 : 59. Le total de ces quatre chiffres est 19.

Page 11
ADDIPYRAMIDE

72,53

37,29 35,24

20,42 16,87 18,37

12,99 7,43 9,44 8,93

8,72 4,27 3,16 6,28 2,65

CASCADE

3 + 3 + 3 = 9
6 – 1 – 1 – 1 = 3
9 – 3 = 5 + 1 = 6
6 : 3 = 1 + 1 = 2
5 – 1 = 2 + 2 = 4
6 + 2 = 7 + 1

Page 12

QUIZ

SUMMER (été).

Page 13

LE MOT MANQUANT

La Lune est le seul satellite naturel de la Terre.

À PLEINS POUMONS

Tu as barré :
HUÎTRE, REQUIN, TRUITE.
Tu as trouvé : AIR.

Page 14

MOTS FLÉCHÉS

				C		S		V	
			C	H	A	T	E	A	U
				E	T	A	T		S
	M		P	V		R	A	T	E
V	A	S	S	A	L		L	E	
	N	E		L	E	V	E	R	S
S	U		T	I	S	S	E	R	A
	E	T	R	E	S		S	O	L
F	L	E	U	R	I	S		R	E
		N	I		V	E	T	I	S
P	O	N	T	L	E	V	I	S	
	D	I	E	U		E	P	E	E
Y	E	S		S	O	S	I	E	S

Page 15

LABY

CARAVELLE.

Page 16

DERNIER NOMBRE

– 1,90

SOUSTRACTION CODÉE

$$\begin{array}{r} 18458 \\ -\ 4123 \\ \hline 14335 \end{array}$$

Page 17

RÉBUS

Cela dit, maître Loup s'enfuit et court encore (C'œufs – LA dit « mètre » – loup – sang – fût – i – É court – an – cor).

MOTS FLÉCHÉS

	E		V		S		P		E
A	C	H	E	M	I	N	E	N	T
	R	A	T	E		U	N	I	E
B	A	T		N	A	I	S		T
	S	E	M	E	S		E	R	E
P	E	S	E	Z		O	S	E	Z

Page 18

LE CLUB DES 4

N	N	N	O
N	N	O	N
O	N	N	N
N	O	N	N

N	N	O	N
N	O	N	N
O	N	N	N
N	N	N	O

O	N	N	N
N	N	O	N
N	N	N	O
N	O	N	N

Page 19

MATHOQUIZ

TROIS.

MULTIPLICATION CODÉE

$$\begin{array}{r} 4320 \\ \times\ \ 43 \\ \hline 12960 \\ 172800 \\ \hline 185760 \end{array}$$

Page 20

LES INTRUS

Un roi rassemble des chevaliers pour chercher le Graal.
Tu as reconnu le roi Arthur et tu as répondu que la table était ronde.

CHARADES

Unique (une – I – que).
Imbécile (un – B – si – le).

Page 21

LES POMMIERS

Le premier arbre a donné 66 pommes.
Le deuxième : (66 : 2) + 3 = 33 + 3 = 36 pommes.
Le troisième :
(36 : 2) + (66 : 3) x 2
= 18 + 44 = 62 pommes.

FUTOSHIKI

5	6	1	4	3	2
1	2	6	3	5	4
3	4	5	6	2	1
6	3	4	2	1	5
4	5	2	1	6	3
2	1	3	5	4	6

Page 22
ADDIFLÉCHÉS

	28	41	10	7			11	32	
11	3	5	1	2		15/33	9	6	
28	7	8	9	4	11/7	8	2	1	15
10	6	4	10	1	2	7	16	7	9
13	4	9		4/19	1	3	4	3	1
8	2	6	12/11	2	4	6	7/10	2	5
14	1	2	3	8	23	9	6	8	
29	5	7	8	9		9	4	5	

L'INCONNUE MYSTÈRE
B. $x = 3\ (8 + 10) = 54$

Page 23
LETTRE ANONYME
Tu as placé successivement : mes, mais, m'est, m'ait.

ZIGZAG
Tu as barré : ALERTA, PARLE, PRIRENT, SAURIONS.
Tu as trouvé : RIRAS.

Page 24
GÉOPUZZLE
Chine : 1 372 millions, Inde : 1 314 millions, États-Unis : 321 millions, Indonésie : 256 millions et Brésil : 204 millions.

CLASSEMENT
INDE, TCHAD.

Page 25
MULTIPYRAMIDE

122 472

504 243

28 18 13,5

7 4 4,5 3

GÉOMÉTRUC
Le triangle A.

Page 26
RONDE
Dans le sens des aiguilles d'une montre : elles, nous, quels, quelqu'un, avec qui, auxquelles, les nôtres, la mienne, celle, celles.

Page 27
WHO'S WHO?

A – Kevin.
B – Alice.
C – Mia.
D – Christopher.

SUITE LOGIQUE
Les phrases racontent une histoire chronologiquement :
1 – *Two months ago…* (il y a deux mois),
2 – *Yesterday…* (hier),
3 – *Today…* (aujourd'hui)
et B – *Tomorrow…* (demain).

Page 28
ÉQUILIBRE
Si l'ensemble du mobile pèse 300 g, chaque groupe de deux éléments pèse 150 g et chaque élément 75 g.

LABYCHOIX
+ 2 + (– 4) = – 2
– 7 + (– 5) = – 12
– 5 + 6 = + 1

Page 29
QUIZ
ÉRUPTION.

Page 30
ANACHRONISMES
Microwave (four à micro-ondes), *television* (poste de télévision), *fan* (ventilateur), *cellphone* (téléphone portable), *laptop* (ordinateur portable), *vacuum cleaner* (aspirateur).

NICE HOLIDAYS
Rebecca a compris que Juliana lui racontait des histoires. Le Metropolitan Museum of Art se trouve à New York et, d'autre part, Chicago n'est pas près de la mer mais près des Grands Lacs. Il y a peu de chances que Juliana y soit allée.

Page 31
MOT VERTICAL

P L O N **G** E O I R
ou V **O** I L E
C R **E** V E T T E
P A **L** M E S
P A R **A** S O L
O U R S I **N** S
D O R E E
S A B L E

LE DERNIER MOT
ME.

Page 32
SUDOKU

8	5	7	2	9	6	4	3	1
6	9	2	4	1	3	8	5	7
4	3	1	7	8	5	2	6	9
5	2	3	6	4	9	7	1	8
9	7	8	5	2	1	3	4	6
1	4	6	3	7	8	9	2	5
7	6	5	9	3	4	1	8	2
3	1	9	8	6	2	5	7	4
2	8	4	1	5	7	6	9	3

LE CLUB DES 4

N	O	N	O
O	N	N	O
O	N	O	N
N	O	O	N

Page 33
DIFFÉRENCES

14 + (5 x 2) – 17 = 7.

Page 34
LES INTRUS

Un vieil avare veut marier ses enfants.
L'auteur de cette pièce est Molière.

CHARADE

Tapisserie
(ta – pi – se – rit).

Page 35
MOT VERTICAL

BIG
STRANGE
DARK
HUGE
EMPTY
SPLENDID
COMFORTABLE
ENORMOUS
AWFUL

(Mot vertical : BEAUTIFUL)

LES INTRUS

SOCCER (football) :
les autres mots sont des verbes qui ont un rapport avec les sports aquatiques.

NEW YORK :
les autres villes sont des capitales.

Page 36
ADDIFLÉCHÉS

	10	37		41	30		11	28	
3	1	2	6	5	1	3 / 5	2	1	
16	9	7	34 / 23	8	7	4	9	6	15
	28	6	8	9	4	1	14	5	9
	29	8	9	7	5	14	3	2	1
	22 / 8	1	6	4	2	9	8 / 10	3	5
5	1	4	15	2	3	5	1	4	
16	7	9	14	6	8	16	9	7	

L'INCONNUE MYSTÈRE

C. x = 3 x 6 x 3 = 54 kg.

Page 37
DANS LA CUISINE

Tu as barré : LIT.
Tu as trouvé : DÎNER.

MOTS FLÉCHÉS

IL (GÉRER) / NOUS (RÉPARER)	G	DALLA / FUT PUBLIÉ	P	NOUS (ÊTRE) / RIGOLÉ	S	ASSOMMÉ / TRÈS COURT	K	VOUS (OSER) / IL ANNONCE LA PLUIE	O
R	E	P	A	R	E	R	O	N	S
ON (RAVIR) / ELLE (FAIRE)	R	A	V	I	R	A	LA FRANCE EN FAIT PARTIE / BUS	U	E
F	E	R	A	RÉCOMPENSE DE CINÉMA / MORCEAU DE SQUELETTE	O	S	C	A	R
PETIT COURS D'EAU / VOUS (RATISSEZ)	R	U	PRONOM PERSONNEL	O	N	VIEILLESSE	A	G	E
R	A	T	I	S	S	E	R	E	Z

Page 38
RONDE

Dans le sens des aiguilles d'une montre :
has, were, came, to steal, to move, watched, want, asks.

Page 39
ADDITION CODÉE

```
 1 1 1 1
   5913
+  1831
+  4199
-------
  11943
```

RECENSEMENT

Foot : 1/3 de 42 = 42 : 3 = 14.
Tennis : 1/7 de 42 = 6.
Basket : 50 % de 42 = 21.
Natation : 42 – 14 – 6 – 21 = 1.

Page 40
RÉBUS

Le loup l'emporte et puis le mange sans autre forme de procès (L'œufs – L'houx – lent – porte – haie – puits – L'œufs – M'ange – 100 – Z'os – TR'œufs – F'or – meuh – 2 – PR'os – haie).

ZIGZAG

Tu as barré :
DEVRA, ENTENDIS, ENVOYAIT, NOTERONS, PARLA, REÇOIT.
Tu as trouvé : SERAIT.

Page 41
TOUCHÉ-COULÉ

MINI-ÉNIGME

La plante carnivore a mangé 16 mouches. As-tu pensé que l'année 2008 était bissextile et que février comptait 29 jours ? Donc, du 25 février au 3 mars, il s'est écoulé 8 jours.

Page 42
DERNIER NOMBRE

255,7.

DIVISION CODÉE

```
5275 | 25
 27  | 211
  25 |
```

Page 43
CHRONOPUZZLE

632 : mort de Mahomet,
800 : couronnement de Charlemagne,
1492 : Christophe Colomb en Amérique,
1562 : début des guerres de Religion en France.

RENCONTRES IMPOSSIBLES

Henri IV a vécu au XVIe siècle alors que tous les autres ont vécu au XVe.

Page 44
LE CLUB DES 4

N	N	N	O
N	O	N	N
N	N	O	N
O	N	N	N

O	N	N	N
N	N	O	N
N	O	N	N
N	N	N	O

N	N	N	O
N	N	O	N
N	O	N	N
O	N	N	N

Page 45
QUIZ

SURENT.

LE DERNIER MOT

DU.

Page 46
LABYCHOIX

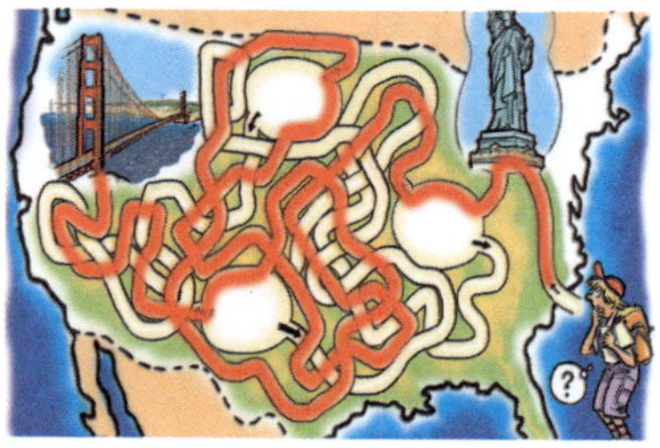

Toronto est au Canada, Dublin en Irlande et Ayers Rock en Australie.

SMS CODÉ

– *What are you doing?*
– *I am on holiday.*
– *How lucky you are!*

Tu as traduit :
– Que fais-tu ?
– Je suis en vacances.
– Comme tu as de la chance !

Page 47
CASCADE

4 : 4 = 4 – 3 = 1
1 + 1 + 1 = 2 + 1
2 + 1 = 6 : 2
5 – 2 = 6 – 3 = 3
4 + 3 = 5 + 2 = 7
4 x 2 = 6 + 2 = 8

ADDIPYRAMIDE

41,13
18,74 22,39
9,54 9,20 13,19
5,56 3,98 5,22 7,97
3,11 2,45 1,53 3,69 4,28

Page 48
MOTS FLÉCHÉS

Page 49
FUTOSHIKI

2	3	6	4	1	5
3	5	1	2	4	6
4	2	5	3	6	1
1	6	4	5	3	2
6	4	2	1	5	3
5	1	3	6	2	4

MINI-ÉNIGME

Le total des âges des deux fantômes est de 738 ans. La différence entre eux est de 200 ans, donc le plus jeune a la moitié de 738 moins 200, soit (738 – 200) : 2 = 269 ans. Le plus vieux a : 269 + 200 = 469 ans.

Page 50

QUIZ

HELMET (casque).

Page 51

LETTRE ANONYME

Tu as inscrit dans l'ordre : ces, s'est, c'est, ses et sais.

AU JARDIN

TIGES.

Page 52

MATHOQUIZ

DOUZE.

SOUSTRACTION CODÉE

$$\begin{array}{r} 95455 \\ -\,54501 \\ \hline 40954 \end{array}$$

Page 53

LABY

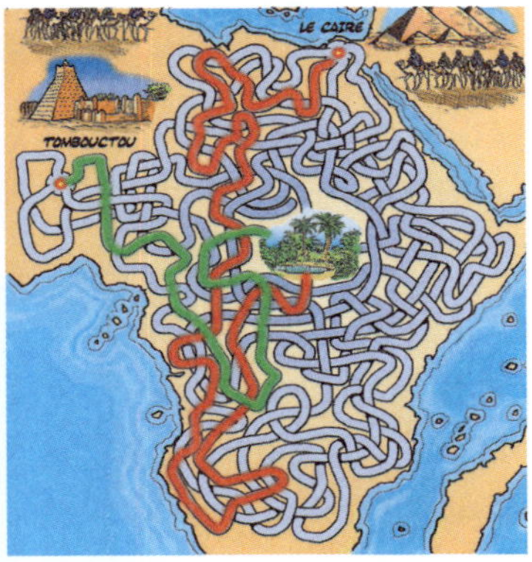

Page 54

LE MOT MANQUANT

Le participe présent des verbes du deuxième groupe finit par *-issant*.

CHARADES

Maternelle (ma – Terre – naît – le).
Chandeleur (champ – de – leur).

Page 55

L'HÉRITAGE

Sur les 40 diamants, 8 sont donnés aux garçons, il en reste donc 32 pour les filles.
Si le fils aîné est satisfait, c'est que les filles reçoivent chacune moins de 5 diamants.
Si le fils cadet est fâché, c'est que ses sœurs reçoivent plus de 3 diamants chacune.
Tu en as déduit que les filles reçoivent 4 diamants chacune.
Puisque tu sais qu'elles reçoivent 32 diamants au total, tu peux maintenant calculer leur nombre : 32 : 4 = 8.
Le vieux prince a 8 filles.

Page 56

ÉQUILIBRE

Si l'ensemble du mobile pèse 400 g, la forme jaune pèse 200 g comme l'ensemble suspendu à l'autre bout de la grande baguette. Si cet ensemble pèse 200 g, la forme bleue pèse 100 g et les formes rouge et verte, 50 g chacune.

RECENSEMENT

3/5 + 12 % + 28 = x
3/5 = 60 %,
on peut donc écrire :
60 % + 12 % + 28 = 100 %
ou 100 % – (60 % + 12 %) = 28
ou 28 % = 28.
On en conclut qu'il y a 100 élèves en 5e au collège François-Villon.

Page 57

DIFFÉRENCES

Les deux baleines, les quatre dauphins et la tortue ont des poumons, alors que les requins et les raies sont des poissons qui respirent sous l'eau avec des branchies.

Page 58

RÉBUS

Trompeurs, c'est pour vous que j'écris. Attendez-vous à la pareille.
(Trompe – heure – cèpe – houx'R – V'houx – queue – G crie – AT'an – dé – V'houx – A – la – part – haie – yeux.)

MOT VERTICAL

ASTRONAUTE
ARMSTRONG
TERRE
SOLEIL
ETOILES
PLANETE
JUPITER
NAVETTE
APESANTEUR

Page 59
SUDOKU

9	5	7	4	1	2	8	3	6
6	1	3	9	5	8	4	2	7
2	4	8	3	6	7	9	1	5
8	3	6	7	9	1	5	4	2
4	9	2	5	3	6	7	8	1
5	7	1	2	8	4	6	9	3
1	6	9	8	2	5	3	7	4
7	8	5	1	4	3	2	6	9
3	2	4	6	7	9	1	5	8

LE CLUB DES 4

O	N	N	O
O	N	O	N
N	O	N	O
N	O	O	N

Page 60
QUIZ

TAMISE.

LE DERNIER MOT

AN.

Page 61
MULTIPYRAMIDE

20 000

1 000 20

50 20 1

5 10 2 0,5

GÉOMÉTRUC

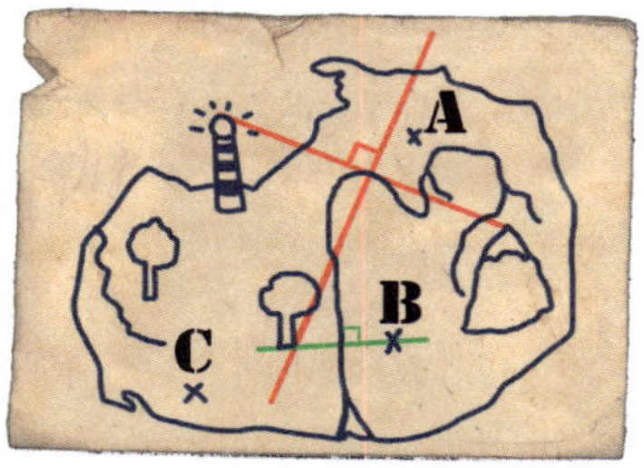

Le trésor est au point B.

Page 62
RONDE

Dans le sens des aiguilles d'une montre :
il veut, nous savions, qu'elle finît, que je rende, tu aimerais, ils eussent offert, elles avaient joué, vous aimâtes, crié, riant.

Page 63
TOUCHÉ-COULÉ

BONJOUR !

On compte 10 poignées de main.
En effet, le premier serre la main des quatre autres.
Le deuxième (qui a déjà serré la main du premier) salue les trois autres.
Le troisième (qui a déjà salué le premier et le deuxième) serre la main des deux derniers.
Le quatrième (qui a déjà serré la main des trois premiers) salue le dernier.
Le dernier a déjà serré la main de tout le monde.

Page 64
DERNIÈRE OPÉRATION

5 + (5 x 2) = 15
5 – (5 x 2) = – 5
5(2 + 5) = 35
5(5 – 2) = 15
2(5 + 5) = 20
2(5 – 5) = 0
La dernière opération est :
2(5 + 5) = 20.

MULTIPLICATION CODÉE

$$
\begin{array}{r}
5231 \\
\times \quad 52 \\
\hline
10462 \\
26150 \\
\hline
272012
\end{array}
$$

Page 65
TEXTE À TROUS

Tu as écrit dans l'ordre :
ça – à – c'est – mes – ont – sans – se – cette – à – ou – ou – sûre – mais – mes – s'en.

Page 66
BON APPÉTIT !

Le menu énergie est trop riche en calories. Le menu diététique n'en contient pas assez. Le menu fraîcheur, lui, est parfait.

TOUT VERT !

Tu as barré : CHAMPIGNON.
Tu as trouvé : FLEUR.

Page 67

ADDITION CODÉE

	¹ ¹ ¹ 8 2 3 4
+	4 2 3 4
+	3 3 5 4
	1 5 8 2 2

LABYCHOIX

+ 2 – (– 4) = + 6
– 7 – (– 5) = – 2
– 9 – (– 6) = – 3

Page 68

MOTS FLÉCHÉS

ABRASER (2e PERSONNE DU SINGULIER) / ABOLIR (1re PERSONNE DU PLURIEL)	A	ÉLIRE (2e PERSONNE DU SINGULIER) / ENFONCÉES	E	ISOLER (2e PERSONNE DU PLURIEL) / «DANS» EN ANGLAIS	I	POSER (2e PERSONNE DU SINGULIER) / BRUIT DE RENIFLEMENT	P	ESSAYER (2e PERSONNE DU SINGULIER)	E
A	B	O	L	I	S	S	O	N	S
RUINER (1re PERSONNE DU PLURIEL) / FAIRE (2e PERSONNE DU SINGULIER)	R	U	I	N	O	N	S	RIRE (2e PERSONNE DU SINGULIER)	S
F	A	I	S	ATTACHERA / VENU AU MONDE	L	I	E	R	A
PRONOM PERSONNEL / RESTEZ (2e PERSONNE DU PLURIEL)	S	E	ALLÉE PRINCIPALE D'UNE ÉGLISE	N	E	F	DEUX EN CHIFFRES ROMAINS	I	I
R	E	S	T	E	Z	USER (2e PERSONNE DU SINGULIER)	U	S	E

CHARADES

Cigale
(si – gars – le).
Autorité
(au – tôt – riz – T).

Page 69

LABYRINTHE

Page 70

QUIZ

COPERNIC.

Page 71

FUTOSHIKI

1	6	3	5	2	4
2	3	1	4	6	5
5	4	2	1	3	6
3	1	4	6	5	2
6	2	5	3	4	1
4	5	6	2	1	3

MINI-ÉNIGME

En partant du nord et en tournant dans le sens des aiguilles d'une montre : Antoine, Sophie, Ryan, Malika, Paul, Brice, Thomas, Mathieu.

Page 72

ADDIFLÉCHÉS

	13	28		20	28			41	3
16	9	7	12 / 32	8	4		3	2	1
16	4	2	6	3	1	6	6 / 7	4	2
	35	4	8	9	5	1	2	6	
	15	6	9	11 / 23	2	3	1	5	
	41 / 13	5	7	8	6	2	4	9	15
16	4	1	2	6	3		16	7	9
12	9	3	16	9	7		14	8	6

L'INCONNUE MYSTÈRE

L'équation C.
$68 = 48 + 12 + 4x/3.$
$= 60 + 4x/3.$
Donc $4x/3 = 68 - 60 = 8$
et $x = (8 \times 3) : 4 = 6.$

Page 73

LES INTRUS

Un jeune sorcier lutte contre l'infâme Voldemort. L'ami du héros se nomme Ron Weasley.

ZIGZAG

Tu as barré : BRONZONS, GRANDIT, NAGEA, NOURRIT.

Tu as trouvé : CRUS.

Page 74

QUIZ

TEXAS.

INTRUS

Queensland.
Ce territoire australien n'est pas, comme les autres, un État américain.

Islande.
Ce pays n'appartient pas à la Grande-Bretagne.

Page 75

CASCADE

2 + 2 = 5 – 1 = 4
9 = 5 + 4 = 3 x 3
3 x 2 = 5 + 1 = 6
5 – 2 = 2 + 1 = 3
4 + 3 = 6 + 1 = 7
5 + 3 = 4 x 2 = 8

ADDIPYRAMIDE

59,74
32,44 27,30
17,13 15,31 11,99
9,36 7,77 7,54 4,45
6,24 3,12 4,65 2,89 1,56

Page 76
MOTS FLÉCHÉS

			CHUTE D'EAU	C	MÉTAL PRÉCIEUX / IL DESSERT LA BANLIEUE PARISIENNE	O	NOMBRE D'ANNÉES / POIGNÉE	A	COUVERT DE MINUSCULES GOUTTES D'EAU
			B	A	R	R	A	G	E
			PRONOM RÉFLÉCHI / OUBLIÉS	S	E	PLAT DE LA CUISINE CHINOISE / AXE QUI PORTE LES ROUES	N	E	M
RIVIÈRE QUI SE JETTE DANS LA MER / ANNONÇA BIEN FORT	F	BRUNS ROUGES / AVENUE EN ABRÉGÉ	O	C	R	E	S	RÉGION DE STRASBOURG	B
C	L	A	M	A	RÉCIPIENT POUR LA PLAGE / GRIFFE DE COQ	S	E	A	U
CREUSÉS / AVALÉ	E	V	I	D	E	S	ARTICLE MASCULIN / UN PEU MALADE	L	E
B	U	FEUILLETONS / DÉTÉRIORERAS	S	E	R	I	E	S	PARTAGEA
UN DE NOS CINQ SENS / CUBES POUR JOUER	V	U	E	EMBÊTAS / EXPLOSA	G	E	N	A	S
D	E	S	ENDROIT OÙ L'EAU SORT DE LA TERRE / EXCELLENTE NOTE	S	O	U	R	C	E
QUI A DES POILS AU MENTON	NATION / COPAIN	E	T	A	T	CRI D'APPEL / ÉTENDUE D'EAU	H	E	P
B	A	R	B	U	CONSULTÉ / GROS AXE ROUTIER	L	U	FIN D'INFINITIF	A
LA MIENNE / SÈMERA	M	A	MANIGANCER	T	R	A	M	E	R
D	I	S	T	A	N	C	E	R	A

Page 77
GÉOPUZZLE
Suisse, Allemagne, France, Chine, Russie.

RENCONTRES IMPOSSIBLES
Celui qui est allé en Thaïlande n'a pas pu rencontrer les autres puisque ce n'est pas un pays africain.

Page 78
RONDE
Dans le sens des aiguilles d'une montre :
2(373 – 12)
518 + 204
627 + 657
321 x 4
8 x 7
83 – 27
726 – 528
594 : 3
768 : 6
4(30 + 2)

Page 79
AU ZOO
Tu as barré : MARJOLAINE.
Tu as trouvé : SINGE.

LETTRE ANONYME
Tu as écrit dans l'ordre :
a, houx, où, ou, ah, à.

Page 80
LE CLUB DES 4

NNON NNON
NNNO NONN
NONN NNNO
ONNN ONNN

NNON
NNNO
ONNN
NONN

Page 81
DIVISION CODÉE

4 9 9 2	1 2
1 9	4 1 6
7 2	

MATHOQUIZ
SEIZE.

Page 82
LE MOT MANQUANT
Les poissons respirent dans l'eau avec leurs branchies.

RECYCLONS
1 – Vrai,
2 – Vrai,
3 – Faux (le verre se recycle facilement mais pas pour faire des briques !),
4 – Faux (400 ans, et c'est déjà beaucoup !),
5 – Faux (les déchets qui sont triés avant d'être jetés peuvent être recyclés),
6 – Faux (la plus grande partie du papier provient d'arbres plantés exprès pour cet usage afin de ne pas épuiser les forêts sauvages),
7 – Faux (un robinet qui fuit peut perdre jusqu'à 100 litres d'eau par jour !),
8 – Vrai,
9 – Vrai.

Page 83
LOGIMATHS
On ajoute un nombre qui double chaque fois :
24 + 1, 25 + 2, 27 + 4, 31 + 8, 39 + 16, 55.

On divise par 2 et on ôte 2 :
428 : 2, 214 – 2, 212 : 2, 106 – 2, 104 : 2, 52 – 2, 50.

LES NOISETTES
Le premier écureuil :
(26 : 2) + 1 = 14 noisettes
et il en a laissé 12.
Le deuxième :
(12 : 2) + 1 = 7 noisettes
et il en a laissé 5.
Le troisième :
(5 : 2) + 1,5 = 4 noisettes
et il en a laissé 1.
Le quatrième : 1 noisette.

Page 84
QUIZ
CAPILLAIRE.

Page 85

DIFFÉRENCES

« Cuisine » se dit *kitchen* en anglais.

Page 86

LES CRAYONS

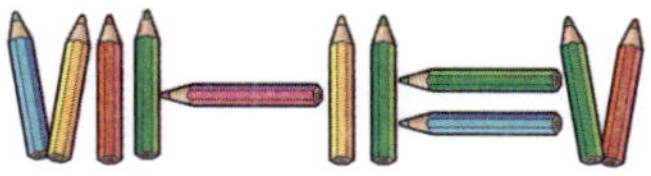

ou

SOUSTRACTION CODÉE

	6	5	5	4	9
–	1	4	9	4	4
	5	0	6	0	5

Page 87

MOT VERTICAL

LENOTRE
RABELAIS
LOUVRE
ARTHUR
MOLIERE
PASCAL
BOEUF
JULES VERNE

(mot vertical : NAUTILUS)

QUIZ

VOYONS.

Page 88

QUIZ

WOMBAT.

DERNIER MOT

UNEXPECTED.

Page 89

MULTIPYRAMIDE

73 205

55 1 331

5 11 121

2,5 2 5,5 22

GÉOMÉTRUC

Le kaléidoscope D.

Page 90

RÉBUS

Hélas ! on voit que, de tout temps, les petits ont pâti des sottises des grands. (Haie – la – son – voie – queue – 2 – T'houx – T'an – lait – P'œufs – TI – ON – pâtes – I – dé saute I – Z'œufs – dé – GR'an).

LE DERNIER MOT

OH !

Page 91

TOUCHÉ-COULÉ

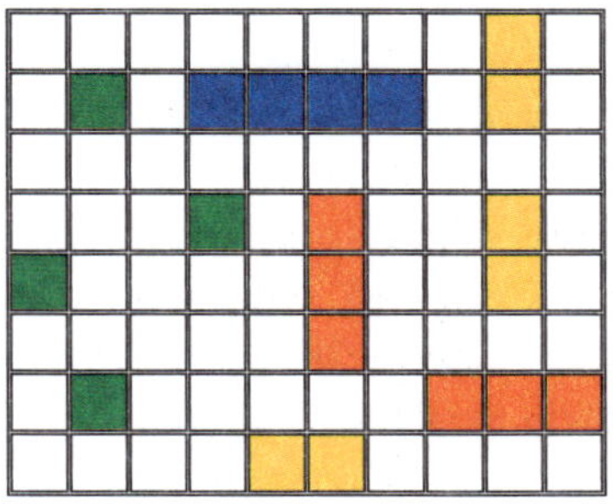

LE SIGNE DISPARU

Il te suffit d'inscrire une virgule entre le 5 et le 7 pour écrire 5,7 qui est plus grand que 5 et plus petit que 7.

Page 92

ÉQUILIBRE

Si cet ensemble pèse 600 g, les deux ensembles qui sont suspendus aux deux extrémités de la grande baguette pèsent 300 g chacun.

L'ensemble de gauche est donc constitué de deux formes (bleue et verte) qui pèsent 150 g chacune.

L'ensemble de droite est constitué de deux sous-ensembles qui pèsent chacun 150 g. Les quatre formes suspendues dans cet ensemble de droite, dont la forme jaune, pèsent donc chacune 75 g.

RECENSEMENT

600 pizzas ont été livrées.

2/5 + 42 % + 108 = x

ou 40 % + 42 % + 108 = 100 %

ou

108 = 100 % – (40 % + 42 %).

Si 108 = 18 %,

alors 1 % = 108 : 18 = 6

et 100 % = 6 x 100 = 600.

Page 93

CHARADES

Ouistiti
(où – hisse – Titi).
Panique
(pas – nid – que).
Malade
(ma – la – 2).

ZIGZAG

Tu as barré :
COLORIAIS, GONFLE, PARTICIPERONS, SACHE.

Tu as trouvé : DUT.

Page 94

SUDOKU

4	8	9	2	1	5	3	7	6
6	2	7	3	4	8	1	5	9
5	3	1	6	9	7	2	8	4
1	6	4	9	8	3	5	2	7
3	5	2	4	7	6	9	1	8
9	7	8	5	2	1	6	4	3
7	4	5	1	6	9	8	3	2
8	9	3	7	5	2	4	6	1
2	1	6	8	3	4	7	9	5

LE CLUB DES 4

N	O	N	O
O	N	O	N
N	O	O	N
O	N	N	O

Page 95

ADDITION CODÉE

$$\begin{array}{r} 3757 \\ +\ 6543 \\ +\ 5437 \\ \hline 15737 \end{array}$$

LABYCHOIX

45° + 25° = 70°, angle aigu
50° + 45° = 95°, angle obtus
65° + 25° = 90°, angle droit

Page 96

LE MOT MANQUANT

Un pronom relatif introduit une proposition subordonnée relative.

LES INTRUS

Un ogre vert épouse une princesse étonnante (Shrek). Le pays de la princesse se nomme le royaume de Fort-Fort-Lointain.

Page 97

LABY

Une seule ampoule s'allumera.

Page 98

RONDE

Dans le sens des aiguilles d'une montre :
One = 1
Two = 2
Sixteen = 16
Eleven = 11
Twenty = 20
Thirty-six = 36
Fifty = 50
Forty-one = 41

Page 99

FUTOSHIKI

4	6	5	2	3	1
3	4	1	5	2	6
1	5	3	4	6	2
6	1	2	3	5	4
5	2	6	1	4	3
2	3	4	6	1	5

MINI-ÉNIGME

Vert – rouge – jaune – rouge – vert – jaune.

Page 100

DERNIÈRE OPÉRATION

2/5 + 0,25 = 0,65
3/4 – 1/2 = 0,25
0,75 – 1/4 = 0,50
3/4 – 2/5 = 0,35
2,25 – 3/4 = 1,50

La dernière opération est :
0,75 – 1/4 = 0,50.

MULTIPLICATION CODÉE

$$\begin{array}{r} 5257 \\ \times\ \ \ 36 \\ \hline 31542 \\ 15771\ \ \\ \hline 189252 \end{array}$$

Page 101

QUIZ

CANTAL.

MOT VERTICAL

ALPES
YONNE
GARONNE
BERGERAC
MONTBLANC
ARDECHE
REIMS
MARSEILLE

Page 102
CHRONOPUZZLE

François Ier,
Charles IX,
Henri III,
Henri IV,
Louis XIII.

RENCONTRES IMPOSSIBLES

Pasteur, qui a vécu au XIXe siècle, n'a pas pu rencontrer les autres personnages qui vivaient au XVIIe.

Page 103
CASCADE

2 x 2 = 2 + 2 = 4
2 + 1 = 4 – 1 = 3
5 = 3 + 2 = 6 – 1
9 = 4 + 5 = 3 x 3
9 – 2 = 7 = 5 + 2
9 – 1 = 6 + 2 = 8

ADDIPYRAMIDE

2 h 52
1 h 30 — 1 h 22
57 min — 33 min — 49 min
36 min — 21 min — 12 min — 37 min
24 min — 12 min — 9 min — 3 min — 34 min

Page 104
MOTS FLÉCHÉS

			SURNOM DE LOUIS XIV / MINISTRE DES FINANCES DE LOUIS XIV	R	POUR SIGNALER UNE REMARQUE / ATTACHA	N	PAS CUIT / JARDIN DU PARADIS	C	CLASSAI
			C	O	L	B	E	R	T
			DEUX EN CHIFFRES ROMAINS / VILLE DE MÉSOPOTAMIE	I	I	DIFFICILE / BOHÉMIEN	D	U	R
TRANSPORT EN COMMUN	V	COUTUME / GRANDE RÈGLE	U	S	A	G	E	IMBÉCILE	I
M	E	T	R	O	PEUPLE PRÉ-COLOMBIEN / LE FÉMUR EN EST UN	I	N	C	A
ÎLE FRANÇAISE / BONNE CARTE	R	E	PRIX / SAINT EN ABRÉGÉ	L	O	T	MONTRE SA GAITÉ / AUTEUR DU BOURGEOIS GENTILHOMME	R	I
A	S	FORMULE MAGIQUE POUR OUVRIR / BÂTISSEUR DE L'ARCHE	S	E	S	A	M	E	ÉCIMÉS
PRÉFIXE QUI SIGNIFIE « CONTRE » / NOURRITURE NATURELLE	A	N	T	I	APPRÉCIATION CHIFFRÉE / ABÎMA	N	O	T	E
B	I	O	BOUQUINÉ / ON LE RANGE PRÈS DU POIVRE	L	U	MEUBLE POUR DORMIR / ARMES DE TIR	L	I	T
ARTICLE DÉFINI PLURIEL / GRANDE TAILLE POUR UN VÊTEMENT	L	E	S	SALUBRE / PRODUIT POUR LES CHEVEUX	S	A	I	N	E
X	L	PERDU / PLUS LOIN QU'ICI	E	G	A	R	E	FIN D'INFINITIF	T
TROISIÈME PERSONNE / TENTA	E	L	L	E	INVENTE	C	R	E	E
O	S	A	RAYONS LUMINEUX PUISSANTS	L	A	S	E	R	S

Page 105
CACHE-CACHE

Cauliflower (chou-fleur),
chair (chaise),
cherries (cerises),
chocolate (chocolat),
coat (manteau),
cup (tasse),
curtain (rideau).

ZIGZAG

NAPKIN.

Page 106
ADDIFLÉCHÉS

		17	13	29	28	8		23	9
	15 / 6	3	4	5	1	2	8	6	2
38	5	8	9	7	3	6	15 / 3	8	7
7	1	6	14 / 11	8	6	11 / 10	2	9	
		21 / 20	5	9	4	2	1	13	10
	15 / 3	9	6	3 / 15	2	1	12 / 11	3	9
10	2	8	22	7	5	3	2	4	1
4	1	3	34	8	7	4	9	6	

L'INCONNUE MYSTÈRE

L'équation B.

$34 = x + x - 5 + x + 6$
$= 3x + 1$
$3x = 34 - 1 = 33$
$x = 11.$

Samuel a 11 ans.

Page 107
LE MOT MANQUANT

Avoir et *être* sont tous les deux des verbes auxiliaires.

MOTS FLÉCHÉS

TU (REMUER) / NOUS (DÉMETTRE)	R	JE (RENTRE) / PRONOM PERSONNEL	R	PLUS / VOUS (TUER)	E	BONNE D'ENFANTS / PARTICULE CHARGÉE	N	LA ROTULE EN EST UN / ELLES (NIER)	O
D	E	M	E	T	T	I	O	N	S
LISTE DES PLATS / AVALÉ	M	E	N	U	D'ACCORD / EXISTES	O	U	I	IL (SUER)
B	U	TU (TENIR) / ÉTÉ AMUSÉ	T	I	E	N	N	E	S
TU (ERRER) / VOUS (USER)	E	R	R	E	S	ASSEMBLÉE DES PAYS DU MONDE	O	N	U
U	S	I	E	Z	ELLE (MUTER)	M	U	T	E

Page 108
LE CLUB DES 4

O	N	N	N	N	N	N	O
N	O	N	N	O	N	N	N
N	N	O	N	N	N	O	N
N	N	N	O	N	O	N	N
N	O	N	N				
N	N	N	O				
N	N	O	N				
O	N	N	N				

Page 109
DIVISION CODÉE

4 5 7 6	3 2
1 3 7	1 4 3
9 6	

MATHOQUIZ

VINGT.

Page 110
QUIZ

DIVERTIR.

Page 111

LOGIMATHS

3 pique – 2 cœur –
4 carreau – 3 trèfle –
5 pique – 4 cœur.
Les cartes se suivent ainsi : pique, cœur carreau, trèfle et pour les chiffres, on ôte 1 et on ajoute 2.

III – IV – VI – IX – XIII – XVIII.
On ajoute + 1, + 2, + 3… successivement en chiffres romains.

DRÔLE DE JUNGLE

C'est possible, car les mulets sont aussi des poissons !

MINI-ÉNIGME

un.

Page 112

RONDE

Dans le sens des aiguilles d'une montre :
men,
children,
potatoes,
boys,
cats,
carrots,
several,
many.

Page 113

LABY

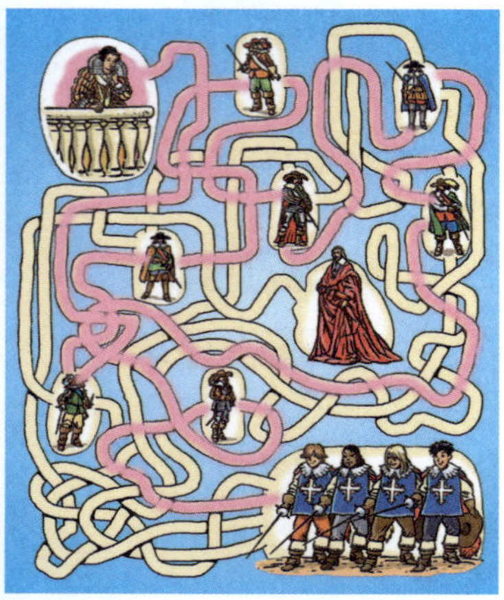

Page 114

DERNIER NOMBRE

25 % de 50 = 12,5
50 % de 25 = 12,5
20 % de 150 = 30
25 % de 150 = 37,5
100 % de 50 = 50
50 % de 50 = 25

La dernière opération est :
50 % de 50 = 25.

SOUSTRACTION
CODÉE

	6	**9**	**3**	**3**	**2**
–	**3**	**6**	**0**	**6**	**6**
	3	**3**	**2**	**6**	**6**

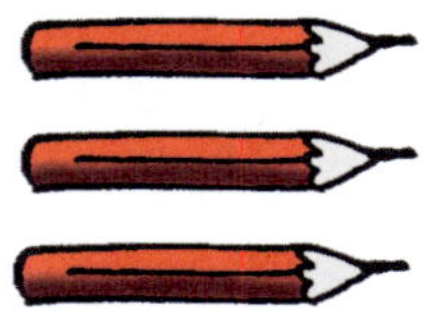

Page 115

MOTS MASQUÉS

Tu as barré : VERBE.
Tu as trouvé : VOLER.

LE DERNIER MOT

PARFAIT.

Page 116

QUIZ

PROTÉINE.

Page 117

MULTIPYRAMIDE

25 920
120 **216**
10 **12** **18**
5 **2** **6** **3**

GÉOMÉTRUC

Le cerf-volant C.

Page 118

RONDE

Dans le sens des aiguilles d'une montre :
était,
nageais,
finis,
pâlirons,
partirez,
jouâtes,
jetâmes,
écrivîmes,
atteint,
suis.

Page 119

TOUCHÉ-COULÉ

BON ANNIVERSAIRE !

Patrice a 73 ans et Patrick 37.
L'année dernière, Patrice avait 72 ans et Patrick 36, qui est bien la moitié de 72.

Page 120

ÉQUILIBRE

Si cet ensemble pèse 800 g, les deux ensembles qui sont suspendus aux deux extrémités de la grande baguette pèsent 400 g chacun.
L'ensemble de gauche est donc constitué de deux formes qui pèsent 200 g chacune.

L'ensemble de droite est constitué de deux sous-ensembles qui pèsent chacun 200 g. Les quatre formes suspendues dans cet ensemble de droite, dont la boule bleue, pèsent donc chacune 100 g.

RECENSEMENT

1/2 de 5 040 = 2 520.
10 % de 5 040 = 504.
1/3 de 5 040 = 1 680.
5 040 – (2 520 + 504 + 1 680) = 336.
336 habitants n'ont pas répondu au recensement.

Page 121

ZIGZAG

VRAIE.

CHARADES

Déluge (dé – lu – je).
Tulipe (tu – lit – peu).
Nouveauté (nous – veau – thé).

Page 122

QUIZ

B – A – A.

Page 123

ADDITION CODÉE

1	1		1	
	5	6	1	8
+	1	6	1	1
+	5	6	5	8
1	2	8	8	7

LABYCHOIX

périmètre : 7 000 cm
aire : moins de 2,5 m^2
périmètre : plus de 500 cm

Page 124

MOTS FLÉCHÉS

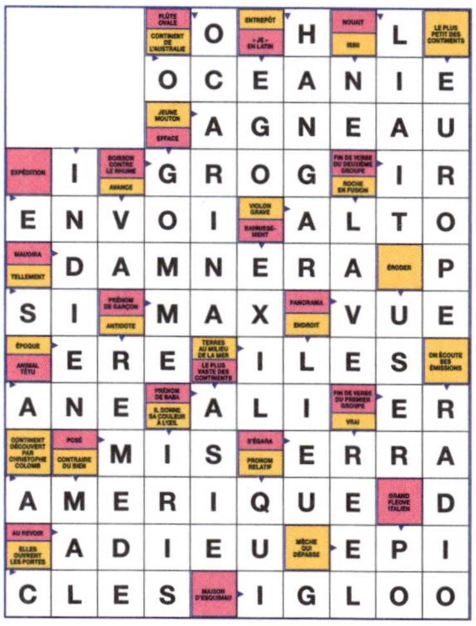

Page 125

GÉOPUZZLE

États-Unis, Chine, Brésil, Inde.

RENCONTRES IMPOSSIBLES

Celui qui prévoit d'aller à Bruxelles, ville belge.

Page 126

DERNIÈRE OPÉRATION

1/5 x 1/2 = 1/10.
1/5 + 5/2 = 2/10 + 25/10 = 27/10.
1/2 – 1/5 = 5/10 – 2/10 = 3/10.
1/5 x 3/2 = 1 x 3 / 5 x 2 = 3/10.
1/5 + 1/5 = 2/5 = 4/10.
1/2 x 2/5 = 1 x 2 / 2 x 5 = 2/10.
La dernière opération est : **1/5 x 1/2 = 1/10.**

MULTIPLICATION CODÉE

		9	5	7	8
	×			5	4
	3	8	3	1	2
4	7	8	9	0	
5	1	7	2	1	2

Page 127

FUTOSHIKI

2	1	6	5	4	3
4	2	1	3	5	6
3	6	5	2	1	4
6	3	4	1	2	5
5	4	2	6	3	1
1	5	3	4	6	2

MINI-ÉNIGME

25/06/1987
et
17/06/2345.

Page 128

WHO'S WHO?

A – Harry,
B – Eve,
C – John,
D – Cathy,
E – Bettina,
F – Mike.

THE MARKET

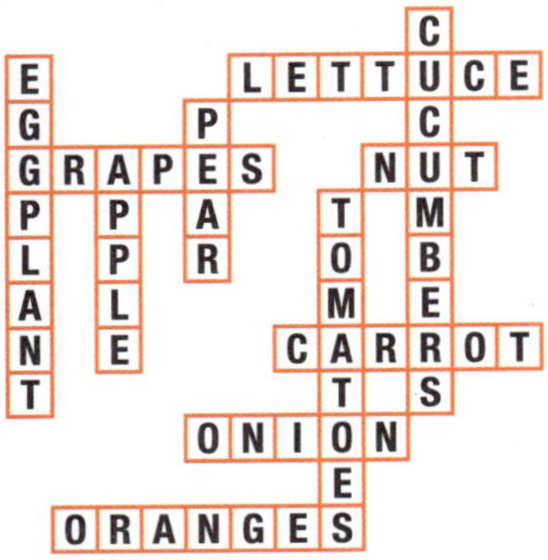

Tous ces mots désignent des fruits ou des légumes.

Page 129

LES INTRUS

Des animaux qui parlent pour apprendre la morale. L'auteur des *Fables* est Jean de La Fontaine.

QUALIFICATIF

Tu as barré : POUR.
Tu as trouvé : APRÈS.

Page 130

SUDOKU

4	8	9	2	1	5	3	7	6
6	2	7	3	4	8	1	5	9
5	3	1	6	9	7	2	8	4
1	6	4	9	8	3	5	2	7
3	5	2	4	7	6	9	1	8
9	7	8	5	2	1	6	4	3
7	4	5	1	6	9	8	3	2
8	9	3	7	5	2	4	6	1
2	1	6	8	3	4	7	9	5

LE CLUB DES 4

O	N	N	O
N	O	N	O
O	N	O	N
N	O	O	N

Page 131

CASCADE

2 + 2 + 2 + 1 = 7
7 + 2 = 3 x 3 = 9
3 + 2 + 1 = 5 + 1 = 6
6 – 2 = 2 x 2 = 4
5 + 3 = 4 x 2 = 8
(1 + 2 + 3) : 2 = 3

ADDIPYRAMIDE

8 h 50
4 h 33 — 4 h 17
2 h 04 — 2 h 29 — 1 h 48
51 min — 1 h 13 — 1 h 16 — 32 min
45 min — 6 min — 1 h 07 — 9 min — 23 min

Page 132

QUIZ

MORSE.

MOTS FLÉCHÉS

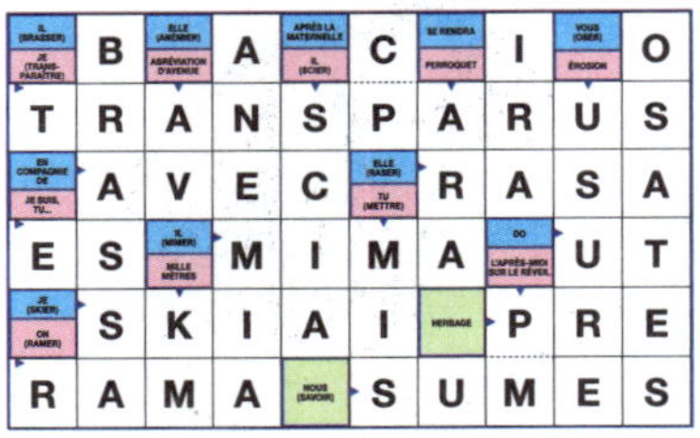

Page 133

DIFFÉRENCES

Le cadran solaire indique 8 heures.

Page 134

RONDE

Dans le sens des aiguilles d'une montre :
136 : 4 = 34,
701 + 123 = 824,
451 + 4 = 455,
187 x 5 = 935,
320 x 9 = 2 880,
167 – 38 = 129,
95 – 18 = 77,
54 + 37 = 91,
8 + 5 = 13,
65 : 5 = 13.

Page 135

RÉBUS

De celui-ci contentez-vous, de peur d'en rencontrer un pire.
(2 CE – LUI – scie – K'ON – tente – haie – V'houx – 2 – P'heure – dent – rang – compte – raie – 1 – pis – R'œufs.)

LE DERNIER MOT

AVOIR.

Page 136

QUIZ

COLOMBIE.

Page 137

DIVISION CODÉE

7	5	6	0	2	4	
	3	6		3	1	5
	1	2	0			

MATHOQUIZ

MILLE.

Page 138

QUIZ

C – B – C.